Seleção de
SERMÕES
de padre Antônio Vieira

Produção editorial	carochinha editorial
Projeto gráfico	Naiara Raggiotti
Bagagem de informações	Ricardo Paschoalato e Simone Oliveira
Ilustrações	Kris Barz
Diagramação	Ricardo Paschoalato
Preparação de texto	Jacques Marques
Revisão	Jacques Marques e Simone Oliveira
Capa	Mayara Menezes do Moinho

Direitos de publicação
© 2013 Editora.Melhoramentos Ltda.

Obra conforme o Acordo Ortográfico
da Língua Portuguesa

Editora Melhoramentos

Vieira, Antônio (padre)
  Seleção de sermões de Padre Antônio Vieira: seleção / Antônio Vieira;
[ilustrações Kris Barz]. São Paulo:Editora Melhoramentos, 2013.
(Clássicos da Literatura – versão escolar).

Contém: Sermão de Santo Antônio aos peixes; Sermão da Sexagésima;
Sermão do bom ladrão; Sermão pelo bom sucesso das armas de Portugal
contra as de Holanda; Sermão da quinta dominga da Quaresma; Sermão
de Quarta-Feira de Cinza.

ISBN 978-85-06-01134-8

1. Oratória - Literatura portuguesa. I. Título. II. Barz, Kris. III. Série.

12/277   CDD-869.5P

Índices para catálogo sistemático:
1. Literatura portuguesa   869P
2. Oratória - Literatura portuguesa   869.5P

1.ª edição, 2.ª impressão, agosto de 2019
ISBN: 978-85-06-01134-8

Atendimento ao consumidor:
Editora Melhoramentos Ltda.
Caixa Postal 729 – CEP 01031-970
São Paulo – SP – Brasil
Tel.: (11) 3874-0880
www.editoramelhoramentos.com.br
sac@melhoramentos.com.br

Impresso no Brasil

ANTÔNIO VIEIRA

Seleção de
SERMÕES
de padre Antônio Vieira

MELHORAMENTOS

Sermão de Santo Antônio aos peixes 6

Sermão da Sexagésima 52

Sermão do bom ladrão 100

Sermão pelo bom sucesso das armas
de Portugal contra as de Holanda 150

Sermão da quinta dominga
da Quaresma 194

Sermão de Quarta-Feira
de Cinza 230

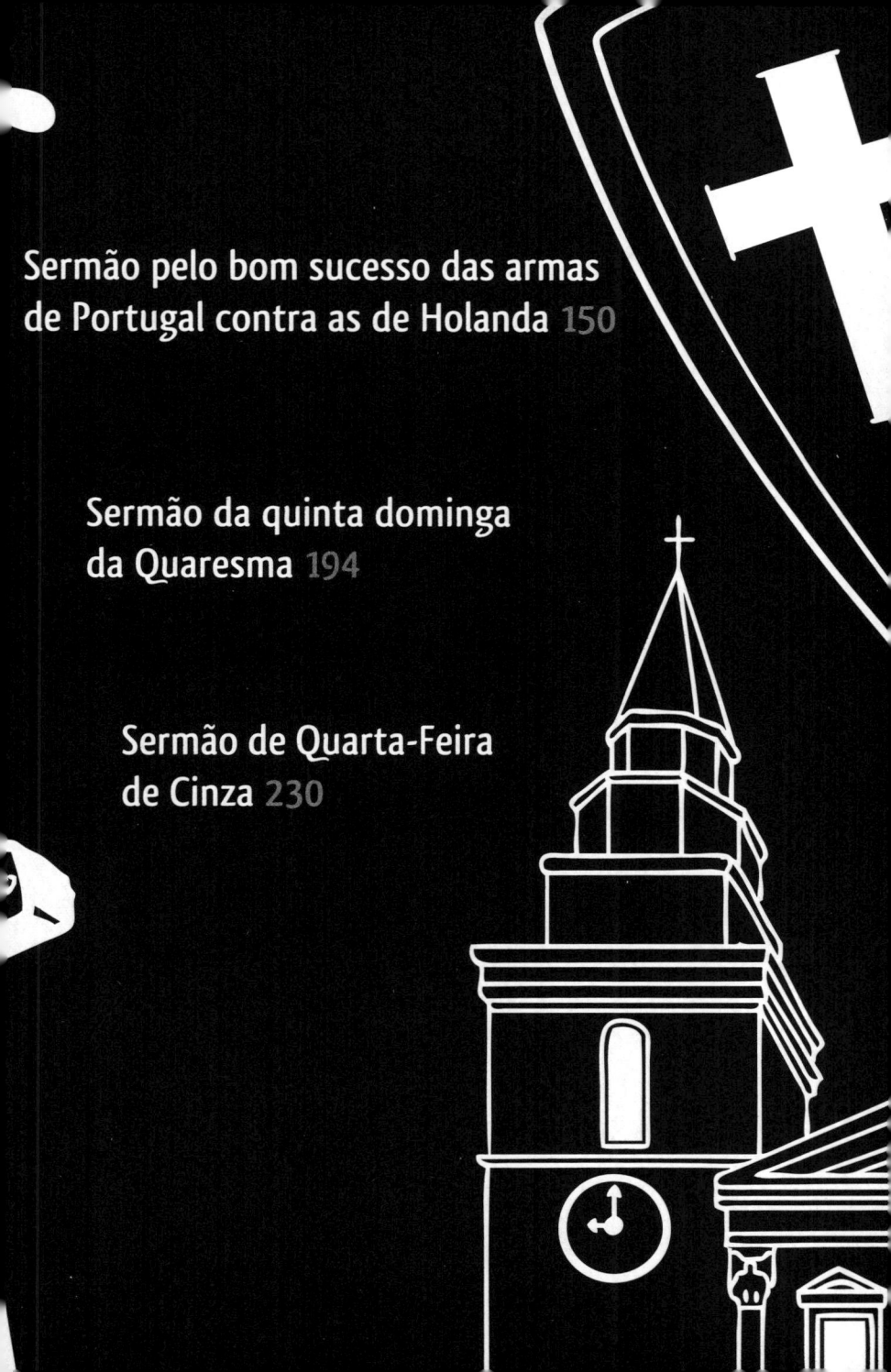

Sermão de Santo Antônio aos peixes

Pregado em São Luís do Maranhão, três dias antes de se embarcar ocultamente para o Reino.

Vos estis sal terrae.[1]

1. Mt 5, 13: *Vocês são o sal da terra*. Ora, se o sal perde o gosto, com que poderemos salgá-lo? Não serve para mais nada; serve só para ser jogado fora e ser pisado pelos homens.

I

Vós, diz Cristo, Senhor nosso, falando com os pregadores, sois o sal da terra: e chama-lhes sal da terra, porque quer que façam na terra o que faz o sal. O efeito do sal é impedir a corrupção, mas quando a terra se vê tão corrupta como está a nossa, havendo tantos nela que têm ofício de sal, qual será, ou qual pode ser a causa desta corrupção? Ou é porque o sal não salga, ou porque a terra se não deixa salgar. Ou é porque o sal não salga, e os pregadores não pregam a verdadeira doutrina; ou porque a terra se não deixa salgar, e os ouvintes, sendo verdadeira a doutrina que lhes dão, a não querem receber. Ou é porque o sal não salga, e os pregadores dizem uma coisa e fazem outra; ou porque a terra se não deixa salgar, e os ouvintes querem antes imitar o que eles fazem, que fazer o que dizem. Ou é porque o sal não salga, e os pregadores se pregam a si, e não a Cristo; ou porque a terra se não deixa salgar, e os ouvintes, em vez de servir a Cristo, servem a seus apetites. Não é tudo isto verdade? Ainda mal!

Suposto, pois, que ou o sal não salgue ou a terra se não deixe salgar; que se há de fazer a este sal e que se há de fazer a esta terra? O que se há de fazer ao sal que não salga, Cristo o disse logo: *Quod si sal evanuerit, in quo salietur? Ad nihilum valet ultra, nisi ut mittatur foras, et conculcetur ab hominibus*[2]. Se o sal perder a substância e a virtude, e o pregador faltar à doutrina e ao exemplo, o que se lhe há de fazer, é lançá-lo fora como inútil para que seja pisado de todos. Quem se atrevera a dizer tal coisa, se o mesmo Cristo a não pronunciara? Assim como não há quem seja mais digno de reverência, e de ser posto sobre a cabeça, que o pregador que ensina e faz o que deve, assim é merecedor de todo o desprezo, e de ser metido debaixo dos pés, o que com a palavra ou com a vida prega o contrário.

Isto é o que se deve fazer ao sal que não salga. E à terra, que se não deixa salgar, que se lhe há de fazer? Este ponto não resolveu Cristo, Senhor nosso, no Evangelho; mas temos sobre ele a resolução do nosso grande português Santo Antônio, que hoje celebramos, e a mais galharda e gloriosa resolução que nenhum santo tomou. Pregava Santo Antônio em Itália, na cidade de Arimino, contra os hereges, que nela eram muitos; e como erros de entendimento são dificultosos de arrancar, não só não fazia fruto o santo, mas chegou o povo a se levantar contra ele, e faltou pouco para que lhe não tirassem a vida. Que faria neste caso o ânimo generoso do grande Antônio? Sacudiria o pó dos sapatos, como Cristo aconselha em outro lugar? Mas Antônio com os pés descalços não podia

---

[2]. Mt 5, 13: Vocês são o sal da terra. *Ora, se o sal perde o gosto, com que poderemos salgá-lo? Não serve para mais nada; serve só para ser jogado fora e ser pisado pelos homens.*

fazer esta protestação; e uns pés a que se não pegou nada de terra não tinham que sacudir. Que faria logo? Retirar-se-ia? Calar-se-ia? Dissimularia? Daria tempo ao tempo? Isso ensinaria porventura a prudência ou a covardia humana; mas o zelo da glória divina, que ardia naquele peito, não se rendeu a semelhantes partidos. Pois que fez? Mudou somente o púlpito e o auditório, mas não desistiu da doutrina. Deixa as praças, vai-se às praias; deixa a terra, vai-se ao mar, e começa a dizer a altas vozes: Já que me não querem ouvir os homens, ouçam-me os peixes. Oh! maravilhas do Altíssimo! Oh! poderes do que criou o mar e a terra! Começam a ferver as ondas, começam a concorrer os peixes, os grandes, os maiores, os pequenos, e postos todos por sua ordem com as cabeças de fora da água, Antônio pregava, e eles ouviam.

Se a Igreja quer que preguemos de Santo Antônio sobre o Evangelho, dê-nos outro. *Vos estis sal terrae*: É muito bom texto para os outros santos doutores; mas para Santo Antônio vem-lhe muito curto. Os outros santos doutores da Igreja foram sal da terra; Santo Antônio foi sal da terra e foi sal do mar. Este é o assunto que eu tinha para tomar hoje. Mas há muitos dias que tenho metido no pensamento que, nas festas dos santos, é melhor pregar como eles, que pregar deles. Quanto mais que o sal da minha doutrina, qualquer que ele seja, tem tido nesta terra uma fortuna tão parecida à de Santo Antônio em Arimino, que é força segui-la em tudo. Muitas vezes vos tenho pregado nesta igreja, e noutras, de manhã e de tarde, de dia e de noite, sempre com doutrina muito clara, muito sólida, muito verdadeira, e a que mais necessária e importante é a esta terra, para emenda e reforma dos vícios, que a corrompem. O fruto que tenho colhido desta doutrina, e se a terra tem tomado o sal, ou se tem tomado dele, vós o sabeis, e eu por vós o sinto.

Isto suposto, quero hoje, à imitação de Santo Antônio, voltar-me da terra ao mar, e já que os homens se não aproveitam, pregar aos peixes. O mar está tão perto que bem me ouvirão. Os demais podem deixar o sermão, pois não é para eles. Maria, quer dizer, *Domina maris*: Senhora do mar; e posto que o assunto seja tão desusado, espero que me não falte com a costumada graça. *Ave Maria*.

II

Enfim, que havemos de pregar hoje aos peixes? Nunca pior auditório. Ao menos têm os peixes duas boas qualidades de ouvintes: ouvem e não falam. Uma só coisa pudera desconsolar ao pregador, que é serem gente os peixes, que se não há de converter. Mas esta dor é tão ordinária, que já pelo costume quase se não sente. Por esta causa não falarei hoje em céu nem inferno; e assim será menos triste este sermão, do que os meus parecem aos homens, pelos encaminhar sempre à lembrança destes dois fins.

Vos estis sal terrae. Haveis de saber, irmãos peixes, que o sal, filho do mar como vós, tem duas propriedades, as quais em vós mesmos se experimentam: conservar o são e preservá-lo para que se não corrompa. Estas mesmas propriedades tinham as pregações do vosso pregador Santo Antônio, como também as devem ter as de todos os pregadores. Uma é louvar o bem, outra repreender o mal: louvar o bem para o conservar e repreender o mal para preservar dele. Nem cuideis que isto pertence só aos homens, porque também nos peixes tem seu lugar. Assim o diz o grande Doutor da Igreja São Basílio: *Non carpere solum, reprehendereque possumus pisces, sed sunt in illis, et quae prosequenda sunt imitatione*: Não só há que notar,

diz o Santo, e que repreender nos peixes, senão também que imitar e louvar. Quando Cristo comparou a sua Igreja à rede de pescar, *Sagenae missae in mare*[3], diz que os pescadores recolheram os peixes bons e lançaram fora os maus: *Collegerunt bonos in vasa, malos autem foras miserunt*[4]. E onde há bons e maus, há que louvar e que repreender. Suposto isto, para que procedamos com clareza, dividirei, peixes, o vosso sermão em dois pontos: no primeiro louvar-vos-ei as vossas virtudes, no segundo repreender-vos-ei os vossos vícios. E desta maneira satisfaremos às obrigações do sal, que melhor vos está ouvi-las vivos, que experimentá-las depois de mortos.

Começando, pois, pelos vossos louvores, irmãos peixes, bem vos pudera eu dizer que, entre todas as criaturas viventes e sensitivas, vós fostes as primeiras que Deus criou. A vós criou primeiro que as aves do ar, a vós primeiro que aos animais da terra e a vós primeiro que ao mesmo homem. Ao homem deu Deus a monarquia e o domínio de todos os animais dos três elementos, e nas provisões em que o honrou com estes poderes, os primeiros nomeados foram os peixes: *Ut praesit piscibus maris et volatibus coeli, et bestiis, universaeque terrae*[5]. Entre todos os animais do mundo, os peixes são os mais, e os peixes os maiores. Que comparação têm em número as espécies das aves e as dos animais terrestres com as dos peixes? Que comparação na

3. Mt 13, 47: O Reino do Céu é ainda como uma *rede lançada ao mar.* Ela apanha peixes de todo tipo.
4. Mt 13, 48: Quando está cheia, os pescadores puxam a rede para a praia, sentam-se e escolhem: *os peixes bons vão para os cestos, os que não prestam são jogados fora.*
5. Gn 1, 26: Então Deus disse: "Façamos o homem à nossa imagem e semelhança. *Que ele domine os peixes do mar, as aves do céu, os animais domésticos, todas as feras e todos os répteis que rastejam sobre a terra".*

grandeza o elefante com a baleia? Por isso Moisés, cronista da criação, calando os nomes de todos os animais, só a ela nomeou pelo seu: *Creavit Deus cete grandia*[6]. E os três músicos da fornalha da Babilônia o cantaram também como singular entre todos: *Benedicite, cete, et omnia quae moventur in aquis, Domino*[7]. Estes e outros louvores, estas e outras excelências de vossa geração e grandeza vos pudera dizer, ó peixes; mas isto é lá para os homens, que se deixam levar destas vaidades, e é também para os lugares em que tem lugar a adulação, e não para o púlpito.

Vindo pois, irmãos, às vossas virtudes, que são as que só podem dar o verdadeiro louvor, a primeira que se me oferece aos olhos hoje é aquela obediência com que, chamados, acudistes todos pela honra de vosso Criador e Senhor, e aquela ordem, quietação e atenção com que ouvistes a palavra de Deus da boca de seu servo Antônio. Oh! grande louvor verdadeiramente para os peixes e grande afronta e confusão para os homens! Os homens perseguindo a Antônio, querendo-o lançar da terra e ainda do mundo, se pudessem, porque lhes repreendia seus vícios, porque lhes não queria falar à vontade e condescender com seus erros, e no mesmo tempo os peixes em inumerável concurso acudindo à sua voz, atentos e suspensos às suas palavras, escutando com silêncio e com sinais de admiração e assenso (como se tiveram entendimento) o que não entendiam. Quem olhasse neste passo para o mar e para a terra, e visse na terra os homens tão furiosos e obstinados e no mar os peixes tão quietos e tão

6. Gn 1, 21: *E Deus criou as baleias* e os seres vivos que deslizam e vivem na água, conforme a espécie de cada um, e as aves de asas conforme a espécie de cada uma. E Deus viu que era bom.
7. Dn 3, 79: *Baleias e peixes, bendigam o Senhor*; louvem e exaltem o Senhor para sempre.

devotos, que havia de dizer? Poderia cuidar que os peixes irracionais se tinham convertido em homens, e os homens não em peixes, mas em feras. Aos homens deu Deus uso de razão, e não aos peixes; mas neste caso os homens tinham a razão sem o uso, e os peixes o uso sem a razão. Muito louvor mereceis, peixes, por este respeito e devoção que tivestes aos pregadores da palavra de Deus, e tanto mais quanto não foi só esta a vez em que assim o fizestes. Ia Jonas, pregador do mesmo Deus, embarcado em um navio, quando se levantou aquela grande tempestade; e como o trataram os homens, como o trataram os peixes? Os homens lançaram-no ao mar a ser comido dos peixes, e o peixe que o comeu levou-o às praias de Nínive, para que lá pregasse e salvasse aqueles homens. É possível que os peixes ajudam à salvação dos homens, e os homens lançam ao mar os ministros da salvação? Vede, peixes, e não vos venha vanglória, quanto melhores sois que os homens. Os homens tiveram entranhas para deitar Jonas ao mar, e o peixe recolheu nas entranhas a Jonas, para o levar vivo à terra.

Mas porque nestas duas ações teve maior parte a onipotência que a natureza (como também em todas as milagrosas que obram os homens), passo às virtudes naturais e próprias vossas. Falando dos peixes, Aristóteles diz que só eles, entre todos os animais, se não domam nem domesticam. Dos animais terrestres o cão é tão doméstico, o cavalo tão sujeito, o boi tão serviçal, o bugio tão amigo ou tão lisonjeiro, e até os leões e os tigres com arte e benefícios se amansam. Dos animais do ar, afora aquelas aves que se criam e vivem conosco, o papagaio nos fala, o rouxinol nos canta, o açor nos ajuda e nos recreia; e até as grandes aves de rapina, encolhendo as unhas, reconhecem a mão de quem recebem o sustento. Os peixes, pelo contrário, lá se vivem nos seus mares e rios, lá se mergulham nos seus pegos, lá se escondem nas suas grutas, e não há nenhum tão grande que se fie do homem, nem tão pequeno que não fuja dele. Os autores comumente condenam esta condição dos peixes, e a deitam à pouca docilidade ou demasiada bruteza; mas eu sou de mui diferente opinião. Não condeno, antes louvo muito aos peixes este seu retiro, e me parece que, se não fora natureza, era grande prudência. Peixes! Quanto mais longe dos homens, tanto melhor; trato e familiaridade com eles, Deus vos livre! Se os animais da terra e do ar querem ser seus familiares, façam-no muito embora, que com suas pensões o fazem. Cante-lhes aos homens o rouxinol, mas na sua gaiola; diga-lhes ditos o papagaio, mas na sua cadeia; vá com eles à caça o açor, mas nas suas pioses; faça-lhes bufonarias o bugio, mas no seu cepo; contente-se o cão de lhes roer um osso, mas levado onde não quer pela trela; preze-se o boi de lhe chamarem formoso ou fidalgo, mas com o jugo sobre a cerviz, puxando pelo arado e pelo carro; glorie-se o cavalo de mastigar freios dourados, mas debaixo da vara e da espora; e se os tigres e os leões lhe comem a ração da carne que não caçaram no bosque, sejam presos e encerrados com grades de ferro. E entretanto vós, peixes, longe dos homens e fora dessas cortesanias, vivereis só convosco, sim, mas como peixe na água. De casa e das portas adentro tendes o exemplo de toda esta verdade, o qual vos quero lembrar, porque há filósofos que dizem que não tendes memória.

No tempo de Noé sucedeu o dilúvio que cobriu e alagou o mundo, e de todos os animais quais se livraram melhor? Dos leões escaparam dois, leão e leoa, e assim dos outros animais da terra; das águias escaparam duas, fêmea e macho, e assim das outras aves. E dos peixes? Todos escaparam, antes não só escaparam todos, mas ficaram muito mais largos que dantes, porque a terra e o mar tudo era mar. Pois se morreram naquele universal castigo todos os animais da terra e todas as aves, por que não morreram também os peixes? Sabeis por quê? Diz Santo Ambrósio: porque os outros animais, como mais domésticos ou mais vizinhos, tinham mais comunicação com os homens, os peixes viviam longe e retirados deles. Facilmente pudera Deus fazer que as águas fossem venenosas e matassem todos os peixes, assim como afogaram todos os outros animais. Bem o experimentais na força daquelas ervas com que, infeccionados os poços e lagos, a mesma água vos mata; mas como o dilúvio era um castigo universal que Deus dava aos homens por seus pecados, e ao mundo pelos pecados dos homens, foi altíssima providência da divina Justiça que nele houvesse esta diversidade ou distinção, para que o mesmo mundo visse que da companhia dos homens lhe viera todo o mal; e que por isso os animais que viviam mais perto deles foram também castigados e os que andavam longe ficaram livres. Vede, peixes, quão grande bem é estar longe dos homens. Perguntando um grande filósofo qual era a melhor terra do mundo, respondeu que a mais deserta, porque tinha os homens mais longe. Se isto vos pregou também Santo Antônio, e foi este um dos benefícios de que vos exortou a dar graças ao Criador, bem vos pudera alegar consigo, que, quanto mais buscava a Deus, tanto mais fugia dos homens. Para fugir dos homens deixou a casa de seus pais e se recolheu ou acolheu a uma religião, onde professasse perpétua clausura. E porque nem aqui o deixavam os que ele tinha deixado, primeiro deixou Lisboa, depois Coimbra, e finalmente Portugal. Para fugir e se esconder dos homens, mudou o hábito, mudou o nome, e até a si mesmo se mudou, ocultando sua grande sabedoria debaixo da opinião de idiota, com que não fosse conhecido nem buscado, antes deixado de todos, como lhe sucedeu com seus próprios irmãos no capítulo geral de Assis. De ali se retirou a fazer vida solitária em um ermo, do qual nunca saíra, se Deus como por força o não manifestara, e por fim acabou a vida em outro deserto, tanto mais unido com Deus quanto mais apartado dos homens.

III

Este é, peixes, em comum o natural que em todos vós louvo, e a felicidade de que vos dou o parabém, não sem inveja. Descendo ao particular, infinita matéria fora se houvera de discorrer pelas virtudes de que o Autor da natureza a dotou e fez admirável em cada um de vós. De alguns somente farei menção. E o que tem o primeiro lugar entre todos, como tão celebrado na Escritura, é aquele santo peixe de Tobias, a quem o texto sagrado não dá outro nome que de grande, como verdadeiramente o foi nas virtudes interiores, em que só consiste a verdadeira grandeza. Ia Tobias caminhando com o anjo São Rafael, que o acompanhava, e descendo a lavar os pés do pó do caminho nas margens de um rio, eis que o investe um grande peixe com a boca aberta em ação de que o queria tragar. Gritou Tobias assombrado, mas o anjo lhe disse que pegasse no peixe pela barbatana e o arrastasse para terra; que o abrisse e lhe tirasse as entranhas e as guardasse, porque lhe haviam de servir muito. Fê-lo assim Tobias, e perguntando que virtude tinham as entranhas daquele peixe que lhe mandara guardar, respondeu o anjo que o fel era bom para sarar da cegueira e o coração para lançar fora os demônios: *Cordis eius particulam, si super carbones ponas, fumus eius extricat omne genus Daemoniorum: et fel valet ad ungendos oculos, in quibus fuerit albugo, et sanabuntur*[8]. Assim o disse o anjo, e assim o mostrou logo a experiência, porque, sendo o pai de Tobias cego, aplicando-lhe o filho aos olhos um pequeno do fel, cobrou inteiramente a vista; e tendo um demônio, chamado Asmodeu, morto sete maridos a Sara, casou com ela o mesmo Tobias; e queimando na casa parte do coração, fugiu dali o demônio e nunca mais tornou. De sorte que o fel daquele peixe tirou a cegueira a Tobias, o velho, e lançou os demônios de casa a Tobias, o moço. Um peixe de tão bom coração e de tão proveitoso fel, quem o não louvará muito? Certo que se a este peixe o vestiram de burel e o ataram com uma corda, parecia um retrato marítimo de Santo Antônio. Abria Santo Antônio a boca contra os hereges, e enviava-se a eles, levado do fervor e zelo da fé e glória divina. E eles que faziam? Gritavam como Tobias e assombravam-se com aquele homem e cuidavam que os queria comer. Ah! homens, se houvesse um anjo que vos revelasse qual é o coração desse homem e esse fel que tanto vos amarga, quão proveitoso e quão necessário vos é! Se vós lhe abrísseis esse peito e lhe vísseis as entranhas, como é certo que havíeis de achar e conhecer claramente nelas que só duas coisas pretende de vós, e convosco: uma é alumiar e curar vossas cegueiras, e outra lançar-vos os demô-

---

8. Tb 6, 8-9: Ele respondeu: *"O coração e o fígado servem para serem queimados na presença de homem ou mulher atacados por algum demônio ou espírito mau. A fumaça espanta o mal e faz o demônio desaparecer para sempre. Se uma pessoa tem mancha branca nos olhos, basta passar o fel. Depois se sopra sobre as manchas, e a pessoa fica curada".*

nios fora de casa. Pois a quem vos quer tirar as cegueiras, a quem vos quer livrar dos demônios perseguis vós?! Só uma diferença havia entre Santo Antônio e aquele peixe: que o peixe abriu a boca contra quem se lavava, e Santo Antônio abria a sua contra os que se não queriam lavar. Ah! moradores do Maranhão, quanto eu vos pudera agora dizer neste caso! Abri, abri estas entranhas; vede, vede este coração. Mas ah! sim, que me não lembrava! Eu não vos prego a vós, prego aos peixes.

Passando dos da Escritura aos da história natural, quem haverá que não louve e admire muito a virtude tão celebrada da rêmora? No dia de um santo menor, os peixes menores devem preferir aos outros. Quem haverá, digo, que não admire a virtude daquele peixezinho tão pequeno no corpo e tão grande na força e no poder, que não sendo maior de um palmo, se se pega ao leme de uma nau da Índia, apesar das velas e dos ventos, e de seu próprio peso e grandeza, a prende e amarra mais que as mesmas âncoras, sem se poder mover, nem ir por diante? Oh! se houvera uma rêmora na terra, que tivesse tanta força como a do mar, que menos perigos haveria na vida e que menos naufrágios no mundo! Se alguma rêmora houve na terra, foi a língua de Santo Antônio, na qual, como na rêmora, se verifica o verso de São Gregório Nazianzeno: *Lingua quidem parva est, sed viribus omnia vincit*[9]. O apóstolo Santiago, naquela sua eloquentíssima Epístola, compara a língua ao leme da nau e ao freio do cavalo. Uma e outra comparação juntas declaram maravilhosamente a virtude da rêmora, a qual, pegada ao leme da nau, é freio da nau e leme do leme. E tal foi a virtude e força da língua de Santo Antônio.

9. *Certa língua é pequena, mas com suas forças vence tudo.*

O leme da natureza humana é o alvedrio, o piloto é a razão: mas quão poucas vezes obedecem à razão os ímpetos precipitados do alvedrio? Neste leme, porém, tão desobediente e rebelde, mostrou a língua de Antônio quanta força tinha, como rêmora, para domar e parar a fúria das paixões humanas. Quantos, correndo fortuna na nau Soberba, com as velas inchadas do vento e da mesma soberba (que também é vento), se iam desfazer nos baixos, que já rebentavam por proa, se a língua de Antônio, como rêmora, não tivesse mão no leme, até que as velas se amainassem, como mandava a razão, e cessasse a tempestade de fora e a de dentro? Quantos, embarcados na nau Vingança, com a artilharia abocada e os bota-fogos acesos, corriam enfunados a dar-se batalha, onde se queimariam ou deitariam a pique se a rêmora da língua de Antônio lhe não detivesse a fúria, até que, composta a ira e ódio, com bandeiras de paz se salvassem amigavelmente? Quantos, navegando na nau Cobiça, sobrecarregada até as gáveas e aberta com o peso por todas as costuras, incapaz de fugir, nem se defender, dariam nas mãos dos corsários com perda do que levavam e do que iam buscar, se a língua de Antônio os não fizesse parar, como rêmora, até que, aliviados da carga injusta, escapassem do perigo e tomassem porto? Quantos, na nau Sensualidade, que sempre navega com cerração, sem sol de dia, nem estrelas de noite, enganados no canto das sereias e deixando-se levar da corrente, se iriam perder cegamente, ou em Cila, ou em Caribdes, onde não aparecesse navio

nem navegante, se a rêmora da língua de Antônio os não contivesse, até que esclarecesse a luz e se pusessem em via? Esta é a língua, peixes, do vosso grande pregador, que também foi rêmora vossa, enquanto o ouvistes; e porque agora está muda (posto que ainda se conserva inteira) se veem e choram na terra tantos naufrágios.

Mas para que da admiração de uma tão grande virtude vossa, passemos ao louvor ou inveja de outra não menor, admirável é igualmente a qualidade daquele outro peixezinho, a que os latinos chamaram torpedo. Ambos estes peixes conhecemos cá mais de fama que de vista; mas isto têm as virtudes grandes, que quanto são maiores, mais se escondem. Está o pescador com a cana na mão, o anzol no fundo e a boia sobre a água, e em lhe picando na isca o torpedo, começa a lhe tremer o braço. Pode haver maior, mais breve e mais admirável efeito? De maneira que, num momento, passa a virtude do peixezinho, da boca ao anzol, do anzol à linha, da linha à cana e da cana ao braço do pescador. Com muita razão disse que este vosso louvor o havia

de referir com inveja. Quem dera aos pescadores do nosso elemento, ou quem lhes pusera esta qualidade tremente, em tudo o que pescam na terra! Muito pescam, mas não me espanto do muito; o que me espanta é que pesquem tanto e que tremam tão pouco. Tanto pescar e tão pouco tremer! Pudera-se fazer problema onde há mais pescadores e mais modos e traças de pescar, se no mar ou na terra? E é certo que na terra. Não quero discorrer por eles, ainda que fora grande consolação para os peixes; baste fazer a comparação com a cana, pois é o instrumento do nosso caso. No mar, pescam as canas, na terra pescam as varas (e tanta sorte de varas), pescam as ginetas, pescam as bengalas, pescam os bastões e até os cetros pescam, e pescam mais que todos, porque pescam cidades e reinos inteiros. Pois é possível que, pescando os homens coisas de tanto peso, lhes não trema a mão e o braço? Se eu pregara aos homens e tivera a língua de Santo Antônio, eu os fizera tremer. Vinte e dois pescadores destes se acharam acaso a um sermão de Santo Antônio, e as palavras do santo os fizeram tremer a todos de sorte que todos, tremendo, se lançaram a seus pés; todos, tremendo, confessaram seus furtos; todos, tremendo, restituíram o que podiam (que isto é o que faz tremer mais neste pecado que nos outros), todos enfim mudaram de vida e de ofício e se emendaram.

Quero acabar este discurso dos louvores e virtudes dos peixes com um, que não sei se foi ouvinte de Santo Antônio e aprendeu dele a pregar. A verdade é que me pregou a mim, e se eu fora outro também me convertera. Navegando de aqui para o Pará (que é bem não fiquem de fora os peixes da nossa costa), vi correr pela tona da água de quando em quando, a saltos, um cardume de peixinhos que não conhecia; e como me dissessem que os portugueses lhe chamavam quatro-olhos, quis averiguar ocularmente a razão deste nome, e achei que verdadeiramente têm quatro olhos, em tudo cabais e perfeitos. Dá graças a Deus, lhe disse, e louva a liberalidade de sua divina providência para contigo; pois às águias, que são os linces do ar, deu somente dois olhos, e aos linces, que são as águias da terra, também dois; e a ti, peixezinho, quatro. Mais me admirei ainda, considerando nesta maravilha a circunstância do lugar. Tantos instrumentos de vista a um bichinho do mar, nas praias daquelas mesmas terras vastíssimas, onde permite Deus que estejam vivendo em cegueira tantos milhares de gentes há tantos séculos! Oh! quão altas e incompreensíveis são as razões de Deus, e quão profundo o abismo de seus juízos!

Filosofando, pois, sobre a causa natural desta providência, notei que aqueles quatro olhos estão lançados um pouco fora do lugar ordinário, e cada par deles, unidos como os dois vidros de um relógio de areia, em tal forma que os da parte superior olham direitamente para cima, e os da parte inferior direitamente para baixo. E a razão desta nova arquitetura é porque estes peixezinhos, que sempre andam na superfície da água, não só são perseguidos dos outros peixes maiores do mar, senão também de grande quantidade de aves marítimas, que vivem naquelas praias; e como têm inimigos no mar e inimigos no ar, dobrou-lhes a natureza as sentinelas e deu-lhes dois olhos, que direitamente olhassem para cima, para se vigiarem das aves, e outros dois que direitamente olhassem para baixo, para se vigiarem dos peixes. Oh! que bem informara estes quatro olhos uma alma racional, e que bem empregada fora neles, melhor que em muitos homens! Esta é a pregação que me fez aquele peixezinho, ensinando-me que, se tenho fé e uso da razão, só devo olhar direitamente para cima, e só direitamente para baixo: para cima, considerando que há céu, e para baixo lembrando-me que há inferno. Não me alegou para isso passo da Escritura; mas então me ensinou o que quis dizer Davi em um, que eu não entendia: *Averte oculos meos, ne videant vanitatem*[10]. Voltai-me, Senhor, os olhos para que não vejam a vaidade. Pois Davi não podia voltar os seus olhos para onde quisesse? Do modo que ele

---

10. Sl 119 (118), 37: *Evita que meus olhos vejam o que é inútil*; dá-me vida, pela tua palavra.

queria, não. Ele queria voltados os seus olhos de modo que não vissem a vaidade, e isto não o podia fazer neste mundo, para qualquer parte que voltasse os olhos, porque neste mundo tudo é vaidade: *Vanitas vanitatum et omnia vanitas*[11]. Logo, para não verem os olhos de Davi a vaidade, havia-lhos de voltar Deus de modo que só vissem e olhassem para o outro mundo em ambos seus hemisférios; ou para o de cima, olhando direitamente só para o céu, ou para o de baixo, olhando direitamente só para o inferno. E esta é a mercê que pedia a Deus aquele grande profeta, e esta a doutrina que me pregou aquele peixezinho tão pequeno.

Mas ainda que o céu e o inferno se não fez para vós, irmãos peixes, acabo, e dou fim a vossos louvores, com vos dar as graças do muito que ajudais a ir ao céu e não ao inferno os que se sustentam de vós. Vós sois os que sustentais as Cartuxas e os Buçacos, e todas as santas famílias, que professam mais rigorosa austeridade; vós os que a todos os verdadeiros cristãos ajudais a levar a penitência das Quaresmas; vós aqueles com que o mesmo Cristo festejou a Páscoa, as duas vezes que comeu com seus discípulos depois de ressuscitado. Prezem-se as aves e os animais terrestres de fazer esplêndidos e custosos os banquetes dos ricos, e vós gloriai-vos de ser companheiros do jejum e da abstinência dos justos. Tendes todos quantos sois tanto parentesco e simpatia com a virtude, que, proibindo Deus no jejum a pior e mais grosseira carne, concede o melhor e mais delicado peixe. E posto que na semana só dois se chamam vossos, nenhum dia vos é vedado. Um só lugar vos

---

11. Ecl 1, 2: Ó suprema fugacidade, diz Coélet, *ó suprema fugacidade! Tudo é fugaz!*

deram os astrólogos entre os signos celestes, mas os que só de vós se mantêm na terra, são os que têm mais seguros os lugares do céu. Enfim, sois criaturas daquele elemento, cuja fecundidade entre todos é própria do Espírito Santo: *Spiritus Domini foecundabat aquas*[12]. Deitou-vos Deus a bênção, que crescêsseis e multiplicásseis; e para que o Senhor vos confirme essa bênção, lembrai-vos de não faltar aos pobres com o seu remédio. Entendei que no sustento dos pobres tendes seguros os vossos aumentos. Tomai o exemplo nas irmãs sardinhas. Por que cuidais que as multiplica o Criador em número tão inumerável? Porque são sustento de pobres. Os solhos e os salmões são muito contados, porque servem à mesa dos reis e dos poderosos; mas o peixe que sustenta a fome dos pobres de Cristo, o mesmo Cristo os multiplica e aumenta. Aqueles dois peixes companheiros dos cinco pães do deserto multiplicaram tanto, que deram de comer a cinco mil homens. Pois se peixes mortos, que sustentam a pobres, multiplicam tanto, quanto mais e melhor o farão os vivos! Crescei, peixes, crescei e multiplicai, e Deus vos confirme a sua bênção.

IV

Antes, porém, que vos vades, assim como ouvistes os vossos louvores, ouvi também agora as vossas repreensões. Servir-vos-ão de confusão, já que não seja de emenda. A primeira coisa que me desedifica, peixes, de vós, é que vos

---

12. Gn 1, 20: Deus disse: *"Que as águas fiquem cheias de seres vivos e os pássaros voem sobre a terra, sob o firmamento do céu".*

comeis uns aos outros. Grande escândalo é este, mas a circunstância o faz ainda maior. Não só vos comeis uns aos outros, senão que os grandes comem os pequenos. Se fora pelo contrário, era menos mal. Se os pequenos comeram os grandes, bastara um grande para muitos pequenos; mas como os grandes comem os pequenos, não bastam cem pequenos, nem mil, para um só grande. Olhai como estranha isto Santo Agostinho: *Homines pravis, perversisque cupiditatibus facti sunt veluti pisces inuicem se devorantes*: Os homens, com suas más e perversas cobiças, vêm a ser como os peixes, que se comem uns aos outros. Tão alheia coisa é, não só da razão, mas da mesma natureza, que sendo todos criados no mesmo elemento, todos cidadãos da mesma pátria e todos finalmente irmãos, vivais de vos comer. Santo Agostinho, que pregava aos homens, para encarecer a fealdade deste escândalo, mostrou-lho nos peixes; e eu, que prego aos peixes, para que vejais quão feio e abominável é, quero que o vejais nos homens. Olhai, peixes, lá do mar para a terra. Não, não: não é isso o que vos digo. Vós virais os olhos para os matos e para o sertão? Para cá, para cá; para a cidade é que haveis de olhar. Cuidais que só os tapuias se comem uns aos outros. Muito maior açougue é o de cá, muito mais se comem os brancos. Vedes vós todo aquele bulir, vedes todo aquele andar, vedes aquele concorrer às praças e cruzar as ruas; vedes aquele subir e descer as calçadas, vedes aquele entrar e sair sem quietação nem sossego? Pois tudo aquilo é andarem buscando os homens como hão de comer e como se hão de comer.

Morreu algum deles, vereis logo tantos sobre o miserável a despedaçá-lo e comê-lo. Comem-no os herdeiros, comem-no os testamenteiros, comem-no os legatários, comem-no os acredores; comem-no os oficiais dos órfãos e os dos defuntos e ausentes; come-o o médico, que o curou ou ajudou a morrer; come-o o sangrador que lhe tirou o sangue; come-o a mesma mulher, que de má vontade lhe dá para a mortalha o lençol mais velho da casa; come-o o que lhe abre a cova, o que lhe tange os sinos, e os que, cantando, o levam a enterrar; enfim, ainda o pobre defunto o não comeu a terra, e já o tem comido toda a terra. Já se os homens se comeram somente depois de mortos, parece que era menos horror e menos matéria de sentimento. Mas para que conheçais a que chega a vossa crueldade, considerai, peixes, que também os homens se comem vivos assim como vós. Vivo estava Jó, quando dizia: *Quare persequimini me, et carnibus meis saturamini?*[13] Por que me persegues tão desumanamente, vós, que me estais comendo vivo e fartando-vos da minha carne? Quereis ver um Jó destes? Vede um homem desses que andam perseguidos de pleitos ou acusados de crimes, e olhai quantos o estão comendo. Come-o o meirinho, come-o o carcereiro, come-o o escrivão, come-o o solicitador, come-o o advogado, come-o o inquiridor, come-o a testemunha, come-o o julgador, e ainda não está sentenciado, já está comido. São piores os homens que os corvos. O triste que foi à forca, não o comem os corvos senão depois de executado e morto; e o que anda em juízo, ainda não está executado nem sentenciado, e já está comido.

E para que vejais como estes comidos na terra são os pequenos, e pelos mesmos modos com que vós vos comeis no mar, ouvi a Deus queixando-se deste pecado: *Nonne cognoscent omnes, qui operantur iniquitatem, qui devo-*

---

13. Jó 19, 22: *Por que vocês me perseguem como Deus, e não se cansam de me torturar?*

*rant plebem meam, ut cibum panis?*¹⁴ Cuidais, diz Deus, que não há de vir tempo em que conheçam e paguem o seu merecido aqueles que cometem a maldade? E que maldade é esta, à qual Deus singularmente chama maldade, como se não houvera outra no mundo? E quem são aqueles que a cometem? A maldade é comerem-se os homens uns aos outros, e os que a cometem são os maiores, que comem os pequenos: *Qui devorant plebem meam, ut cibum panis.* Nestas palavras, pelo que vos toca, importa, peixes, que advirtais muito outras tantas coisas, quantas são as mesmas palavras. Diz Deus que comem os homens não só o seu povo, senão declaradamente a sua plebe: *Plebem meam*, porque a plebe e os plebeus, que são os mais pequenos, os que menos podem e os que menos avultam na república, estes são os comidos. E não só diz que os comem de qualquer modo, senão que os engolem e os devoram: *Qui devorant*. Porque os grandes que têm o mando das cidades e das províncias, não se contenta a sua fome de comer os pequenos um por um, poucos a poucos, senão que devoram e engolem os povos inteiros: *Qui devorant plebem meam*. E de que modo os devoram e comem? *Ut cibum panis*: não como os outros comeres, senão como pão. A diferença que há entre o pão e os outros comeres é que, para a carne, há dias de carne, e para o peixe, dias de peixe, e para as frutas, diferentes meses no ano; porém o pão é comer de todos os dias, que sempre e continuadamente se come: e isto é o que padecem os pequenos. São o pão cotidiano dos grandes; e assim como o pão se come com tudo, assim com tudo e em tudo são comidos os mi-

---

14. Sl 14 (13), 4: *Acaso, esses malfeitores não percebem? Eles devoram o meu povo, como se comessem pão*, e não invocam a Javé.

seráveis pequenos, não tendo nem fazendo ofício em que os não carreguem, em que os não multem, em que os não defraudem, em que os não comam, traguem e devorem: *Qui devorant plebem meam, ut cibum panis.* Parece-vos bem isto, peixes? Representa-se-me que com o movimento das cabeças estais todos dizendo que não, e com olhardes uns para os outros, vos estais admirando e pasmando de que entre os homens haja tal injustiça e maldade! Pois isto mesmo é o que vós fazeis. Os maiores comeis os pequenos; e os muito grandes não só os comem um por um, senão os cardumes inteiros, e isto continuadamente sem diferença de tempos, não só de dia, senão também de noite, às claras e às escuras, como também fazem os homens.

Se cuidais, porventura, que estas injustiças entre vós se toleram e passam sem castigo, enganais-vos. Assim como Deus as castiga nos homens, assim também por seu modo as castiga em vós. Os mais velhos, que me ouvis e estais presentes, bem vistes neste Estado, e quando menos ouviríeis murmurar aos passageiros nas canoas, e muito mais lamentar aos miseráveis remeiros delas, que os maiores que cá foram mandados, em vez de governar e aumentar o mesmo Estado, o destruíram; porque toda a fome que de lá traziam, a fartavam em comer e devorar os pequenos. Assim foi; mas, se entre vós se acham acaso alguns dos que, seguindo a esteira dos navios, vão com eles a Portugal e tornam para os mares pátrios, bem ouviriam estes lá no Tejo que esses mesmos maiores que cá comiam os pequenos, quando lá chegam, acham outros maiores que os comam também a eles. Este é o estilo da divina justiça tão antigo e manifesto, que até os gentios o conheceram e celebraram:

Vos quibus rector maris, atque terrae
Jus dedit magnum necis, atque vitae;
Ponite inflatos, tumidosque vultus;
Quidquid a vobis minor extimescit,
Major hoc vobis Dominus minatur.

Notai, peixes, aquela definição de Deus: *Rector maris atque terrae*: governador do mar e da terra; para que não duvideis que o meu estilo, que Deus guarda com os homens na terra, observa também convosco no mar. Necessário é logo que olheis por vós e que não façais pouco caso da doutrina que vos deu o grande doutor da Igreja Santo Ambrósio, quando, falando convosco, disse: *Cave nedum alium insequeris, incidas in validiorem*. Guarde-se o peixe que persegue o mais fraco para o comer, não se ache na boca do mais forte, que o engula a ele? Nós o vemos aqui cada dia. Vai o xaréu correndo atrás do bagre, como o cão após a lebre, e não vê o cego que lhe vem nas costas o tubarão com quatro ordens de dentes, que o há de engolir de um bocado. É o que com maior elegância vos disse também Santo Agostinho: *Praedo minoris fit praeda majoris*. Mas não bastam, peixes, estes exemplos para que acabe de se persuadir a vossa gula, que a mesma crueldade que usais com os pequenos tem já aparelhada o castigo na voracidade dos grandes.

Já que assim o experimentais com tanto dano vosso, importa que daqui por diante sejais mais repúblicos e zelosos do bem comum, e que este prevaleça contra o apetite particular de cada um, para que não suceda que, assim como hoje vemos a muitos de vós tão diminuídos, vos venhais a consumir de todo. Não vos bastam tantos inimigos de fora e tantos perseguidores tão astutos e pertinazes, quantos são os pescadores, que nem de dia nem de noite deixam de vos pôr em cerco e fazer guerra por tantos modos? Não vedes que contra vós se emalham e entralham as redes, contra vós se tecem as nassas, contra vós se torcem as linhas, contra vós se dobram e farpam os anzóis, contra vós as fisgas e os arpões? Não vedes que contra vós até as canas são lanças e as cortiças armas ofensivas? Não vos basta, pois, que tenhais tantos e tão armados inimigos de fora, senão também vós de vossas portas adentro haveis de ser mais cruéis, perseguindo-vos com uma guerra mais que civil e comendo-vos uns aos outros? Cesse, cesse já, irmãos peixes, e tenha fim algum dia esta tão perniciosa discórdia; e pois vos chamei e sois irmãos, lembrai-vos das obrigações deste nome. Não estáveis vós muito quietos, muito pacíficos e muito amigos todos, grandes e pequenos, quando vos pregava Santo Antônio? Pois continuai assim, e sereis felizes.

Dir-me-eis (como também dizem os homens) que não tendes outro modo de vos sustentar. E de que se sustentam entre vós muitos que não comem os outros? O mar é muito largo, muito fértil, muito abundante, e só com o que bota às praias pode sustentar grande parte dos que vivem dentro nele. Comerem-se uns animais aos outros é voracidade e sevícia, e não estatuto da natureza. Os da terra e do ar, que hoje se comem, no princípio do mundo não se comiam, sendo assim conveniente e necessário para que as espécies de todos se multiplicassem. O mesmo foi (ainda mais claramente) depois do dilúvio, porque, tendo escapado somente dois de cada espécie, mal se podiam conservar, se se comessem. E finalmente no tempo do mesmo dilúvio, em que todos estiveram juntos dentro na arca, o lobo estava vendo o cordeiro, o gavião a perdiz, o leão o gamo, e cada um aqueles em que se costuma cevar; e se acaso lá tiveram essa tentação, todos lhe resistiram e se acomodaram com a ração do paiol comum que Noé lhes repartia. Pois se os animais dos outros elementos mais cálidos foram capazes desta temperança, por que o não serão os da água? Enfim, se eles em tantas ocasiões, pelo desejo natural da própria conservação e aumento, fizeram da necessidade virtude, fazei-o vós também; ou fazei a virtude sem necessidade, e será maior virtude.

Outra coisa muito geral, que não tanto me desedifica, quanto me lastima em muitos de vós, é aquela tão notável ignorância e cegueira que em todas as viagens experimentam os que navegam para estas partes. Toma um homem do mar um anzol, ata-lhe um pedaço de pano cortado e aberto em duas ou três pontas, lança-o por um cabo delgado até tocar na água, e em o vendo o peixe, arremete cego a ele e fica preso e boqueando, até que, assim suspenso no ar, ou lançado no convés, acaba de morrer. Pode haver maior ignorância e mais rematada cegueira que esta? Enganados por um retalho de pano, perder a vida? Dir-me-eis que o mesmo fazem os homens. Não vo-lo nego. Dá um exército batalha contra outro exército, metem-se os homens pelas pontas dos piques, dos chuços e das espadas, e por quê? Porque houve quem os engodou e lhes fez isca com dois retalhos de pano. A vaidade entre os vícios é o pescador mais astuto e que mais facilmente engana os homens. E que faz a vaidade? Põe por isca na ponta desses piques, desses chuços e dessas espadas dois retalhos de pano, ou branco, que se chama hábito de Malta, ou verde, que se chama de Avis, ou vermelho, que se chama de Cristo e de Santiago; e os homens, por chegarem a passar esse retalho de pano ao peito, não reparam em tragar e engolir o ferro. E depois disso que sucede? O mesmo que a vós. O que engoliu o ferro, ou ali, ou noutra ocasião ficou morto; e os mesmos retalhos de pano tornaram outra vez ao anzol para pescar outros. Por este exemplo vos concedo, peixes, que os homens fazem o mesmo que vós, posto que me parece que não foi este o fundamento da vossa resposta ou escusa, porque cá no Maranhão, ainda que se derrame tanto sangue, não há exércitos, nem esta ambição de hábitos.

Mas nem por isso vos negarei que também cá se deixam pescar os homens pelo mesmo engano, menos honrada e mais ignorantemente. Quem pesca as vidas a todos os homens do Maranhão, e com quê? Um homem do mar com uns retalhos de pano. Vem um mestre de navio de Portugal com quatro varreduras das lojas, com quatro panos e quatro sedas, que já se lhes passou a era e não têm gasto; e que faz? Isca com aqueles trapos aos moradores da nossa terra: dá-lhes uma sacadela e dá-lhes outra, com que cada vez lhes sobe mais o preço; e os bonitos, ou os que querem parecer, todos esfaimados aos trapos, e ali ficam engasgados e presos, com dívidas de um ano para outro ano, e de uma safra para outra safra, e lá vai a vida. Isto não é encarecimento. Todos a trabalhar toda a vida, ou na roça, ou na cana, ou no engenho, ou no tabacal; e este trabalho de toda a vida, quem o leva? Não o levam os coches, nem as liteiras, nem os cavalos, nem os escudeiros, nem os pajens, nem os lacaios, nem as tapeçarias, nem as pinturas nem as baixelas, nem as joias; pois em que se vai e despende toda a vida? No triste farrapo com que saem à rua, e para isso se matam todo o ano.

Não é isto, meus peixes, grande loucura dos homens com que vos escusais? Claro está que sim; nem vós o podeis negar. Pois se é grande loucura esperdiçar a vida por dois retalhos de pano, quem tem obrigação de se vestir; vós, a quem Deus vestiu do pé até a cabeça, ou de peles de tão vistosas e apropriadas cores, ou de escamas prateadas e douradas, vestidos que nunca se rompem, nem gastam com o tempo, nem se variam ou podem variar com as modas; não é maior ignorância e maior cegueira deixares-vos enganar ou deixares-vos tomar pelo beiço com duas tirinhas de pano? Vede o vosso Santo Antônio, que pouco o pôde enganar o mundo com essas vaidades. Sendo moço e nobre, deixou as galas de que aquela idade tanto se preza, trocou-as por uma loba de sarja e uma correia de cônego regrante; e depois que se viu assim vestido, parecendo-lhe que ainda era muito custosa aquela mortalha, trocou a sarja pelo burel e a correia pela corda. Com aquela corda e com aquele pano, pescou ele muitos, e só estes se não enganaram e foram sisudos.

V

Descendo ao particular, direi agora, peixes, o que tenho contra alguns de vós. E começando aqui pela nossa costa, no mesmo dia em que cheguei a ela, ouvindo os roncadores e vendo o seu tamanho, tanto me moveram a riso como a ira. É possível que sendo vós uns peixinhos tão pequenos, haveis de ser as roncas do mar? Se, com uma linha de coser e um alfinete torcido, vos pode pescar um aleijado, porque haveis de roncar tanto? Mas por isso mesmo roncais. Dizei-me: o espadarte por que não ronca? Por-

que, ordinariamente, quem tem muita espada tem pouca língua. Isto não é regra geral; mas é regra geral que Deus não quer roncadores e que tem particular cuidado de abater e humilhar aos que muito roncam. São Pedro, a quem muito bem conheceram vossos antepassados, tinha tão boa espada, que ele só avançou contra um exército inteiro de soldados romanos; e se Cristo lha não mandara meter na bainha, eu vos prometo que havia de cortar mais orelhas que a de Malco. Contudo, que lhe sucedeu naquela mesma noite? Tinha roncado e barbateado Pedro que, se todos fraqueassem, só ele havia de ser constante até morrer se fosse necessário; e foi tanto pelo contrário, que só ele fraqueou mais que todos, e bastou a voz de uma mulherzinha para o fazer temer e negar. Antes disso tinha já fraqueado na mesma hora em que prometeu tanto de si. Disse-lhe Cristo no Horto que o vigiasse, e vindo daí a pouco a ver se o fazia, achou-o dormindo com tal descuido, que não só o acordou do sono, senão também do que tinha blasonado: *Sic non potuisti una hora vigilare mecum?*[15] Vós, Pedro, sois o valente que havíeis de morrer por mim, e não pudestes uma hora vigiar comigo? Pouco há tanto roncar, e agora tanto dormir? Mas assim sucedeu. O muito roncar antes da ocasião é sinal de dormir nela. Pois que vos parece, irmãos roncadores? Se isto sucedeu ao maior pescador, que pode acontecer ao menor peixe? Medi-vos, e logo vereis quão pouco fundamento tendes de blasonar, nem roncar.

    Se as baleias roncaram, tinha mais desculpa a sua arrogância na sua grandeza. Mas ainda nas mesmas baleias

---

15. Mc 14, 37: Depois Jesus voltou, encontrou os três discípulos dormindo, e disse a Pedro: "Simão, você está dormindo? *Você não pôde vigiar nem sequer uma hora?* [...]"

não seria essa arrogância segura. O que é a baleia entre os peixes, era o gigante Golias entre os homens. Se o rio Jordão e o mar de Tiberíades têm comunicação com o oceano, como devem ter, pois dele manam todos, bem deveis de saber que este gigante era a ronca dos filisteus. Quarenta dias contínuos esteve armado no campo, desafiando a todos os arraiais de Israel, sem haver quem se lhe atrevesse; e no cabo, que fim teve toda aquela arrogância? Bastou um pastorzinho com um cajado e uma funda, para dar com ele em terra. Os arrogantes e soberbos tomam-se com Deus; e quem se toma com Deus, sempre fica debaixo. Assim que, amigos roncadores, o verdadeiro conselho é calar e imitar a Santo Antônio. Duas coisas há nos homens, que os costumam fazer roncadores, porque ambas incham: o saber e o poder. Caifás roncava de saber: *Vos nescitis quidquam*[16]. Pilatos roncava de poder: *Nescis quia potestatem habeo?*[17] E ambos contra Cristo. Mas o fiel servo de Cristo, Antônio, tendo tanto saber, como já vos disse, e tanto poder, como vós mesmos experimentastes, ninguém houve jamais que o ouvisse falar em saber ou poder, quanto mais blasonar disso. E porque tanto calou, por isso deu tamanho brado.

Nesta viagem, de que fiz menção, e em todas as que passei a Linha Equinocial, vi debaixo dela o que muitas vezes tinha visto e notado nos homens, e me admirou que se houvesse estendido esta ronha e pegado também aos peixes. Pegadores se chamam estes de que agora falo, e com grande propriedade, porque, sendo pequenos, não só se chegam a

16. Jo 11, 49: Um deles, chamado Caifás, sumo sacerdote nesse ano, disse: "*Vocês não sabem nada.* [...]"
17. Jo 19, 10: Então Pilatos perguntou: "Não me respondes? *Não sabes que tenho autoridade* para te soltar e autoridade para te crucificar?"

outros maiores, mas de tal sorte se lhes pegam aos costados que jamais os desaferram. De alguns animais de menos força e indústria se conta que vão seguindo de longe aos leões na caça, para se sustentarem do que a eles sobeja. O mesmo fazem estes pegadores, tão seguros ao perto como aqueles ao longe; porque o peixe grande não pode dobrar a cabeça, nem voltar a boca sobre os que traz às costas, e assim lhes sustenta o peso e mais a fome. Este modo de vida, mais astuto que generoso, se acaso se passou e pegou de um elemento a outro, sem dúvida que o aprenderam os peixes do alto, depois que os nossos portugueses o navegaram; porque não parte vice-rei ou governador para as conquistas que não vá rodeado de pegadores, os quais se arrimam a eles, para que cá lhes matem a fome, de que lá não tinham remédio. Os menos ignorantes, desenganados da experiência, desapegam-se e buscam a vida por outra via; mas os que se deixam estar pegados à mercê e fortuna dos maiores, vem-lhes a suceder no fim o que aos pegadores do mar.

Rodeia a nau o tubarão nas calmarias da Linha com os seus pegadores às costas, tão cerzidos com a pele, que mais parecem remendos ou manchas naturais, que os hóspedes ou companheiros. Lançam-lhe um anzol de cadeia com a ração de quatro soldados, arremessa-se furiosamente à presa, engole tudo de um bocado, e fica preso. Corre meia companha a alá-lo acima, bate fortemente o convés com os últimos arrancos; enfim, morre o tubarão, e morrem com ele os pegadores. Parece-me que estou ouvindo a São Mateus, sem ser apóstolo pescador, descrevendo isto mesmo na terra.

Morto Herodes, diz o evangelista, apareceu o anjo a José no Egito, e disse-lhe que já se podia tornar para a pátria, porque eram mortos todos aqueles que queriam tirar a vida ao Menino: *Defuncti sunt enim qui quaerebant animam Pueri*[18]. Os que queriam tirar a vida a Cristo Menino, eram Herodes e todos os seus, toda a sua família, todos os seus aderentes, todos os que seguiam e pendiam da sua fortuna. Pois é possível que todos estes morressem juntamente com Herodes? Sim: porque em morrendo o tubarão, morrem também com ele os pegadores: *Defuncto Herode, defuncti sunt qui quaerebant animam Pueri*. Eis aqui, peixinhos ignorantes e miseráveis, quão errado e enganoso é este modo de vida que escolhestes. Tomai exemplo nos homens, pois eles o não tomam em vós, nem seguem, como deveram, o de Santo Antônio.

Deus também tem os seus pegadores. Um destes era Davi, que dizia: *Mihi autem adhaerere Deo bonum est*[19]. Peguem-se outros aos grandes da terra, que eu só me quero pegar a Deus. Assim o fez também Santo Antônio; e senão, olhai para o mesmo santo e vede como está pegado com Cristo e Cristo com ele. Verdadeiramente se pode duvidar qual dos dois é ali o pegador: e parece que é Cristo, porque o menor é sempre o que se pega ao maior, e o Senhor fez-se tão pequenino, para se pegar a Antônio. Mas Antônio também se fez menor, para se pegar mais a Deus. Daqui se segue que todos os que se pegam a Deus, que é imortal, seguros estão de morrer como os outros pegadores. E tão seguros,

---

18. Mt 2, 20: [...] e lhe disse: "Levante-se, pegue o menino e a mãe dele, e volte para a terra de Israel, pois já *estão mortos aqueles que procuravam matar o menino*".
19. Sl 73 (72), 1-2: De fato, "*Deus é bom* para Israel, para os puros de coração". Mas por pouco meus pés não tropeçavam; um nada, e meus passos escorregavam, [...].

que, ainda no caso em que Deus se fez homem e morreu, só morreu para que não morressem todos os que se pegassem a ele. Bem se viu nos que estavam já pegados, quando disse: *Si ergo me quaeritis, sinite hos abire*[20]. Se me buscais a mim, deixai ir a estes. E posto que deste modo só se podem pegar os homens, e vós, meus peixezinhos, não; ao menos devereis imitar aos outros animais do ar e da terra, que, quando se chegam aos grandes e se amparam do seu poder, não se pegam de tal sorte que morram juntamente com eles. Lá diz a Escritura daquela famosa árvore, em que era significado o grande Nabucodonosor, que todas as aves do céu descansavam sobre seus ramos e todos os animais da terra se recolhiam à sua sombra, e uns e outros se sustentavam de seus frutos: mas também diz que, tanto que foi cortada esta árvore, as aves voaram e os outros animais fugiram. Chegai-vos embora aos grandes; mas não de tal maneira pegados, que vos mateis por eles, nem morrais com eles.

Considerai, pegadores vivos, como morreram os outros que se pegaram àquele peixe grande, e por quê. O tubarão morreu porque comeu, e eles morreram pelo que não comeram. Pode haver maior ignorância que morrer pela fome e boca alheia? Que morra o tubarão porque comeu, matou-o a sua gula; mas que morra o pegador pelo que não comeu, é a maior desgraça que se pode imaginar! Não cuidei que também nos peixes havia pecado original! Nós, os homens, fomos tão desgraçados, que outrem comeu e nós o pagamos. Toda a nossa morte teve princípio na gulodice de Adão e Eva; e que hajamos de morrer pelo que outrem comeu, grande desgraça! Mas nós lavamo-nos

---

20. Jo 18, 8: Jesus falou: "Já lhes disse que sou eu. *Se vocês estão me procurando, deixem os outros ir embora*".

desta desgraça com uma pouca de água, e vós não vos podeis lavar da vossa ignorância com quanta água tem o mar.

Com os voadores tenho também uma palavra, e não é pequena a queixa. Dizei-me, voadores, não vos fez Deus para peixes; pois por que vos meteis a ser aves? O mar fê-lo Deus para vós, e o ar para elas. Contentai-vos com o mar e com nadar, e não queirais voar, pois peixes. Se acaso vos não conheceis, olhai para as vossas espinhas e para as vossas escamas, e conhecereis que não sois aves, senão peixes, e ainda entre os peixes não dos melhores. Dir-me-eis, voador, que vos deu Deus maiores barbatanas que aos outros de vosso tamanho. Pois, porque tivestes maiores barbatanas, por isso haveis de fazer das barbatanas asas? Mas ainda mal, porque tantas vezes vos desengana o vosso castigo. Quisestes ser melhor que os outros peixes, e por isso sois mais mofino que todos. Aos outros peixes, do alto mata-os o anzol ou a fisga, a vós, sem fisga nem anzol, mata-vos a vossa presunção e o vosso capricho. Vai o navio navegando e o marinheiro dormindo, e o voador toca na vela ou na corda, e cai palpitando. Aos outros peixes mata-os a fome e engana-os a isca; ao voador mata-o a vaidade de voar, e a sua isca é o vento. Quanto melhor lhe fora mergulhar por baixo da quilha e viver, que voar por cima das antenas e cair morto. Grande ambição é que, sendo o mar tão imenso, lhe não basta a um peixe tão pequeno todo o mar, e queira outro elemento mais largo. Mas vedes, peixes, o castigo da ambição. O voador fê-lo Deus peixe, e ele quis ser ave, e permite o mesmo Deus que tenha os perigos de ave e mais os de peixe. Todas as velas para ele são redes, como peixe, e todas as cordas, laços, como ave. Vê, voador, como correu pela posta o teu castigo. Pouco há nadavas vivo no mar com as barbatanas, e agora jazes em um convés amortalhado nas asas. Não contente com ser peixe, quiseste ser ave, e já não és ave nem peixe; nem voar poderás já, nem nadar. A natureza deu-te a água, tu não quiseste senão o ar, e eu já te vejo posto ao fogo. Peixes, contente-se cada um com o seu elemento. Se o voador não quisera passar do segundo ao terceiro, não viera a parar no quarto. Bem seguro estava ele do fogo, quando nadava na água, mas, porque quis ser borboleta das ondas, vieram-lhe a queimar as asas.

À vista deste exemplo, peixes, tomai todos na memória esta sentença: Quem quer mais do que lhe convém, perde o que quer e o que tem. Quem pode nadar e quer voar, tempo virá em que não voe nem nade. Ouvi o caso de um voador da terra: Simão Mago, a quem a arte mágica, na qual era famosíssimo, deu o sobrenome, fingindo-se que ele era o verdadeiro filho de Deus, sinalou o dia em que nos olhos de toda Roma havia de subir ao céu, e com efeito começou a voar mui alto; porém a oração de São Pedro, que se achava presente, voou mais depressa que ele, e caindo lá de cima o mago, não quis Deus que morresse logo, senão que nos olhos também de todos quebrasse, como quebrou, os pés. Não quero que repareis no castigo, senão no gênero dele. Que caia Simão, está muito bem caído; que morra, também estaria muito bem morto, que o seu atrevimento e a sua arte diabólica o merecia. Mas que de uma queda tão alta não rebente, nem quebre a cabeça ou os braços, senão os pés? Sim, diz São Máximo, porque quem tem pés para andar, e quer asas para voar, justo é que perca as asas e mais os pés. Elegantemente o Santo Padre: *Ut qui paulo ante volare tentaverat, subito ambulare non posset; et qui pennas assumpserat, plantas amitteret.* E Simão tem pés e quer asas, pode andar e quer voar; pois quebrem-se-lhe as asas para que não voe, e também os pés para que não ande.

Eis aqui, voadores do mar, o que sucede aos da terra, para que cada um se contente com o seu elemento. Se o mar tomara exemplo nos rios, depois que Ícaro se afogou no Danúbio, não haveria tantos Ícaros no oceano.

Oh! alma de Antônio, que vós tivestes asas e voastes sem perigo, porque soubestes voar para baixo e não para cima! Já São João viu no Apocalipse aquela mulher cujo ornato gastou todas as suas luzes ao firmamento, e diz que lhe foram dadas duas grandes asas de águia: *Datae sunt mulieri alae duae aquilae magnae*[21]. E para quê? *Ut volaret in desertum*. Para voar ao deserto. Notável coisa, que não debalde lhe chamou o mesmo profeta grande maravilha. Esta mulher estava no céu: *Signum magnum apparuit in coelo, mulier amicta sole*. Pois se a mulher estava no céu e o deserto na terra, como lhe dão asas para voar ao deserto? Porque há asas para subir e asas para descer. As asas para subir são muito perigosas, as asas para descer, muito seguras; e tais foram as de Santo Antônio. Deram-se à alma de Santo Antônio duas asas de águia, que foi aquela duplicada sabedoria natural e sobrenatural tão sublime, como sabemos. E ele que fez? Não estendeu as asas para subir, encolheu-as para descer; e tão

---

21. Ap 12, 14: *Mas a Mulher recebeu as duas asas da grande águia*, e voou para o deserto, para um lugar bem longe da Serpente. Aí, a Mulher é alimentada por um tempo, dois tempos e meio-tempo.

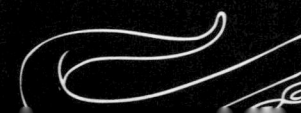

encolhidas que, sendo a Arca do Testamento, era reputado, como já vos disse, por leigo e sem ciência. Voadores do mar (não falo com os da terra), imitai o vosso santo pregador. Se vos parece que as vossas barbatanas vos podem servir de asas, não as estendais para subir, porque vos não suceda encontrar com alguma vela ou algum costado; encolhei-as para descer, ide-vos meter no fundo em alguma cova; e, se aí estiverdes mais escondidos, estareis mais seguros.

Mas já que estamos nas covas do mar, antes que saiamos delas, temos lá o irmão polvo, contra o qual tem suas queixas, e grandes, não menos que São Basílio e Santo Ambrósio. O polvo com aquele seu capelo, parece um monge; com aqueles seus raios estendidos, parece uma estrela; com aquele não ter osso nem espinha, parece a mesma brandura, a mesma mansidão. E debaixo desta aparência tão modesta, ou desta hipocrisia tão santa, testemunham constantemente os dois grandes doutores da Igreja latina e grega, que o dito polvo é o maior traidor do mar. Consiste esta traição do polvo primeiramente em se vestir ou pintar das mesmas cores de todas aquelas cores a que está pegado. As cores, que no camaleão são gala, no polvo são malícia;

as figuras, que em Proteu são fábula, no polvo são verdade e artifício. Se está nos limos, faz-se verde; se está na areia, faz-se branco; se está no lodo, faz-se pardo: e se está em alguma pedra, como mais ordinariamente costuma estar, faz-se da cor da mesma pedra. E daqui que sucede? Sucede que outro peixe, inocente da traição, vai passando desacautelado, e o salteador, que está de emboscada dentro do seu próprio engano, lança-lhe os braços de repente, e fá-lo prisioneiro. Fizera mais Judas? Não fizera mais, porque nem fez tanto. Judas abraçou a Cristo, mas outros o prenderam; o polvo é o que abraça e mais o que prende. Judas com os braços faz o sinal, e o polvo dos próprios braços faz as cordas. Judas é verdade que foi traidor, mas com lanternas diante; traçou a traição às escuras, mas executou-a muito às claras. O polvo, escurecendo-se a si, tira a vista aos outros, e a primeira traição e roubo que faz, é a luz, para que não distinga as cores. Vê, peixe aleivoso e vil, qual é a tua maldade, pois Judas em tua comparação já é menos traidor.

Oh! que excesso tão afrontoso e tão indigno de um elemento tão puro, tão claro e tão cristalino como o da água, espelho natural não só da terra, senão do mesmo céu. Lá disse o profeta por encarecimento, que nas nuvens do ar até a água é escura: *Tenebrosa aqua in nubibus aeris*[22]. E disse nomeadamente nas nuvens do ar, para atribuir a escuridade ao outro elemento, e não à água; a qual em seu próprio elemento sempre é clara, diáfana e transparente, em que nada se pode ocultar, encobrir nem dissimular. E que neste mesmo elemento se crie, se conserve e se exercite com tanto dano do bem público um monstro tão dissimulado, tão fingido,

---

22. Sl 18 (17), 12: Das trevas fez seu manto, *águas escuras e nuvens espessas* o rodeavam como tenda.

tão astuto, tão enganoso e tão conhecidamente traidor! Vejo, peixes, que pelo conhecimento que tendes nas terras em que batem os vossas mares, me estais respondendo, e convindo, que também nelas há falsidades, enganos, fingimentos, embustes, ciladas e muito maiores e mais perniciosas traições. E sobre o mesmo sujeito que defendeis, também podereis aplicar aos semelhantes outra propriedade muito própria; mas pois vós a calais, eu também a calo. Com grande confusão, porém, vos confesso tudo, e muito mais do que dizeis, pois o não posso negar. Mas ponde os olhos em Antônio, vosso pregador, e vereis nele o mais puro exemplar da candura, da sinceridade e da verdade, onde nunca houve dolo, fingimento ou engano. E sabei também que, para haver tudo isto em cada um de nós, bastava antigamente ser português, não era necessário ser santo.

Tenho acabado, irmãos peixes, os vossos louvores e repreensões, e satisfeito, como vos prometi, às duas obrigações de sal, posto que do mar, e não da terra: *Vos estis sal terrae*. Só resta fazer-vos uma advertência muito necessária, para os que viveis nestes mares. Como eles são tão esparcelados e cheios de baixios, bem sabeis que se perdem e dão à costa muitos navios, com que se enriquece o mar e a terra se empobrece. Importa, pois, que advirtais que nesta mesma riqueza tendes um grande perigo, porque todos os que se aproveitam dos bens dos naufragantes ficam excomungados e malditos. Esta pena de excomunhão, que é gravíssima, não se pôs a vós senão aos homens, mas tem mostrado Deus, por muitas vezes, que, quando os animais cometem materialmente o que é proibido por esta lei, também eles incorrem, por seu modo, nas penas dela, e no mesmo ponto começam a definhar, até que acabam miseravelmente. Mandou Cristo a São Pedro que fosse pescar, e que na boca do primeiro peixe que tomasse acharia uma moeda com que pagar certo tributo. Se Pedro havia de tomar mais peixe que este, suposto que ele era o primeiro, do preço dele e dos outros podia fazer o dinheiro com que pagar aquele tributo, que era de uma só moeda de prata, e de pouco peso. Com que mistério manda logo o Senhor que se tire da boca deste peixe e que seja ele o que morra primeiro que os demais? Ora estai atentos. Os peixes não batem moeda no fundo do mar, nem têm contratos com os homens, donde lhes possa vir dinheiro; logo, a moeda que este peixe tinha engolido era de algum navio que fizera naufrágio naqueles mares. E quis mostrar o Senhor que as penas de São Pedro ou seus sucessores fulminam contra os homens que tomam os bens dos naufragantes, também os peixes por seu modo as incorrem morrendo primeiro que os outros, e com o mesmo dinheiro que engoliram atravessado na garganta. Oh! que boa doutrina era esta para a terra, se eu não pregara para o mar! Para os homens não há mais miserável morte, que morrer com o alheio atravessado na garganta; porque é pecado de que o mesmo São Pedro e o mesmo Sumo Pontífice não pode absolver. E posto que os homens incorrem a morte eterna, de que não são capazes os peixes, eles contudo apressam a sua temporal, como neste caso, se materialmente, como tenho dito, se não abstêm dos bens dos naufragantes.

VI

Com esta última advertência vos despeço, ou me despeço de vós, meus peixes. E para que vades consolados do sermão, que não sei quando ouvireis outro, quero-vos aliviar de uma desconsolação mui antiga, com que todos ficastes desde o tempo em que se publicou o Levítico. Na lei eclesiástica ou ritual do Levítico, escolheu Deus certos animais que lhe haviam de ser sacrificados; mas todos eles ou animais terrestres ou aves, ficando os peixes totalmente excluídos dos sacrifícios. E quem duvida que exclusão tão universal era digna de grande desconsolação e sentimento para todos os habitadores de um elemento tão nobre, que mereceu dar a matéria ao primeiro sacramento? O motivo principal de serem excluídos os peixes foi porque os outros animais podiam ir vivos ao sacrifício, e os peixes geralmente não, senão mortos; e coisa morta não quer Deus que se lhe ofereça, nem chegue aos seus altares. Também este ponto era mui importante e necessário aos homens, se eu lhes pregara a eles. Oh! quantas almas chegam àquele altar mortas, porque chegam e não têm horror de chegar, estando em pecado mortal! Peixes, dai muitas graças a Deus de vos livrar deste perigo, porque melhor é não chegar ao sacrifício, que chegar morto. Os outros animais ofereçam a Deus o ser sacrificados; vós oferecei-lhe o não chegar ao sacrifício; os outros sacrifiquem a Deus o sangue e a vida; vós sacrificai-lhe o respeito e a reverência.

Ah! peixes, quantas invejas vos tenho a essa natural irregularidade! Quanto melhor me fora não tomar a Deus nas mãos, que tomá-lo tão indignamente! Em tudo o que vos excedo, peixes, vos reconheço muitas vantagens. A vossa bruteza é melhor que a minha razão e o vosso instinto melhor que o meu alvedrio. Eu falo, mas vós não ofendeis a Deus com as palavras; eu lembro-me, mas vós não ofendeis a Deus com a memória; eu discorro, mas vós não ofendeis a Deus com o entendimento; eu quero, mas vós não ofendeis a Deus com a vontade. Vós fostes criados por Deus, para servir ao homem, e conseguis o fim para que fostes criados;

a mim criou-me para o servir a ele, e eu não consigo o fim para que me criou. Vós não haveis de ver a Deus, e podereis aparecer diante dele muito confiadamente, porque o não ofendestes; eu espero que o hei de ver; mas com que rosto hei de aparecer diante do seu divino acatamento, se não cesso de o ofender? Ah! que quase estou por dizer que me fora melhor ser como vós, pois, de um homem que tinha as minhas mesmas obrigações, disse a Suma Verdade que melhor fora não nascer homem: *Si natus non fuisset homo ille*. E pois os que nascemos homens, respondemos tão mal às obrigações de nosso nascimento, contentai-vos, peixes, e dai muitas graças a Deus pelo vosso.

Benedicite, cete, et omnia quae moventur in aquis, Domino. Louvai, peixes, a Deus, os grandes e os pequenos, e, repartidos em dois coros tão inumeráveis, louvai-o todos uniformemente. Louvai a Deus, porque vos criou em tanto número. Louvai a Deus, que vos distinguiu em tantas espécies; louvai a Deus, que vos vestiu de tanta variedade e formosura; louvai a Deus, que vos habilitou de todos os instrumentos necessários para a vida; louvai a Deus, que vos deu um elemento tão largo e tão puro; louvai a Deus, que, vindo a este mundo, viveu entre nós e chamou para si aqueles que convosco e de vós viviam; louvai a Deus, que vos sustenta; louvai a Deus, que vos conserva; louvai a Deus, que vos multiplica; louvai a Deus, enfim, servindo e sustentando ao homem, que é o fim para que vos criou; e, assim como no princípio vos deu a sua bênção, vo-la dê também agora. Amém. Como não sois capazes de glória, nem graça, não acaba o vosso sermão em graça e glória.

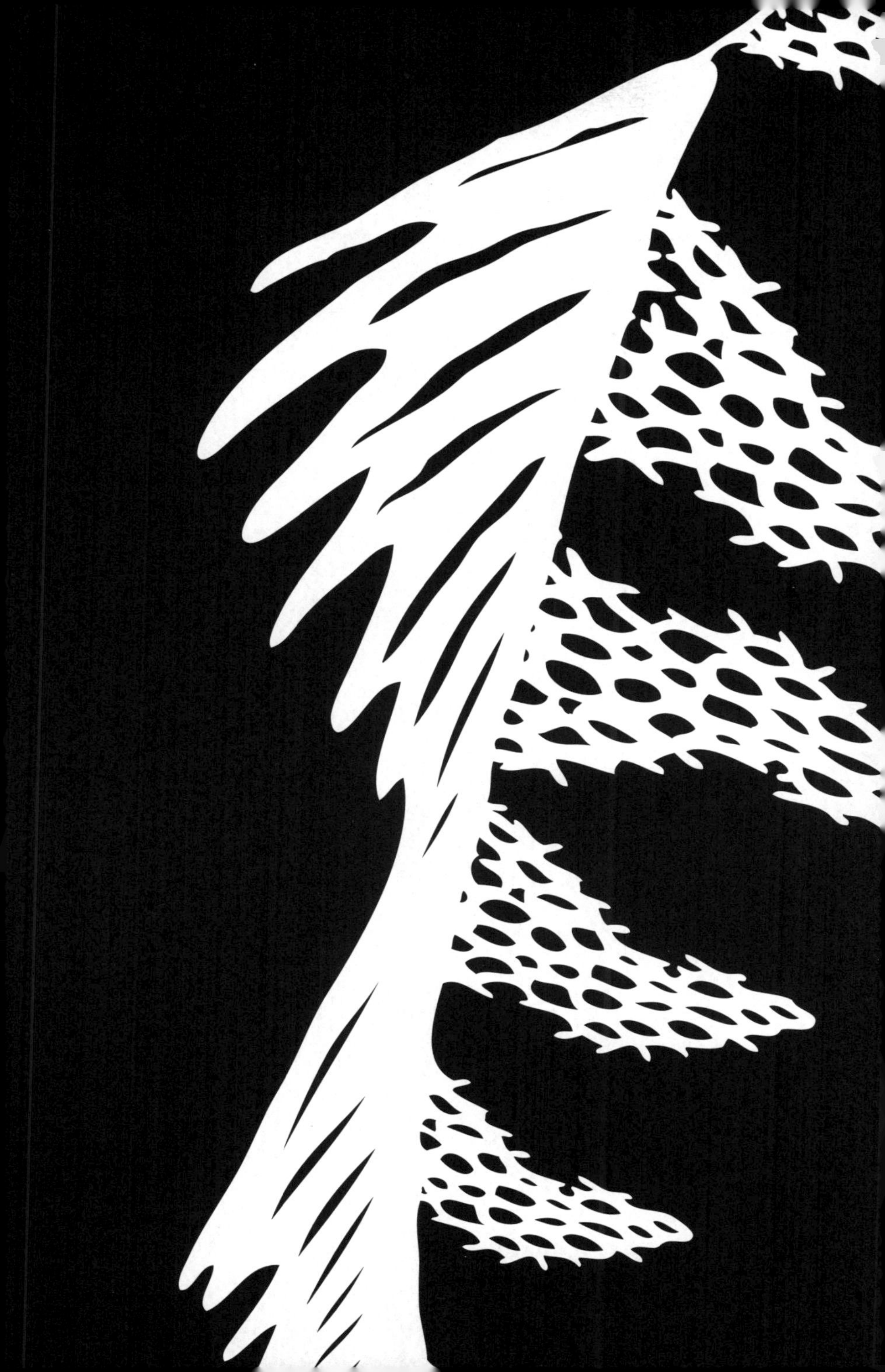

Sermão da Sexagésima

Pregado na Capela Real, no ano de 1655.

Semen est Verbum Dei.[1]

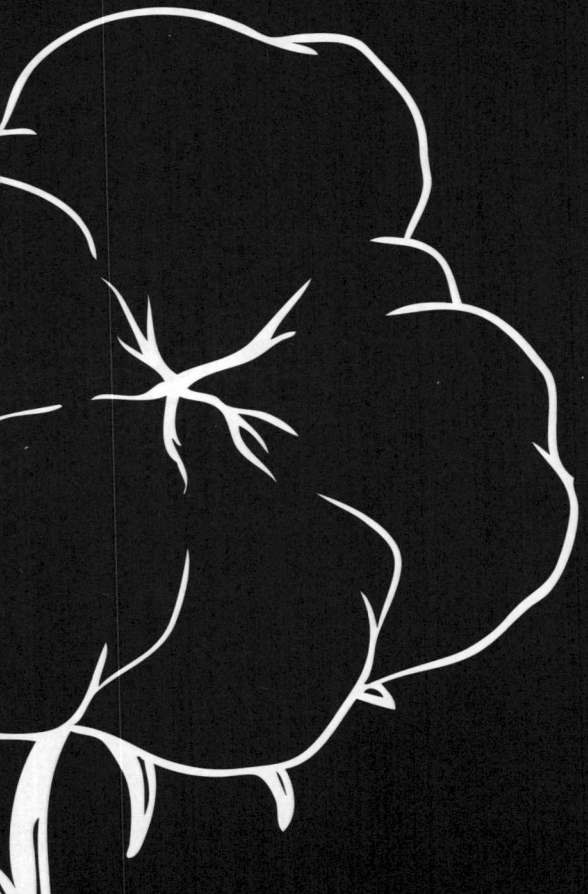

---

1. Lc 8, 11: "A parábola quer dizer o seguinte: *a semente é a Palavra de Deus.* [...]"

I

E se quisesse Deus que este tão ilustre e tão numeroso auditório saísse hoje tão desenganado da pregação, como vem enganado com o pregador! Ouçamos o Evangelho, e ouçamo-lo todo, que todo é do caso que me levou e trouxe de tão longe.

Ecce exiit qui seminat, seminare.[2] Diz Cristo que saiu o pregador evangélico a semear a palavra divina. Bem parece este texto dos livros de Deus. Não só faz menção do semear, mas faz também caso do sair: *Exiit,* porque no dia da messe hão-nos de medir a semeadura e hão-nos de contar os passos. O mundo, aos que lavrais com ele, nem vos satisfaz o que dispendeis, nem vos paga o que andais. Deus não é assim. Para quem lavra com Deus até o sair é semear, porque também das passadas colhe fruto. Entre os semeadores do Evangelho há uns que saem a semear, há outros que semeiam sem sair. Os que saem a semear são os que vão pregar à Índia, à China, ao Japão; os que semeiam sem sair são os que se contentam com pregar na pátria. Todos terão sua razão, mas tudo tem sua conta. Aos que têm a seara em casa, pagar-lhes-ão a semeadura; aos que vão buscar a seara tão longe, hão-lhes de medir a semeadura e hão-lhes de contar os passos. Ah! Dia do Juízo! Ah! pregadores! Os de cá, achar-vos-eis com mais paço; os de lá, com mais passos: *Exiit seminare.*

Mas daqui mesmo vejo que notais (e me notais) que diz Cristo que o semeador do Evangelho saiu, porém não diz que tornou; porque os pregadores evangélicos, os ho-

---

2. Mt 13, 3: E Jesus falou para eles muita coisa com parábolas: "O semeador saiu para semear. [...]"

mens que professam pregar e propagar a fé, e bem que saiam, mas não é bem que tornem. Aqueles animais de Ezequiel que tiravam pelo carro triunfal da glória de Deus e significavam os pregadores do Evangelho que propriedades tinham? *Nec revertebantur, cum ambularent*[3]: Uma vez que iam, não tornavam. As rédeas por que se governavam era o ímpeto do espírito, como diz o mesmo texto; mas esse espírito tinha impulsos para os levar, não tinha regresso para os trazer; porque sair para tornar, melhor é não sair. Assim arguis com muita razão, e eu também assim o digo. Mas pergunto: E se esse semeador evangélico, quando saiu, achasse o campo tomado; se se armassem contra ele os espinhos; se se levantassem contra ele as pedras, e se lhe fechassem os caminhos, que havia de fazer? Todos estes contrários que digo e todas estas contradições experimentou o semeador do nosso Evangelho. Começou ele a semear (diz Cristo), mas com pouca ventura. Uma parte do trigo caiu entre espinhos, e afogaram-no os espinhos: *Aliud cecidit inter spinas, et simul exortae spinae suffocaverunt illud.* Outra parte caiu sobre pedras, e secou-se nas pedras por falta de humidade: *Aliud cecidit super petram, et natum aruit, quia non habebat humorem.* Outra parte caiu no caminho, e pisaram-no os homens e comeram-no as aves: *Aliud cecidit secus viam, et conculcatum est, et volucres coeli comederunt illud.* Ora vede como todas as criaturas do mundo se armaram contra esta sementeira. Todas as criaturas quantas há no mundo se reduzem a quatro gêneros: criaturas racionais, como os homens; criaturas sensitivas,

---

3. Ez 1, 12: Todos se moviam para a frente, seguindo a direção para a qual o vento os conduzia. Enquanto se moviam, *nunca se voltavam para os lados*.

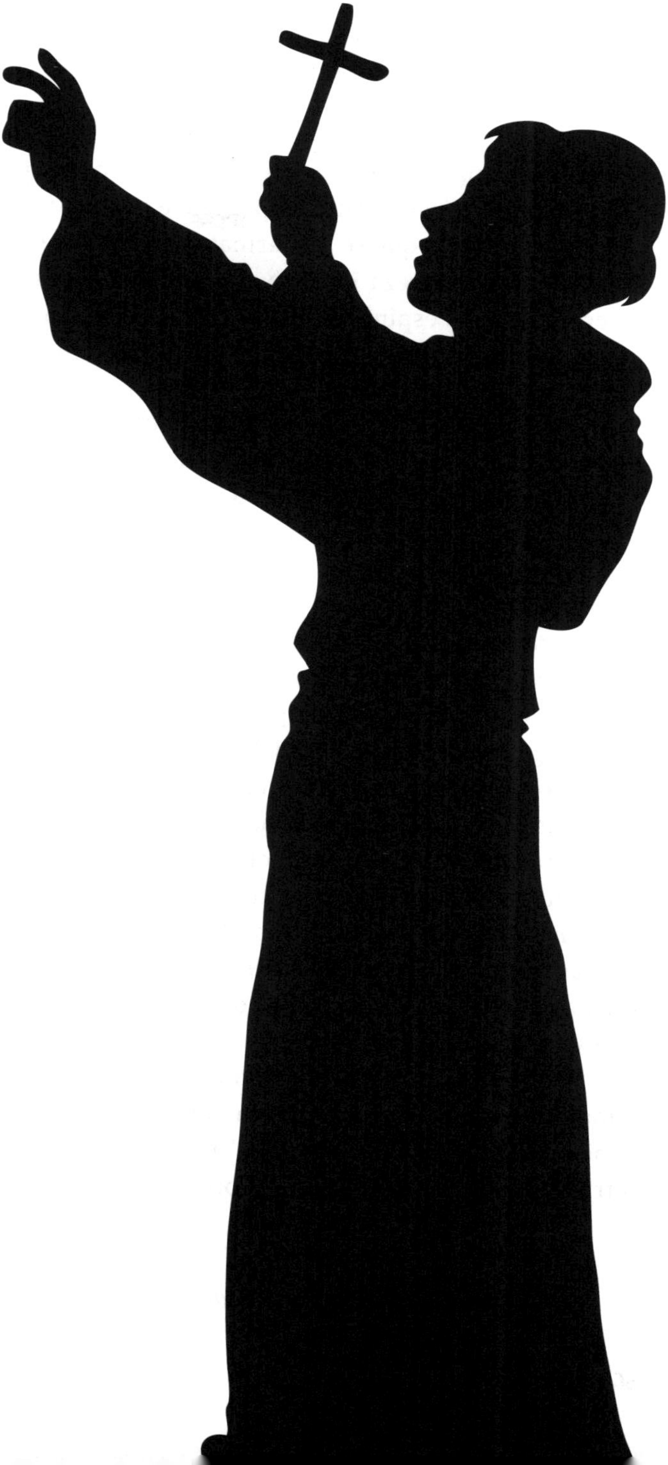

como os animais; criaturas vegetativas, como as plantas; criaturas insensíveis, como as pedras; e não há mais. Faltou alguma destas que se não armasse contra o semeador? Nenhuma. A natureza insensível o perseguiu nas pedras, a vegetativa nos espinhos, a sensitiva nas aves, a racional nos homens. E notai a desgraça do trigo, que onde só podia esperar razão, ali achou maior agravo. As pedras secaram-no, os espinhos afogaram-no, as aves comeram-no; e os homens? Pisaram-no: *Conculcatum est. Ab hominibus* (diz a Glossa). Quando Cristo mandou pregar os apóstolos pelo mundo, disse-lhes desta maneira: *Euntes in mundum universum, praedicate omni creaturae*[4]: Ide, e pregai a toda a criatura. Como assim, Senhor? Os animais não são criaturas? As árvores não são criaturas? As pedras não são criaturas? Pois hão os apóstolos de pregar às pedras? Hão-de pregar aos troncos? Hão-de pregar aos animais? Sim, diz São Gregório, depois de Santo Agostinho. Porque como os apóstolos iam pregar a todas as nações do mundo, muitas delas bárbaras e incultas, haviam de achar os homens degenerados em todas as espécies de criaturas: haviam de achar homens homens, haviam de achar homens brutos, haviam de achar homens troncos, haviam de achar homens pedras. E quando os pregadores evangélicos vão pregar a toda a criatura, que se armem contra eles todas as criaturas? Grande desgraça!

Mas ainda a do semeador do nosso Evangelho não foi a maior. A maior é a que se tem experimentado na seara aonde eu fui, e para onde venho. Tudo o que aqui padeceu o trigo, padeceram lá os semeadores. Se bem advertirdes,

---

4. Mc 16, 15: Então Jesus disse-lhes: "*Vão pelo mundo inteiro e anunciem* a Boa Notícia *para toda a humanidade.* [...]"

houve aqui trigo mirrado, trigo afogado, trigo comido e trigo pisado. Trigo mirrado: *Natum aruit, quia non habebat humorem*; trigo afogado: *Exortae spinae suffocaverunt illud*; trigo comido: *Volucres coeli comederunt illud*; trigo pisado: *Conculcatum est*. Tudo isto padeceram os semeadores evangélicos da missão do Maranhão de doze anos a esta parte. Houve missionários afogados, porque uns se afogaram na boca do grande rio das Amazonas; houve missionários comidos, porque a outros comeram os bárbaros na ilha dos Aruãs; houve missionários mirrados, porque tais tornaram os da jornada dos Tocantins mirrados da fome e da doença, onde tal houve, que, andando vinte e dois dias perdido nas brenhas, matou somente a sede com o orvalho que lambia das folhas. Vede se lhe quadra bem o *Natum aruit, quia non habebant humorem?* E que sobre mirrados, sobre afogados, sobre comidos, ainda se vejam pisados e perseguidos dos homens: *Conculcatum est?* Não me queixo nem o digo, Senhor, pelos semeadores; só pela seara o digo, só pela seara o sinto. Para os semeadores, isto são glórias: mirrados sim, mas por amor de vós mirrados; afogados sim, mas por amor de vós afogados; comidos sim, mas por amor de vós comidos; pisados e perseguidos sim, mas por amor de vós perseguidos e pisados.

Agora torna a minha pergunta: E que faria neste caso, ou que devia fazer o semeador evangélico, vendo tão mal logrados seus primeiros trabalhos? Deixaria a lavoura? Desistiria da sementeira? Ficar-se-ia ocioso no campo, só porque tinha lá ido? Parece que não. Mas se tornasse muito depressa a casa a buscar alguns instrumentos com que alimpar a terra das pedras e dos espinhos, seria isto desistir? Seria isto tornar atrás? Não por certo. No mesmo texto de Ezequiel com que arguistes, temos a prova. Já vimos como dizia o texto, que aqueles animais da carroça de Deus, quando iam não tornavam: *Nec revertebantur, cum ambularent*. Lede agora dois versos mais abaixo, e vereis que diz o mesmo texto, que aqueles animais tornavam à semelhança de um raio ou corisco: *Ibant et revertebantur in similitudinem fulguris coruscantis*[5]. Pois se os animais iam e tornavam à semelhança de um raio, como diz o texto que quando iam não tornavam? Porque quem vai, e volta como um raio, não torna. Ir, e voltar como raio, não é tornar, é ir por diante. Assim o fez o semeador do nosso Evangelho. Não o desanimou nem a primeira nem a segunda nem a terceira perda; continuou por diante no semear, e foi com tanta felicidade, que nesta quarta e última parte do trigo se restauraram com vantagem as perdas do demais: nasceu, cresceu, espigou, amadureceu, colheu-se, mediu-se, achou-se que por um grão multiplicara cento: *Et fecit fructum centuplum*.

Oh! que grandes esperanças me dá esta sementeira! Oh! que grande exemplo me dá este semeador! Dá-me grandes esperanças a sementeira porque, ainda que se perderam os primeiros trabalhos, lograr-se-ão os últimos. Dá-me grande exemplo o semeador, porque, depois de perder a primeira, a segunda e a terceira parte do trigo, aproveitou a quarta e última, e colheu dela muito fruto. Já que se perderam as três partes da vida, já que uma parte da idade a levaram os espinhos, já que outra parte a levaram as pedras, já que outra parte a levaram os caminhos, e tantos caminhos, esta quarta e última parte, este último quartel da vida, por que se perderá também? Por que não dará fruto? Por que não terão também os anos o que tem o ano? O ano tem tempo

---

5. Ez 1, 14: *Os animais, no seu vaivém, pareciam coriscos.*

para as flores e tempo para os frutos. Por que não terá também o seu outono a vida? As flores, umas caem, outras secam, outras murcham, outras leva o vento; aquelas poucas que se pegam ao tronco e se convertem em fruto, só essas são as venturosas, só essas são as discretas, só essas são as que duram, só essas são as que aproveitam, só essas são as que sustentam o mundo. Será bem que o mundo morra à fome? Será bem que os últimos dias se passem em flores? Não será bem, nem Deus quer que seja, nem há de ser. Eis aqui por que eu dizia ao princípio, que vindes enganados com o pregador. Mas para que possais ir desenganados com o sermão, tratarei nele uma matéria de grande peso e importância. Servirá como de prólogo aos sermões que vos hei de pregar, e aos mais que ouvirdes esta Quaresma.

II

Semen est Verbum Dei.
O trigo que semeou o pregador evangélico, diz Cristo que é a palavra de Deus. Os espinhos, as pedras, o caminho e a terra boa em que o trigo caiu são os diversos corações dos homens. Os espinhos são os corações embaraçados com cuidados, com riquezas, com delícias; e nestes afoga-se a palavra de Deus. As pedras são os corações duros e obstinados; e nestes seca-se a palavra de Deus, e, se nasce, não cria raízes. Os caminhos são os corações inquietos e perturbados com a passagem e tropel das coisas do mundo, umas que vão, outras que vêm, outras que atravessam, e todas passam; e nestes é pisada a palavra de Deus, porque ou a desatendem ou a desprezam. Finalmente, a terra boa são os corações bons ou os homens de bom coração; e nestes prende e fru-

tifica a palavra divina, com tanta fecundidade e abundância, que se colhe cento por um: *Et fructum fecit centuplum.* Este grande frutificar da palavra de Deus é o em que reparo hoje; e é uma dúvida ou admiração que me traz suspenso e confuso, depois que subo ao púlpito. Se a palavra de Deus é tão eficaz e tão poderosa, como vemos tão pouco fruto da palavra de Deus? Diz Cristo que a palavra de Deus frutifica cento por um, e já eu me contentara com que frutificasse um por cento. Se com cada cem sermões se convertera e emendara um homem, já o mundo fora santo. Este argumento de fé, fundado na autoridade de Cristo, se aperta ainda mais na experiência, comparando os tempos passados com os presentes. Lede as histórias eclesiásticas, e achá-las-eis todas cheias de admiráveis efeitos da pregação da palavra de Deus. Tantos pecadores convertidos, tanta mudança de vida, tanta reformação de costumes; os grandes desprezando as riquezas e vaidades do mundo; os reis renunciando os cetros e as coroas; as mocidades e as gentilezas metendo-se pelos desertos e pelas covas; e hoje? Nada disto. Nunca na Igreja de Deus houve tantas pregações, nem tantos pregadores como hoje. Pois se tanto se semeia a palavra de Deus, como é tão pouco o fruto? Não há um homem que em um sermão entre em si e se resolva, não há um moço que se arrependa, não há um velho que se desengane. Que é isto? Assim como Deus não é hoje menos onipotente, assim a sua palavra não é hoje menos poderosa do que dantes era. Pois se a palavra de Deus é tão poderosa, se a palavra de Deus tem hoje tantos pregadores, por que não vemos hoje nenhum fruto da palavra de Deus? Esta, tão grande e tão importante dúvida, será a matéria do sermão. Quero começar pregando-me a mim. A mim será, e também a vós; a mim, para aprender a pregar; a vós, para que aprendais a ouvir.

III

Fazer pouco fruto a palavra de Deus no mundo pode proceder de um de três princípios: ou da parte do pregador, ou da parte do ouvinte, ou da parte de Deus. Para uma alma se converter por meio de um sermão, há de haver três concursos: há de concorrer o pregador com a doutrina, persuadindo; há de concorrer o ouvinte com o entendimento, percebendo; há de concorrer Deus com a graça, alumiando. Para um homem se ver a si mesmo, são necessárias três coisas: olhos, espelho e luz. Se tem espelho e é cego, não se pode ver por falta de olhos; se tem espelho e olhos, e é de noite, não se pode ver por falta de luz. Logo, há mister luz, há mister espelho e há mister olhos. Que coisa é a conversão de uma alma, senão entrar um homem dentro em si e ver-se a si mesmo? Para esta vista são necessários olhos, é necessária luz e é necessário espelho. O pregador concorre com o espelho, que é a doutrina; Deus concorre com a luz, que é a graça; o homem concorre com os olhos, que é o conhecimento. Ora suposto que a conversão das almas por meio da pregação depende destes três concursos: de Deus, do pregador e do ouvinte; por qual deles devemos entender que falta? Por parte do ouvinte, ou por parte do pregador, ou por parte de Deus?

Primeiramente, por parte de Deus, não falta nem pode faltar. Esta proposição é de fé, definida no Concílio Tridentino, e no nosso Evangelho a temos. Do trigo que deitou à terra o semeador, uma parte se logrou e três se perderam. E por que se perderam estas três? A primeira perdeu-se, porque a afogaram os espinhos; a segunda, porque a secaram as pedras; a terceira, porque a pisaram os homens e a comeram as aves. Isto é o que diz Cristo; mas notai

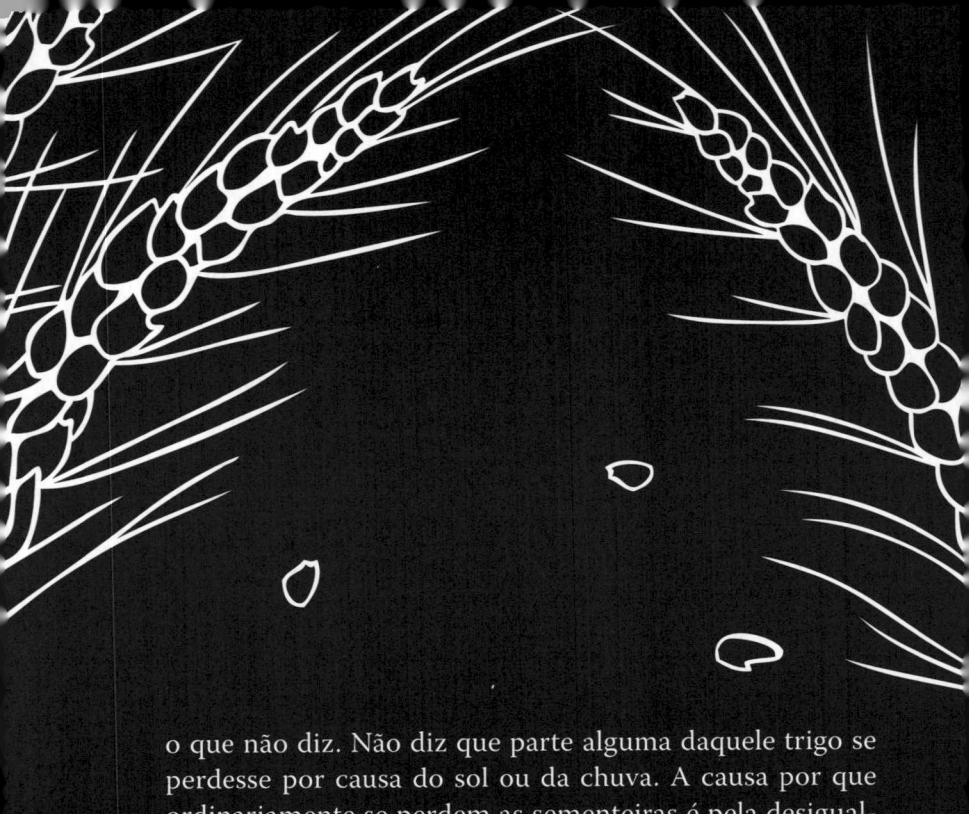

o que não diz. Não diz que parte alguma daquele trigo se perdesse por causa do sol ou da chuva. A causa por que ordinariamente se perdem as sementeiras é pela desigualdade e pela intemperança dos tempos, ou porque falta ou sobeja a chuva, ou porque falta ou sobeja o sol. Pois por que não introduz Cristo na parábola do Evangelho algum trigo que se perdesse por causa do sol ou da chuva? Porque o sol e a chuva são as influências da parte do céu, e deixar de frutificar a semente da palavra de Deus nunca é por falta do céu, sempre é por culpa nossa. Deixará de frutificar a sementeira, ou pelo embaraço dos espinhos, ou pela dureza das pedras, ou pelos descaminhos dos caminhos; mas, por falta das influências do céu, isso nunca é nem pode ser. Sempre Deus está pronto da sua parte, com o sol para aquentar e com a chuva para regar; com o sol para alumiar e com a chuva para amolecer, se os nossos corações quiserem: *Qui solem suum oriri facit super bonos et malos, et pluit super justos et injustos*[6]. Se Deus dá o seu sol e a sua chuva aos bons e aos maus; aos maus que se quiserem fazer bons, como a negará? Este ponto é tão claro que não há para que nos determos em mais prova. *Quid debui facere vineae meae, et non feci?*[7] – disse o mesmo Deus por Isaías. Sendo, pois, certo que a palavra divina não deixa de frutificar por parte de Deus, segue-se que ou é por falta do pregador ou por falta dos ouvintes. Por qual será? Os pregadores deitam a culpa aos ouvintes, mas não é assim. Se fora por parte dos ouvintes, não fizera a palavra de Deus muito grande fruto, mas não fazer nenhum fruto e nenhum efeito não é por parte dos ouvintes. Provo. Os ouvintes ou são maus ou são bons; se são bons, faz neles fruto a palavra de Deus; se são maus, ainda que não faça neles fruto, faz efeito. No Evangelho o temos. O trigo que caiu nos espinhos nasceu, mas afogaram-no: *Simul exortae spinae suffocaverunt illud*. O trigo que caiu nas pedras nasceu também, mas secou-se: *Et natum aruit*. O trigo que caiu na terra boa nasceu e frutificou com grande multiplicação: *Et natum fecit fructum centuplum*. De maneira que o trigo que caiu na boa terra nasceu e frutificou; o trigo que caiu na má terra não frutificou, mas nasceu; porque a palavra de Deus é tão fecunda, que nos bons faz muito fruto e é tão eficaz que nos maus, ainda que não faça fruto, faz efeito; lançada nos espinhos, não frutificou, mas nasceu até nos espinhos; lançada nas pedras, não frutificou, mas nasceu até nas pedras. Os piores ouvintes que há na Igreja de

---

6. Mt 5, 45: Assim vocês se tornarão filhos do Pai que está no céu, porque ele faz *o sol nascer sobre maus e bons, e a chuva cair sobre justos e injustos.*
7. Is 5, 4: *O que mais eu deveria ter feito pela minha vinha, que não fiz? Por que esperei que desse uvas boas, e ela me deu uvas azedas?*

Deus são as pedras e os espinhos. E por quê? Os espinhos por agudos, as pedras por duras. Ouvintes de entendimentos agudos e ouvintes de vontades endurecidas são os piores que há. Os ouvintes de entendimentos agudos são maus ouvintes, porque vêm só a ouvir sutilezas, a esperar galantarias, a avaliar pensamentos, e às vezes também a picar a quem os não pica. *Aliud cecidit inter spinas*: O trigo não picou os espinhos, antes os espinhos o picaram a ele; e o mesmo sucede cá. Cuidais que o sermão vos picou a vós, e não é assim; vós sois os que picais o sermão. Por isto são maus ouvintes os de entendimentos agudos. Mas os de vontades endurecidas ainda são piores, porque um entendimento agudo pode ferir pelos mesmos fios, e vencer-se uma agudeza com outra maior; mas contra vontades endurecidas nenhuma coisa aproveita a agudeza, antes dana mais, porque, quanto as setas são mais agudas, tanto mais facilmente se despontam na pedra. Oh! Deus nos livre de vontades endurecidas, que ainda são piores que as pedras! A vara de Moisés abrandou as pedras, e não pôde abrandar uma vontade endurecida: *Percutiens virga bis silicem, et egressae sunt aquae largissimae*[8]. *Induratum est cor Pharaonis.*[9] E com os ouvintes de entendimentos agudos e os ouvintes de vontades endurecidas serem os mais rebeldes, é tanta a força da divina palavra, que, apesar da agudeza, nasce nos espinhos, e, apesar da dureza, nasce nas pedras. Pudéramos arguir ao lavrador do Evangelho de não cortar os espinhos e de não arrancar as pedras antes de semear,

---

8. Nm 20, 11: Moisés levantou a mão e *bateu na rocha duas vezes com a vara: a água jorrou em abundância*, e a comunidade e os animais puderam beber.
9. Ex 7, 13: Apesar disso, *o coração do Faraó se endureceu* e ele não fez caso de Moisés e Aarão, exatamente como Javé havia predito.

mas de indústria deixou no campo as pedras e os espinhos, para que se visse a força do que semeava. É tanta a força da divina palavra, que, sem cortar nem despontar espinhos, nasce entre espinhos. É tanta a força da divina palavra, que, sem arrancar nem abrandar pedras, nasce nas pedras. Corações embaraçados como espinhos, corações secos e duros como pedras, ouvi a palavra de Deus e tende confiança. Tomai exemplo nessas mesmas pedras e nesses espinhos. Esses espinhos e essas pedras agora resistem ao semeador do céu; mas virá tempo em que essas mesmas pedras o aclamem e esses mesmos espinhos o coroem.[10] Quando o semeador do céu deixou o campo, saindo deste mundo, as pedras se quebraram para lhe fazerem aclamações, e os espinhos se teceram para lhe fazerem coroa. E se a palavra de Deus até dos espinhos e das pedras triunfa; se a palavra de Deus até nas pedras, até nos espinhos nasce; não triunfar dos alvedrios hoje a palavra de Deus, nem nascer nos corações, não é por culpa, nem por indisposição dos ouvintes.

Supostas estas duas demonstrações; suposto que o fruto e efeitos da palavra de Deus, não fica, nem por parte de Deus, nem por parte dos ouvintes, segue-se por consequência clara, que fica por parte do pregador. E assim é. Sabeis, cristãos, por que não faz fruto a palavra de Deus? Por culpa dos pregadores. Sabeis, pregadores, por que não faz fruto a palavra de Deus? Por culpa nossa.

10. Mt 27, 51: Imediatamente a cortina do santuário rasgou-se em duas partes, de alto a baixo; a terra tremeu *e as pedras se partiram.* Mat 27, 29: [...] depois teceram uma coroa de espinhos, *puseram a coroa em sua cabeça,* e uma vara em sua mão direita. Então se ajoelharam diante de Jesus e zombaram dele, dizendo: "Salve, rei dos judeus!"

IV

Mas como em um pregador há tantas qualidades, e em uma pregação tantas leis, e os pregadores podem ser culpados em todas, em qual consistirá esta culpa? No pregador podem-se considerar cinco circunstâncias: a pessoa, a ciência, a matéria, o estilo, a voz. A pessoa que é, a ciência que tem, a matéria que trata, o estilo que segue, a voz com que fala. Todas estas circunstâncias temos no Evangelho. Vamo-las examinando uma por uma e buscando esta causa.

Será porventura o não fazer fruto hoje a palavra de Deus, pela circunstância da pessoa? Será porque antigamente os pregadores eram santos, eram varões apostólicos e exemplares, e hoje os pregadores são eu e outros como eu? Boa razão é esta. A definição do pregador é a vida e o exemplo. Por isso Cristo no Evangelho não o comparou ao semeador, senão ao que semeia. Reparai. Não diz Cristo: saiu a semear o semeador, senão saiu a semear o que semeia: *Ecce exiit, qui seminat, seminare.* Entre o semeador e o que semeia há muita diferença. Uma coisa é o soldado e outra coisa o que peleja; uma coisa é o governador e outra o que governa. Da mesma maneira, uma coisa é o semeador e outra o que semeia; uma coisa é o pregador e outra o que prega. O semeador e o pregador é nome; o que semeia e o que prega é ação; e as ações são as que dão o ser ao pregador. Ter o nome de pregador, ou ser pregador de nome, não importa nada; as ações, a vida, o exemplo, as obras, são as que convertem o mundo. O melhor conceito que o pregador leva ao púlpito, qual cuidais que é? É o conceito que de sua vida têm os ouvintes. Antigamente convertia-se o mundo, hoje por que se não converte ninguém? Porque hoje pregam-se palavras e pensamentos, antigamente pregavam-se palavras e obras. Palavras sem obras são tiros sem bala; atroam, mas não ferem. A funda de Davi derrubou o gigante, mas não o derrubou com o estalo, senão com a pedra: *Infixus est lapis in fronte ejus*[11]. As vozes da harpa de Davi lançavam fora os demônios do corpo de Saul, mas não eram vozes pronunciadas com a boca, eram vozes formadas com a mão: *David tollebat citharam, et percutie-*

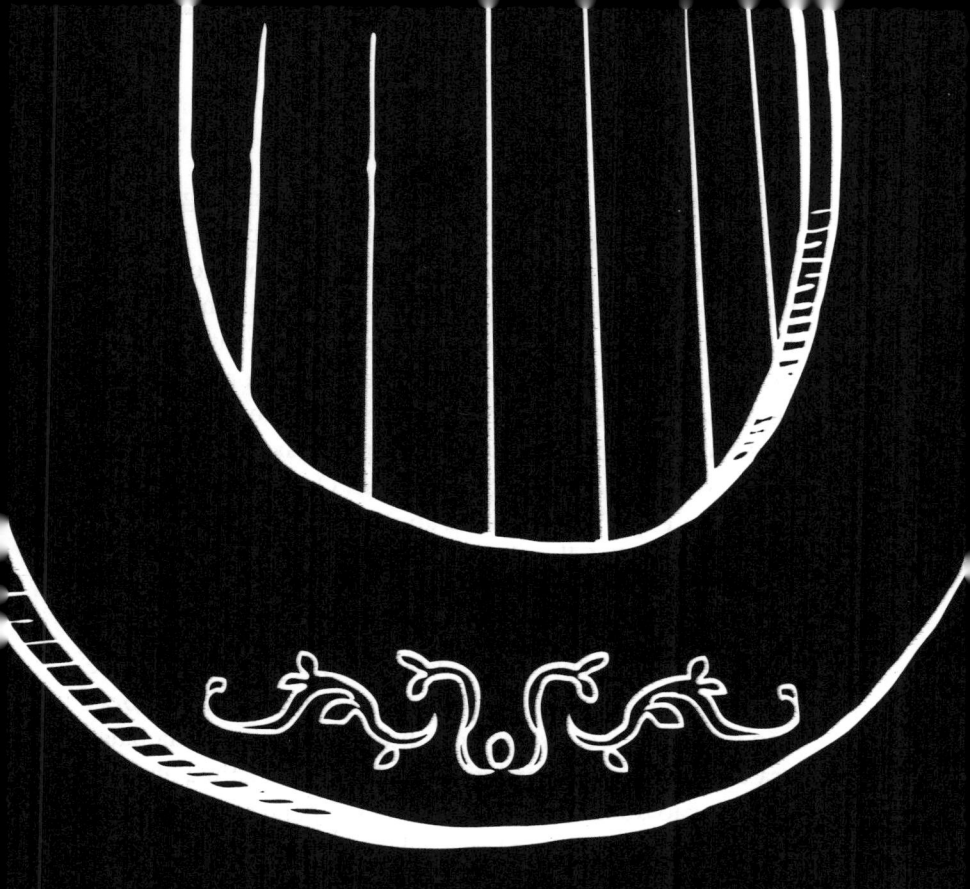

---

11. 1 Sm 17, 49: Davi enfiou a mão no bornal, pegou *uma pedra*, atirou-a com a funda e *acertou na testa do filisteu*. A pedra afundou na testa do filisteu, que caiu de bruços no chão.

bat manu sua[12]. Por isso Cristo comparou o pregador ao semeador. O pregar que é falar faz-se com a boca; o pregar que é semear faz-se com a mão. Para falar ao vento, bastam palavras; para falar ao coração, são necessárias obras. Diz o Evangelho que a palavra de Deus frutificou cento por um. Que quer isto dizer? Quer dizer que de uma palavra nasceram cem palavras? Não. Quer dizer que de poucas palavras nasceram muitas obras. Pois palavras que frutificam obras, vede se podem ser só palavras! Quis Deus converter o mundo, e que fez? Mandou ao mundo seu Filho feito homem. Notai. O Filho de Deus, enquanto Deus, é palavra de Deus, não é obra de Deus: *Genitum non factum*. O Filho de Deus, enquanto Deus e Homem, é palavra de Deus e obra de Deus juntamente: *Verbum caro factum est*[13]. De maneira que até de sua palavra desacompanhada de obras não fiou Deus a conversão dos homens. Na união da palavra de Deus com a maior obra de Deus consistiu a eficácia da salvação do mundo. Verbo Divino é palavra divina; mas importa pouco que as nossas palavras sejam divinas, se forem desacompanhadas de obras. A razão disto é porque as palavras ouvem-se, as obras veem-se; as palavras entram pelos ouvidos, as obras entram pelos olhos, e a nossa alma rende-se muito mais pelos olhos que pelos ouvidos. No céu ninguém há que não ame a Deus, nem possa deixar de o amar. Na terra há tão poucos que o amem, todos o ofendem. Deus não é o mesmo e tão digno de ser amado no céu

---

12. 1 Sm 16, 23: Todas as vezes que o espírito de Deus atacava Saul, *Davi pegava a harpa e tocava*. Então Saul se acalmava, sentia-se melhor, e o espírito mau o deixava.
13. Jo 1, 14: E *a Palavra se fez homem* e habitou entre nós. E nós contemplamos a sua glória: glória do Filho único do Pai, cheio de amor e fidelidade.

e na terra? Pois como no céu obriga e necessita a todos a o amarem, e na terra não? A razão é porque Deus no céu é Deus visto; Deus na terra é Deus ouvido. No céu entra o conhecimento de Deus à alma pelos olhos: *Videbimus eum sicut est*[14]; na terra entra-lhe o conhecimento de Deus pelos ouvidos: *Fides ex auditu*[15]; e o que entra pelos ouvidos crê--se, o que entra pelos olhos necessita. Vissem os ouvintes em nós o que nos ouvem a nós, e o abalo e os efeitos do sermão seriam muito outros.

Vai um pregador pregando a Paixão, chega ao pretório de Pilatos, conta como a Cristo o fizeram rei de zombaria, diz que tomaram uma púrpura e lha puseram aos ombros; ouve aquilo o auditório muito atento. Diz que teceram uma coroa de pinhos e que lha pregaram na cabeça; ouvem todos com a mesma atenção. Diz mais que lhe ataram as mãos e lhe meteram nelas uma cana por cetro; continua o mesmo silêncio e a mesma suspensão nos ouvintes. Corre-se neste espaço uma cortina, aparece a imagem do *Ecce Homo*; eis todos prostrados por terra, eis todos a bater no peito, eis as lágrimas, eis os gritos, eis os alaridos, eis as bofetadas. Que é isto? Que apareceu de novo nesta igreja? Tudo o que descobriu aquela cortina, tinha já dito o pregador. Já tinha dito daquela púrpura, já tinha dito daquela coroa e daqueles espinhos, já tinha dito daquele cetro e daquela cana. Pois se isto então não fez abalo nenhum, como faz agora tanto? Porque então era *Ecce Homo* ouvido, e agora é *Ecce Homo* visto;

---

14. Jo 3, 2: Amados, desde agora já somos filhos de Deus, embora ainda não se tenha tornado claro o que vamos ser. Sabemos que, quando Jesus se manifestar, seremos semelhantes a ele, porque *nós o veremos como ele é.*
15. Rm 10, 17: *A fé depende*, portanto, *da pregação*, e a pregação é o anúncio da palavra de Cristo.

a relação do pregador entrava pelos ouvidos, a representação daquela figura entra pelos olhos. Sabem, padres pregadores, por que fazem pouco abalo os nossos sermões? Porque não pregamos aos olhos, pregamos só aos ouvidos. Por que convertia o Batista tantos pecadores? Porque, assim como as suas palavras pregavam aos ouvidos, o seu exemplo pregava aos olhos. As palavras do Batista pregavam penitência: *Agite paenitentiam*[16]. Homens, fazei penitência; e o exemplo clamava: *Ecce Homo*: eis aqui está o homem que é o retrato da penitência e da aspereza. As palavras do Batista pregavam jejum e repreendiam os regalos e demasias da gula; e o exemplo clamava: *Ecce Homo*: eis aqui está o homem que se sustenta de gafanhotos e mel silvestre. As palavras do Batista pregavam composição e modéstia, e condenavam a soberba e a vaidade das galas; e o exemplo clamava: *Ecce Homo*: eis aqui está o homem vestido de peles de camelo, com as cerdas e cilício à raiz da carne. As palavras do Batista pregavam despegos e retiros do mundo, e fugir das ocasiões e dos homens; e o exemplo clamava: *Ecce Homo*: Eis aqui o homem que deixou as cortes e as cidades, e vive num deserto e numa cova. Se os ouvintes ouvem uma coisa e veem outra, como se hão de converter? Jacó punha as varas manchadas diante das ovelhas quando concebiam, e daqui procedia que os cordeiros nasciam malhados[17]. Se quando os ouvintes percebem os nossos conceitos, têm diante dos olhos as nossas manchas, como hão de conceber virtudes? Se a minha vida é apologia contra a minha doutrina, se as minhas palavras vão já refu-

---

16. Mt 3, 2: "*Convertam-se*, porque o Reino do Céu está próximo."
17. Gn 30, 39: Os animais se acasalavam diante das varas e pariam crias listradas, pintadas e malhadas.

tadas nas minhas obras, se uma coisa é o semeador e outra o que semeia, como se há de fazer fruto? Muito boa e muito forte razão era esta de não fazer fruto a palavra de Deus; mas tem contra si o exemplo e experiência de Jonas[18]. Jonas fugitivo de Deus, desobediente, contumaz, e, ainda depois de engolido e vomitado, iracundo, impaciente, pouco caritativo, pouco misericordioso, e mais zeloso e amigo da própria estimação que da honra de Deus e salvação das almas, desejoso de ver subvertida a Nínive e de a ver subverter com seus olhos, havendo nela tantos mil inocentes; contudo este mesmo homem com um sermão converteu o maior rei, a maior corte e o maior reino do mundo, e não de homens fiéis, senão de gentios idólatras. Outra é logo a causa que buscamos. Qual será?

V

Será porventura o estilo que hoje se usa nos púlpitos? Um estilo tão empeçado, um estilo tão dificultoso, um estilo tão afetado, um estilo tão encontrado a toda a arte e a toda a natureza? Boa razão é também esta. O estilo há de ser muito fácil e muito natural. Por isso Cristo comparou o pregar ao

---

18. Jn 1, 1-4: A palavra de Javé foi dirigida a Jonas, filho de Amati, ordenando: "Levante-se e vá a Nínive, a grande cidade, e anuncie aí que a maldade dela chegou até mim". Jonas partiu, então, com intenção de escapar da presença de Javé, fugindo para Társis. Desceu até Jope e aí encontrou um navio de saída para Társis. Pagou a passagem e embarcou, a fim de ir com eles até Társis, para escapar assim da presença de Javé. Javé, porém, mandou sobre o mar um vento forte, que provocou uma grande tempestade e ondas violentas. E o navio estava a ponto de naufragar.

semear: *Exiit, qui seminat, seminare.* Compara Cristo o pregar ao semear, porque o semear é uma arte que tem mais de natureza que de arte. Nas outras artes tudo é arte; na música tudo se faz por compasso, na arquitetura tudo se faz por regra, na aritmética tudo se faz por conta, na geometria tudo se faz por medida. O semear não é assim. É uma arte sem arte; caia onde cair. Vede como semeava o nosso lavrador do Evangelho. Caía o trigo nos espinhos e nascia: *Aliud cecidit inter spinas, et simul exortae spinae.* Caía o trigo nas pedras e nascia: *Aliud cecidit super petram, et natum.* Caía o trigo na terra boa e nascia: *Aliud cecidit in terram bonam, et natum.* Ia o trigo caindo e ia nascendo.

Assim há de ser o pregar. Hão de cair as coisas e hão de nascer; tão naturais que vão caindo, tão próprias que venham nascendo. Que diferente é o estilo violento e tirânico que hoje se usa? Ver vir os tristes passos da Escritura, como quem vem ao martírio; uns vêm acarretados, outros vêm arrastados, outros vêm estirados, outros vêm torcidos, outros vêm despedaçados; só atados não vêm! Há tal tirania? Então no meio disto, que bem levantado está aquilo! Não está a coisa no levantar, está no cair: *Cecidit.* Notai uma alegoria própria da nossa língua. O trigo do semeador, ainda que caiu quatro vezes, só de três nasceu; para o sermão vir nascendo, há de ter três modos de cair: há de cair com queda, há de cair com cadência, há de cair com caso. A queda é para as coisas, a cadência para as palavras, o caso para a disposição. A queda é para as coisas porque hão de vir bem trazidas e em seu lugar; hão de ter queda. A cadência é para as palavras, porque não hão de ser escabrosas nem dissonantes; hão de ter cadência. O caso é para a disposição, porque há de ser tão natural e tão desafetada que pareça caso e não estudo: *Cecidit, cecidit, cecidit.*

Já que falo contra os estilos modernos, quero alegar por mim o estilo do mais antigo pregador que houve no mundo. E qual foi ele? O mais antigo pregador que houve no mundo foi o céu. *Coeli enarrant gloriam Dei, et opera manuum ejus annuntiat firmamentum*, diz Davi[19]. Suposto que o céu é pregador, deve de ter sermões e deve de ter palavras. Sim, tem, diz o mesmo Davi, tem palavras e tem sermões, e mais muito bem ouvidos. *Non sunt loquellae, nec sermones, quorum non audiantur voces eorum.*[20] E quais são estes sermões e estas palavras do céu? As palavras são as estrelas, os sermões são a composição, a ordem, a harmonia e o curso delas. Vede como diz o estilo de pregar do céu, com o estilo que Cristo ensinou na terra? Um e outro é semear; a terra semeada de trigo, o céu semeado de estrelas. O pregar há de ser como quem semeia, e não como quem ladrilha ou azuleja. Ordenado, mas como as estrelas: *Stellae manentes in ordine suo*[21]. Todas as estrelas estão por sua ordem; mas é ordem que faz influência, não é ordem que faça lavor. Não fez Deus o céu em xadrez de estrelas, como os pregadores fazem o sermão em xadrez de palavras. Se de uma parte está branco, da outra há de estar negro; se de uma parte está dia, da outra há de estar noite; se de uma parte dizem luz, da outra hão de dizer sombra; se de uma parte dizem desceu, da outra hão de dizer subiu. Basta que não havemos de ver num sermão duas palavras em paz? Todas hão de estar sempre em fronteira com o seu contrário? Aprendamos do céu o estilo da disposição

---

19. Sl 19 (18), 2: *O céu manifesta a glória de Deus, e o firmamento proclama a obra de suas mãos.*
20. Sl 19, 4: *Sem fala e sem palavras, sem que a sua voz seja ouvida,* [...].
21. Jz 5, 20: Do alto céu *as estrelas combateram,* de seus caminhos lutaram contra Sísara.

e também o das palavras. Como hão de ser as palavras? Como as estrelas. As estrelas são muito distintas e muito claras. Assim há de ser o estilo da pregação, muito distinto e muito claro. E nem por isso temais que pareça o estilo baixo; as estrelas são muito distintas e muito claras, e altíssimas. O estilo pode ser muito claro e muito alto; tão claro que o entendam os que não sabem e tão alto que tenham muito que entender nele os que sabem. O rústico acha documentos nas estrelas para a sua lavoura, e o mareante para a sua navegação, e o matemático para as suas observações e para os seus juízos. De maneira que o rústico e o mareante, que não sabem ler nem escrever, entendem as estrelas; e o matemático, que tem lido quantos escreveram, não alcança a entender quanto nelas há. Tal pode ser o sermão: estrelas que todos as veem, e muito poucos as medem.

Sim, Padre; porém esse estilo de pregar não é pregar culto. Mas fosse! Este desventurado estilo que hoje se usa, os que o querem honrar chamam-lhe culto, os que o condenam chamam-lhe escuro, mas ainda lhe fazem muita honra. O estilo culto não é escuro, é negro, e negro boçal e muito cerrado. É possível que somos portugueses e havemos de ouvir um pregador em português, e não havemos de entender o que diz? Assim como há Lexicon para o grego e Calepino para o latim, assim é necessário haver um vocabulário do púlpito. Eu ao menos o tomara para os nomes próprios, porque os cultos têm desbatizados os santos, e cada autor que alegam é um enigma. Assim o disse o Cetro Penitente, assim o disse o evangelista Apeles, assim o disse a Águia de África, o Favo de Claraval, a Púrpura de Belém, a Boca de Ouro. Há tal modo de alegar! O Cetro Penitente dizem que é Davi, como se todos os cetros não foram penitência; o evangelista Apeles, que é São Lucas; o

Favo de Claraval, São Bernardo; a Águia de África, Santo Agostinho; a Púrpura de Belém, São Jerônimo; a Boca de Ouro, São Crisóstomo. E quem quitaria ao outro cuidar que a Púrpura de Belém é Herodes, que a Águia de África é Cipião, e que a Boca de Ouro é Midas? Se houvesse um advogado que alegasse assim a Bártolo e Baldo, havíeis de fiar dele o vosso pleito? Se houvesse um homem que assim falasse na conversação, não o havíeis de ter por néscio? Pois o que na conversação seria necessidade, como há de ser discrição no púlpito?

Boa me parecia também esta razão; mas como os cultos pelo polido e estudado se defendem com o grande Nazianzeno, com Ambrósio, com Crisólogo, com Leão; e pelo escuro e duro, com Clemente Alexandrino, com Tertuliano, com Basílio de Selêucia, com Zeno Veronense e outros, não podemos negar a reverência a tamanhos autores, posto que desejáramos nos que se prezam de beber destes rios, a sua profundidade. Qual será logo a causa de nossa queixa?

VI

Será pela matéria ou matérias que tomam os pregadores? Usa-se hoje o modo que chamam de apostilar o Evangelho, em que tomam muitas matérias, levantam muitos assuntos, e quem levanta muita caça e não segue nenhuma não é muito que se recolha com as mãos vazias. Boa razão é também esta. O sermão há de ter um só assunto e uma só matéria. Por isso Cristo disse que o lavrador do Evangelho não semeara muitos gêneros de sementes, senão uma só: *Exiit, qui seminat, seminare semen.* Semeou uma só semente, e não muitas, porque o sermão há de ter uma só matéria, e não muitas matérias. Se o lavrador semeara primeiro trigo, e sobre o trigo semeara centeio, e sobre o centeio semeara milho grosso e miúdo, e sobre o milho semeara cevada, que havia de nascer? Uma mata brava, uma confusão verde. Eis aqui o que acontece aos sermões deste gênero. Como semeiam tanta variedade, não podem colher coisa certa. Quem semeia misturas mal pode colher trigo. Se uma nau fizesse um bordo para o norte, outro para o sul, outro para leste, outro para oeste, como poderia fazer viagem? Por isso nos púlpitos se trabalha tanto e se navega tão pouco. Um assunto vai para um vento, outro assunto vai para outro vento; que se há de colher senão vento? O Batista convertia muitos em Judeia, mas quantas matérias tomava? Uma só matéria: *Parate viam Domini*[22]: a preparação para o Reino de Cristo. Jonas converteu os Ninivitas, mas quantos assuntos tomou? Um só assunto: *Adhuc quadraginta dies, et Ninive subvertetur*[23]: a subversão da cidade. De maneira que Jonas em quarenta dias pregou um só assunto; e nós queremos pregar quarenta assuntos em uma hora? Por isso não pregamos nenhum. O sermão há de ser de uma só cor, há de ter um só objeto, um só assunto, uma só matéria.

Há de tomar o pregador uma só matéria; há de defini-la para que se conheça; há de dividi-la para que se distinga; há de prová-la com a Escritura; há de declará-la com a razão; há de confirmá-la com o exemplo; há de amplificá-la com as

---

22. Mt 3, 3: João foi anunciado pelo profeta Isaías, que disse: "Esta é a voz daquele que grita no deserto: *Preparem o caminho do Senhor, endireitem suas estradas!*"
23. Jn 3, 4: Jonas entrou na cidade e começou a percorrê-la, caminhando um dia inteiro. Ele dizia: *"Dentro de quarenta dias, Nínive será destruída!"*

causas, com os efeitos, com as circunstâncias, com as conveniências que se hão de seguir, com os inconvenientes que se devem evitar; há de responder às dúvidas; há de satisfazer às dificuldades; há de impugnar e refutar com toda a força da eloquência os argumentos contrários; e depois disto há de colher, há de apertar, há de concluir, há de persuadir, há de acabar. Isto é sermão, isto é pregar; e o que não é isto, é falar de mais alto. Não nego nem quero dizer que o sermão não haja de ter variedade de discursos, mas esses hão de nascer todos da mesma matéria e continuar e acabar nela. Quereis ver tudo isto com os olhos? Ora vede. Uma árvore tem raízes, tem tronco, tem ramos, tem folhas, tem varas, tem flores, tem frutos. Assim há de ser o sermão: há de ter raízes fortes e sólidas, porque há de ser fundado no Evangelho; há de ter um tronco, porque há de ter um só assunto e tratar uma só matéria; deste tronco hão de nascer diversos ramos, que são diversos discursos, mas nascidos da mesma matéria e continuados nela; estes ramos não hão de ser secos, senão cobertos de folhas, porque os discursos hão de ser vestidos e ornados de palavras. Há de ter esta árvore varas, que são a repreensão dos vícios; há de ter flores, que são as sentenças; e, por remate de tudo, há de ter frutos, que é o fruto e o fim a que se há de ordenar o sermão. De maneira que há de haver frutos, há de haver flores, há de haver varas, há de haver folhas, há de haver ramos; mas tudo nascido e fundado em um só tronco, que é uma só matéria. Se tudo são troncos, não é sermão, é madeira. Se tudo são ramos, não é sermão, são maravalhas. Se tudo são folhas, não é sermão, são versas. Se tudo são varas, não é sermão, é feixe. Se tudo são flores, não é sermão, é ramalhete. Serem tudo frutos, não pode ser; porque não há frutos sem árvore. Assim que nesta árvore, a que podemos chamar "árvore da vida", há de haver o proveitoso do fruto, o formoso das flores, o rigoroso das varas, o vestido das folhas, o estendido dos ramos; mas tudo isto nascido e formado de um só tronco, e esse não levantado no ar, senão fundado nas raízes do Evangelho: *Seminare semen*. Eis aqui como hão de ser os sermões, eis aqui como não são. E assim não é muito que se não faça fruto com eles.

Tudo o que tenho dito pudera demonstrar largamente, não só com os preceitos dos Aristóteles, dos Túlios, dos Quintilianos, mas com a prática observada do príncipe dos oradores evangélicos, São João Crisóstomo, de São Basílio Magno, São Bernardo, São Cipriano, e com as famosíssimas orações de São Gregório Nazianzeno, mestre de ambas as Igrejas. E posto que nestes mesmos Padres, como em Santo Agostinho, São Gregório e muitos outros, se acham os Evangelhos apostilados com nomes de sermões e homilias, uma coisa é expor e outra pregar; uma ensinar e outra persuadir. E desta última é que eu falo, com a qual tanto fruto fizeram no mundo Santo Antônio de Pádua e São Vicente Ferrer. Mas nem por isso entendo que seja ainda esta a verdadeira causa que busco.

VII

Será porventura a falta de ciência que há em muitos pregadores? Muitos pregadores há que vivem do que não colheram e semeiam o que não trabalharam. Depois da sentença de Adão, a terra não costuma dar fruto, senão a quem come o seu pão com o suor do seu rosto. Boa razão parece também esta. O pregador há de pregar o seu e não o alheio. Por isso diz Cristo que semeou o lavrador do Evangelho o trigo seu: *Semen suum*. Semeou o seu, e não o alheio, porque o alheio e o furtado não são bons para semear, ainda que o furto seja de ciência. Comeu Eva o pomo da ciência, e queixava-me eu antigamente desta nossa mãe; já que comeu o pomo, por que lhe não guardou as pevides? Não seria bem que chegasse a nós a árvore, já que nos chegaram os encargos dela? Pois por que o não fez assim Eva? Porque o pomo era furtado, e o alheio é bom para comer, mas não é bom para semear; é bom para comer, porque dizem que é saboroso; não é bom para semear, porque não nasce. Alguém terá experimentado que o alheio lhe nasce em casa, mas esteja certo, que se nasce, não há de deitar raízes, e o que não tem raízes não pode dar fruto. Eis aqui por que muitos pregadores não fazem fruto; porque pregam o alheio, e não o seu: *Semen suum*. O pregar é entrar em batalha com os vícios; e armas alheias, ainda que sejam as de Aquiles, a ninguém deram vitória. Quando Davi saiu a campo com o gigante, ofereceu-lhe Saul as suas armas, mas ele não as quis aceitar. Com armas alheias ninguém pode vencer, ainda que seja Davi. As armas de Saul só servem a Saul, e as de Davi a Davi; e mais aproveita um cajado e uma funda própria, que a espada e a lança alheia. Pregador que peleja com as armas alheias, não hajais medo que derrube gigante.

Fez Cristo aos apóstolos pescadores de homens[24], que foi ordená-los de pregadores; e que faziam os apóstolos? Diz o texto que estavam: *Reficientes retia sua*: refazendo as redes suas; eram as redes dos apóstolos, e não eram alheias. Notai: *Retia sua*: não diz que eram suas porque as compraram, senão que eram suas porque as faziam; não eram suas porque lhes custaram o seu dinheiro, senão porque lhes custavam o seu trabalho. Desta maneira, eram as redes suas; e porque desta maneira eram suas, por isso eram redes de pescadores que haviam de pescar homens. Com redes alheias, ou feitas por mão alheia, podem-se pescar peixes, homens não se podem pescar. A razão disto é porque nesta pesca de entendimentos só quem sabe fazer a rede sabe fazer o lanço. Como se faz uma rede? Do fio e do nó se compõe a malha; quem não enfia nem ata, como há de fazer rede? E quem não sabe enfiar nem sabe atar, como há de pescar homens? A rede tem chumbada que vai ao fundo, e tem cortiça que nada em cima da água. A pregação tem umas coisas de mais peso e de mais fundo, e tem outras mais superficiais e mais leves; e governar o leve e o pesado, só o sabe fazer quem faz a rede. Na boca de quem não faz a pregação, até o chumbo é cortiça. As razões não hão de ser enxertadas, hão de ser nascidas. O pregar não é recitar. As razões próprias nascem do entendimento, as alheias vão pegadas à memória, e os homens não se convencem pela memória, senão pelo entendimento.

Veio o Espírito Santo sobre os apóstolos, e, quando as línguas desciam do céu, cuidava eu que se lhes haviam de pôr na boca; mas elas foram-se pôr na cabeça. Pois por que

---

24. Mt 4, 19: Jesus disse para eles: "Sigam-me, *e eu farei de vocês pescadores de homens*".

na cabeça e não na boca, que é o lugar da língua? Porque o que há de dizer o pregador, não lhe há de sair só da boca; há--lhe de sair pela boca, mas da cabeça. O que sai só da boca para nos ouvidos; o que nasce do juízo penetra e convence o entendimento. Ainda têm mais mistério estas línguas do Espírito Santo. Diz o texto que não se puseram todas as línguas sobre todos os apóstolos, senão cada uma sobre cada um: *Apparuerunt dispertitae linguae tanquam ignis, seditque supra singulos eorum*[25]. E por que cada uma sobre cada um, e não todas sobre todos? Porque não servem todas as línguas a todos, senão a cada um a sua. Uma língua só sobre Pedro, porque a língua de Pedro não serve a André; outra língua só sobre André, porque a língua de André não serve a Filipe; outra língua só sobre Filipe, porque a língua de Filipe não serve a Bartolomeu, e assim dos mais. E senão vede-o no

---

25. At 2, 3: *Apareceram então umas como línguas de fogo, que se espalharam e foram pousar sobre cada um deles.*

estilo de cada um dos apóstolos, sobre que desceu o Espírito Santo. Só de cinco temos escrituras; mas a diferença com que escreveram, como sabem os doutos, é admirável. As penas todas eram tiradas das asas daquela pomba divina; mas o estilo tão diverso, tão particular e tão próprio de cada um, que bem mostra que era seu. Mateus fácil, João misterioso, Pedro grave, Jacó forte, Tadeu sublime, e todos com tal valentia no dizer, que cada palavra era um trovão, cada cláusula um raio e cada razão um triunfo. Ajuntai a estes cinco São Lucas e São Marcos, que também ali estavam, e achareis o número daqueles sete trovões que ouviu São João no Apocalipse: *Loquuta sunt septem tonitrua voces suas*[26]. Eram trovões que falavam e desarticulavam as vozes, mas essas vozes eram suas: *Voces suas*; suas, e não alheias, como notou Ansberto: *Non alienas, sed suas*. Enfim, pregar o alheio é pregar o alheio, e com o alheio nunca se fez coisa boa.

Contudo eu não me firmo de todo nesta razão, porque do grande Batista sabemos que pregou o que tinha pregado Isaías, como notou São Lucas, e não com outro nome, senão de sermões: *Praedicans baptismum paenitentiae in remissionem peccatorum, sicut scriptum est in libro sermonum Isaiae prophetae*[27]. Deixo o que tomou Santo Ambrósio de São Basílio; São Próspero e Beda de Santo Agostinho; Teofilato e Eutímio de São João Crisóstomo.

---

26. Ap 10, 3: [...] e soltou um forte grito como leão quando ruge. Quando ele gritou, os *sete trovões ribombaram*.
27. Lc 3, 3-4: E João percorria toda a região do rio Jordão, *pregando um batismo de conversão para o perdão dos pecados, conforme está escrito no livro do profeta Isaías*: "Esta é a voz daquele que grita no deserto: preparem o caminho do Senhor, endireitem suas estradas. [...]".

VIII

Será finalmente a causa, que tanto há buscamos, a voz com que hoje falam os pregadores? Antigamente pregavam bradando, hoje pregam conversando. Antigamente a primeira parte do pregador era boa voz e bom peito. E verdadeiramente, como o mundo se governa tanto pelos sentidos, podem às vezes mais os brados que a razão. Boa era também esta, mas não a podemos provar com o semeador, porque já dissemos que não era ofício de boca. Porém o que nos negou o Evangelho no semeador metafórico, nos deu no semeador verdadeiro, que é Cristo. Tanto que Cristo acabou a parábola, diz o Evangelho que começou o Senhor a bradar: *Haec dicens clamabat*[28]. Bradou o Senhor, e não arrazoou sobre a parábola, porque era tal o auditório, que fiou mais dos brados que da razão.
    Perguntaram ao Batista quem era? Respondeu ele: *Ego vox clamantis in deserto*[29]: Eu sou uma voz que anda bradando neste deserto. Desta maneira se definiu o Batista. A definição do pregador, cuidava eu que era: voz que arrazoa e não voz que brada. Pois por que se definiu o Batista pelo bradar e não pelo arrazoar: não pela razão, senão pelos brados? Porque há muita gente neste mundo com quem podem mais os brados que a razão, e tais eram aqueles a quem o Batista pregava. Vede-o claramente em Cristo. Depois que Pilatos examinou as acusações que contra ele se davam, lavou as mãos e disse: *Ego nullam causam invenio in*

---

28. Lc 8, 8: "[...] Outra parte caiu em terra boa; brotou e deu fruto, cem por um." *Dizendo isso, Jesus exclamou:* "Quem tem ouvidos para ouvir, ouça."
29. Jo 1, 23: João declarou: "*Eu sou uma voz gritando no deserto*: 'Aplainem o caminho do Senhor', como disse o profeta Isaías".

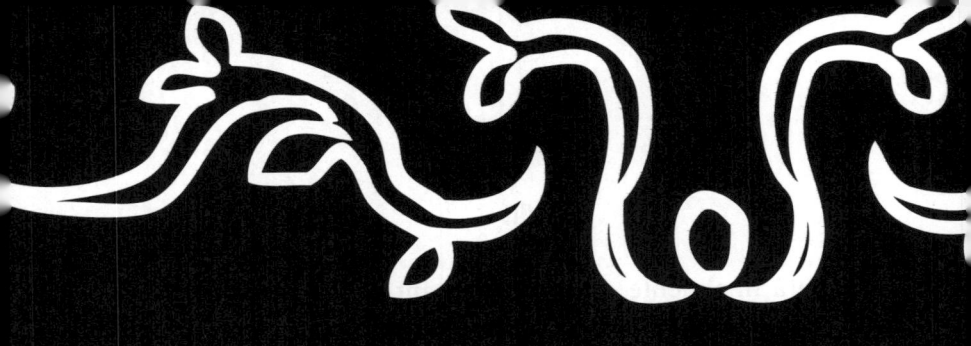

homine isto[30]: Eu nenhuma causa acho neste homem. Neste tempo todo o povo e os escribas bradavam de fora, que fosse crucificado: *At illi magis clamabant, crucifigatur*[31]. De maneira que Cristo tinha por si a razão e tinha contra si os brados. E qual pôde mais? Puderam mais os brados que a razão. A razão não valeu para o livrar, os brados bastaram para o pôr na Cruz. E como os brados no mundo podem tanto, bem é que bradem alguma vez os pregadores, bem é que gritem. Por isso Isaías chamou aos pregadores nuvens: *Qui sunt isti, qui ut nubes volant?*[32] A nuvem tem relâmpago, tem trovão e tem raio: relâmpago para os olhos, trovão para os ouvidos, raio para o coração; com o relâmpago alumia, com o trovão assombra, com o raio mata. Mas o raio fere a um, o relâmpago a muitos, o trovão a todos. Assim há de ser a voz do pregador: um trovão do céu, que assombre e faça tremer o mundo.

Mas que diremos à oração de Moisés: *Concrescat ut pluvia doctrina mea: fluat ut ros eloquium meum?*[33]. Desça

---

30. Lc 23, 14: "Vocês trouxeram este homem como se fosse um agitador do povo. Pois bem! Eu já o interroguei diante de vocês, e *não encontrei nele nenhum dos crimes* de que vocês o estão acusando. [...]"
31. Mt 27, 23: Pilatos falou: "Mas que mal fez ele?" *Eles, porém, gritaram com mais força: "Seja crucificado!"*
32. Is 60, 8: *Quem são esses que voam como nuvens*, como pombas em busca do pombal?
33. Dt 32, 2: *Desça como chuva meu ensinamento e minha palavra se espalhe como orvalho*; como chuvisco sobre relva macia e aguaceiro em grama verdejante.

minha doutrina como chuva do céu, e a minha voz e as minhas palavras como orvalho que se destila brandamente e sem ruído? Que diremos ao exemplo ordinário de Cristo, tão celebrado por Isaías: *Non clamabit neque audietur vox ejus foris?*[34] Não clamará, não bradará, mas falará com uma voz tão moderada que se não possa ouvir fora. E não há dúvida que o praticar familiarmente, e o falar mais ao ouvido que aos ouvidos, não só concilia maior atenção, mas naturalmente e sem força se insinua, entra, penetra e se mete na alma.

Em conclusão que a causa de não fazerem hoje fruto os pregadores com a palavra de Deus, nem é a circunstância da pessoa: *Qui seminat*; nem a do estilo: *Seminare*; nem a da matéria: *Semen*; nem a da ciência: *Suum*; nem a da voz: *Clamabat*. Moisés tinha fraca voz[35]; Amós tinha grosseiro estilo[36]; Salomão multiplicava e variava os assuntos[37]; Balaão não tinha exemplo de vida[38]; o seu animal não tinha ciência; e contudo todos estes, falando, persuadiam e convenciam. Pois se nenhuma destas razões que discorremos, nem todas elas juntas são a causa principal nem bastante do pouco fruto que hoje faz a palavra de Deus, qual diremos finalmente que é a verdadeira causa?

---

34. Is 42, 2: *Ele não gritará nem clamará, nem fará ouvir a sua voz na praça.*
35. Ex 4, 10: Moisés insistiu com Javé: "Meu Senhor, *eu não tenho facilidade para falar*, nem ontem, nem anteontem, nem depois que falaste ao teu servo; minha boca e minha língua são pesadas".
36. Am 1, 1: Palavras de Amós, um pastor de Técua, que teve visões a respeito de Israel, no tempo de Ozias, rei de Judá, e no tempo de Jeroboão, filho de Joás, rei de Israel, dois anos antes do terremoto.
37. Eclesiastes, Capítulo 1.
38. Números, Capítulos 22 e 23.

IX

As palavras que tomei por tema o dizem: *Semen est Verbum Dei*. Sabeis (cristãos) a causa por que se faz hoje tão pouco fruto com tantas pregações? É porque as palavras dos pregadores são palavras, mas não são palavras de Deus. Falo do que ordinariamente se ouve. A palavra de Deus (como dizia) é tão poderosa e tão eficaz, que não só na boa terra faz fruto, mas até nas pedras e nos espinhos nasce. Mas, se as palavras dos pregadores não são palavras de Deus, que muito que não tenham a eficácia e os efeitos da palavra de Deus? *Ventum seminabunt, et turbinem colligent*[39], diz o Espírito Santo: Quem semeia ventos, colhe tempestades. Se os pregadores semeiam vento, se o que se prega é vaidade, se não se prega a palavra de Deus, como não há a Igreja de Deus de correr tormenta, em vez de colher fruto?

Mas dir-me-eis: Padre, os pregadores de hoje não pregam do Evangelho, não pregam das Sagradas Escrituras? Pois como não pregam a palavra de Deus? Esse é o mal. Pregam palavras de Deus, mas não pregam a palavra de Deus: *Qui habet sermonem meum, loquatur sermonem meum vere*[40], disse Deus por Jeremias. As palavras de Deus, pregadas no sentido em que Deus as disse, são palavras de Deus; mas, pregadas no sentido que nós queremos, não são palavras de Deus, antes podem ser palavras do demônio. Tentou o de-

---

39. Os 8, 7: *Semeiam ventos, colherão tempestades*; talo sem espiga não pode dar farinha e, mesmo se desse, os estrangeiros é que iriam comer.
40. Jr 23, 28: O profeta que teve um sonho, que conte o seu sonho; *aquele que recebeu uma palavra minha, que transmita essa palavra fielmente*. O que é que a palha tem com o grão? – oráculo de Javé.

mônio a Cristo a que fizesse das pedras pão. Respondeu-lhe o Senhor: *Non in solo pane vivit homo, sed in omni verbo, quod procedit de ore Dei*[41]. Esta sentença era tirada do capítulo 8 do Deuteronômio. Vendo o demônio que o Senhor se defendia da tentação com a Escritura, leva-o ao Templo, e, alegando o lugar do salmo 90, diz-lhe desta maneira: *Mitte te deorsum; scriptum est enim, quia angelis suis Deus mandavit de te, ut custodiant te in omnibus viis tuis*[42]: Deita-te daí abaixo, porque prometido está nas Sagradas Escrituras que os anjos te tomarão nos braços, para que te não faças mal. De sorte que Cristo defendeu-se do Diabo com a Escritura, e o Diabo tentou a Cristo com a Escritura. Todas as Escrituras são palavra de Deus; pois se Cristo toma a Escritura para se defender do Diabo, como toma o Diabo a Escritura para tentar a Cristo? A razão é porque Cristo tomava as palavras da Escritura em seu verdadeiro sentido, e o Diabo tomava as palavras da Escritura em sentido alheio e torcido; e as mesmas palavras, que tomadas em verdadeiro sentido, são palavras de Deus, tomadas em sentido alheio, são armas do Diabo. As mesmas palavras que, tomadas no sentido em que Deus as disse, são defesa, tomadas no sentido em que Deus as não disse, são tentação. Eis aqui a tentação com que então quis o Diabo derrubar a Cristo, e com que hoje lhe faz a mesma guerra do pináculo do templo. O pináculo do templo é o púlpito, porque é o lugar mais alto dele. O Diabo tentou a Cristo no deserto, tentou-o no monte, tentou-o no templo: no deserto, tentou-o com a gula; no monte, tentou-o

---

41. Mt 4, 4: Mas Jesus respondeu: "A Escritura diz: '*Não só de pão vive o homem, mas de toda palavra que sai da boca de Deus*'".
42. Sl 91 (90), 11: [...] *pois ele ordenou aos seus anjos que guardem você em seus caminhos.*

com a ambição; no templo, tentou-o com as Escrituras mal interpretadas, e essa é a tentação de que mais padece hoje a Igreja, e que em muitas partes tem derrubado dela, senão a Cristo, a sua fé.

Dizei-me, pregadores (aqueles com quem eu falo indignos verdadeiramente de tão sagrado nome), dizei-me: esses assuntos inúteis que tantas vezes levantais, essas empresas ao vosso parecer agudas que prosseguis, achastes-las alguma vez nos profetas do Testamento Velho, ou nos apóstolos e evangelistas do Testamento Novo, ou no autor de ambos os Testamentos, Cristo? É certo que não, porque desde a primeira palavra do Gênesis até a última do Apocalipse, não há tal coisa em todas as Escrituras. Pois se nas Escrituras não há o que dizeis e o que pregais, como cuidais que pregais a palavra de Deus? Mais. Nesses lugares, nesses textos que alegais para prova do que dizeis, é esse o sentido em que Deus os disse? É esse o sentido em que os entendem os padres da Igreja? É esse o sentido da mesma gramática das palavras? Não, por certo; porque muitas vezes as tomais pelo que toam e não pelo que significam, e talvez nem pelo que toam. Pois, se não é esse o sentido das palavras de Deus, segue-se que não são palavras de Deus. E se não são palavras de Deus, que nos queixamos que não façam fruto as pregações? Basta que havemos de trazer as palavras de Deus a que digam o que nós queremos, e não havemos de querer dizer o que elas dizem! E então ver cabecear o auditório a estas coisas, quando devíamos de dar com a cabeça pelas paredes de as ouvir! Verdadeiramente não sei de que mais me espante, se dos nossos conceitos, se dos vossos aplausos! Oh! que bem levantou o pregador! Assim é; mas que levantou? Um falso testemunho ao texto, outro falso testemunho ao santo, outro ao entendimento e ao sentido de ambos. Então que se converta o mundo com falsos testemunhos da palavra de Deus? Se a alguém parecer demasiada a censura, ouça-me. Estava Cristo acusado diante de Caifás, e diz o evangelista São Mateus que por fim vieram duas testemunhas falsas: *Novissime venerunt duo falsi testes*[43]. Estas testemunhas referiram que ouviram dizer a Cristo que, se os Judeus destruíssem o templo, ele o tornaria a reedificar em três dias. Se lermos o evangelista São João, acharemos que Cristo verdadeiramente tinha dito as palavras referidas. Pois se Cristo tinha dito que havia de reedificar o templo dentro em três dias, e isto mesmo é o que referiram as testemunhas, como lhes chama o evangelista testemunhas falsas: *Duo falsi testes*? O mesmo São João deu a razão: *Loquebatur de templo corporis sui*[44]. Quando Cristo disse que em três dias reedificaria o templo, falava o Senhor do templo místico de seu corpo, o qual os Judeus destruíram pela morte e o Senhor o reedificou pela ressurreição; e como Cristo falava do templo místico e as testemunhas o referiram ao templo material de Jerusalém, ainda que as palavras eram verdadeiras, as testemunhas eram falsas. Eram falsas, porque Cristo as dissera em um sentido, e eles as referiram em outro; e referir as palavras de Deus em diferente sentido do que foram ditas, é levantar falso testemunho a Deus, é levantar falso testemunho às Escrituras. Ah! Senhor, quantos falsos testemunhos vos levantam! Quantas vezes ouço dizer que dizeis o que nunca dissestes! Quantas vezes ouço dizer que são palavras

---

43. Mt 26, 60: E nada encontraram, embora se *apresentassem muitas falsas testemunhas. Por fim, se apresentaram duas testemunhas*, [...].
44. Jo 2, 21: Mas *o Templo de que Jesus falava era o seu corpo*.

vossas, o que são imaginações minhas, que me não quero excluir deste número! Que muito logo que as nossas imaginações, e as nossas vaidades, e as nossas fábulas não tenham a eficácia de palavra de Deus! Miseráveis de nós, e miseráveis dos nossos tempos! Pois neles se veio a cumprir a profecia de São Paulo: *Erit tempus, cum sanam doctrinam non sustinebunt*[45]: Virá tempo, diz São Paulo, em que os homens não sofrerão a doutrina sã. *Sed ad sua desideria coacervabunt sibi magistros prurientes auribus*: Mas para seu apetite terão grande número de pregadores feitos a montão e sem escolha, os quais não façam mais que adular-lhes as orelhas. *A veritate quidem auditum avertent, ad fabulas autem convertentur*: Fecharão os ouvidos à verdade, e abri-los-ão às fábulas. Fábula tem duas significações: quer dizer fingimento e quer dizer comédia; e tudo são muitas pregações deste tempo. São fingimento, porque são sutilezas e pensamentos aéreos, sem fundamento de verdade; são comédia, porque os ouvintes vêm à pregação como à comédia; e há pregadores que vêm ao púlpito como comediantes. Uma das felicidades que se contava entre as do tempo presente era acabarem-se as comédias em Portugal; mas não foi assim. Não se acabaram, mudaram-se; passaram-se do teatro ao púlpito. Não cuideis que encareço em chamar comédia a muitas pregações das que hoje se usam. Tomara ter aqui as comédias de Plauto, de Terêncio, de Sêneca, e veríeis se não acháveis nelas muitos desenganos da vida e vaidade do mundo,

---

45. 2Tm 4, 3: Pois *vai chegar o tempo em que não se suportará mais a doutrina*; pelo contrário, com a comichão de ouvir alguma coisa, os homens se rodearão de mestres a seu bel-prazer.

muitos pontos de doutrina moral, muito mais verdadeiros, e muito mais sólidos, do que hoje se ouvem nos púlpitos. Grande miséria, por certo, que se achem maiores documentos para a vida nos versos de um poeta profano e gentio, que nas pregações de um orador cristão, e muitas vezes, sobre cristão, religioso!

Pouco disse São Paulo em lhe chamar comédia, porque muitos sermões há que não são comédia, são farsa. Sobe talvez ao púlpito um pregador dos que professam ser mortos ao mundo, vestido ou amortalhado em um hábito de penitência (que todos, mais ou menos ásperos, são de penitência; e todos, desde o dia que os professamos, mortalhas); a vista é de horror, o nome de reverência, a matéria de compunção, a dignidade de oráculo, o lugar e a expectação de silêncio; e, quando este se rompeu, que é o que se ouve? Se neste auditório estivesse um estrangeiro que nos não conhecesse e visse entrar este homem a falar em público naqueles trajos e em tal lugar, cuidaria que havia de ouvir uma trombeta do céu; que cada palavra sua havia de ser um raio para os corações, que havia de pregar com o zelo e com o fervor de um Elias, que com a voz, com o gesto e com as ações havia de fazer em pó e em cinza os vícios. Isto havia de cuidar o estrangeiro. E nós que é o que vemos? Vemos sair da boca daquele homem, assim naqueles trajos, uma voz muito afetada e muito polida, e logo começar com muito desgarro, a quê? A motivar desvelos, a acreditar empenhos, a requintar finezas, a lisonjear precipícios, a brilhar auroras, a derreter cristais, a desmaiar jasmins, a toucar primaveras, e outras mil indignidades destas. Não é isto farsa a mais digna de riso, se não fora tanto para chorar? Na comédia, o rei veste como rei, e fala como rei; o lacaio veste como lacaio, e fala como lacaio; o rústico veste como rústico, e fala como rústico; mas um pregador, vestir como religioso e falar como... não o quero dizer, por reverência do lugar. Já que o púlpito é teatro, e o sermão comédia sequer, não faremos bem a figura? Não dirão as palavras com o vestido e com o ofício? Assim pregava São Paulo, assim pregavam aqueles patriarcas que se vestiram e nos vestiram destes hábitos? Não louvamos e não admiramos o seu pregar? Não nos prezamos de seus filhos? Pois por que não os imitamos? Por que não pregamos como eles pregavam? Neste mesmo púlpito pregou São Francisco Xavier, neste mesmo púlpito pregou São Francisco de Borja; e eu, que tenho o mesmo hábito, por que não pregarei a sua doutrina, já que me falta o seu espírito?

X

Dir-me-eis o que a mim me dizem, e o que já tenho experimentado, que, se pregamos assim, zombam de nós os ouvintes, e não gostam de ouvir. Oh!, boa razão para um servo de Jesus Cristo! Zombem e não gostem embora, e façamos nós nosso ofício. A doutrina de que eles zombam, a doutrina que eles desestimam, essa é a que lhes devemos pregar, e, por isso mesmo, porque é mais proveitosa e a que mais hão mister. O trigo que caiu no caminho comeram-no as aves. Estas aves, como explicou o mesmo Cristo, são os demônios, que tiram a palavra de Deus dos corações dos homens: *Venit Diabolus, et tollit verbum de corde eorum.* Pois por que não comeu o Diabo o trigo que caiu entre os espinhos? ou o trigo que caiu nas pedras, senão o trigo que caiu no caminho? Porque o trigo que caiu no caminho,

Conculcatum est ab hominibus: Pisaram-no os homens; e a doutrina que os homens pisam, a doutrina que os homens desprezam, essa é a de que o Diabo se teme. Desses outros conceitos, desses outros pensamentos, dessas outras sutilezas que os homens estimam e prezam, dessas não se teme nem se acautela o Diabo, porque sabe que não são essas as pregações que lhe hão de tirar as almas das unhas. Mas daquela doutrina que cai: *Secus viam*; daquela doutrina que parece comum: *Secus viam*; daquela doutrina que parece trivial: *Secus viam*; daquela doutrina que parece trilhada: *Secus viam*; daquela doutrina que nos põe em caminho e em via da nossa salvação (que é a que os homens pisam e a que os homens desprezam), essa é a de que o demônio se receia e se acautela, essa é a que procura comer e tirar do mundo; e por isso mesmo essa é a que deviam pregar os pregadores, e a que deviam buscar os ouvintes. Mas se eles não o fizerem assim e zombarem de nós, zombemos nós tanto de suas zombarias como dos seus aplausos. *Per infamiam et bonam famam*⁴⁶, diz São Paulo. O pregador há de saber pregar com fama e sem fama. Mais diz o apóstolo: Há de pregar com fama e com infâmia. Pregar o pregador para ser afamado, isso é mundo; mas infamado, e pregar o que convém, ainda que seja com descrédito de sua fama, isso é ser pregador de Jesus Cristo.

Pois o gostarem ou não gostarem os ouvintes! Oh!, que advertência tão digna! Que médico há que repare no gosto do enfermo, quando trata de lhe dar saúde? Sarem e não gostem; salvem-se e amargue-lhes, que para isso somos médicos das almas. Quais vos parece que são as pedras sobre que caiu parte do trigo do Evangelho? Explicando Cristo a parábola, diz que as pedras são aqueles que ouvem a pregação com gosto: *Hi sunt, qui cum gaudio suscipiunt verbum*. Pois será bem que os ouvintes gostem e que no cabo fiquem pedras? Não gostem e abrandem-se; não gostem e quebrem-se; não gostem e frutifiquem. Este é o modo com que frutificou o trigo que caiu na boa terra: *Et fructum afferunt in patientia*, conclui Cristo. De maneira que o frutificar não se ajunta com o gostar, senão com o padecer; frutifiquemos nós, e tenham eles paciência. A pregação que frutifica, a pregação que aproveita, não é aquela que dá gosto ao ouvinte, é aquela que lhe dá pena. Quando o ouvinte a cada palavra do pregador treme; quando cada palavra do pregador é um torcedor para o coração do ouvinte; quando o ouvinte vai do sermão para casa confuso e atônito, sem saber parte de si, então é a pregação qual

---

46. 2Cor 6, 8: [...] na glória e no desprezo, *na boa e na má fama*; tidos como impostores e, no entanto, dizendo a verdade; [...].

convém, então se pode esperar que faça fruto: *Et fructum afferunt in patientia.*

Enfim, para que os pregadores saibam como hão de pregar e os ouvintes a quem hão de ouvir, acabo com um exemplo do nosso reino, e quase dos nossos tempos. Pregavam em Coimbra dois famosos pregadores, ambos bem conhecidos por seus escritos; não os nomeio porque os hei de desigualar. Altercou-se entre alguns doutores da Universidade qual dos dois fosse maior pregador; e, como não há juízo sem inclinação, uns diziam este, outros, aquele. Mas um lente, que entre os mais tinha maior autoridade, concluiu desta maneira: "Entre dois sujeitos tão grandes não me atrevo a interpor juízo; só direi uma diferença, que sempre experimento: quando ouço um, saio do sermão muito contente do pregador; quando ouço outro, saio muito descontente de mim". Com isto tenho acabado. Algum dia vos enganastes tanto comigo, que saíeis do sermão muito contentes do pregador; agora quisera eu desenganar-vos tanto, que saireis muito descontentes de vós. Semeadores do Evangelho, eis aqui o que devemos pretender nos nossos sermões: não que os homens saiam contentes de nós, senão que saiam muito descontentes de si; não que lhes pareçam bem os nossos conceitos, mas que lhes pareçam mal os seus costumes, as suas vidas, os seus passatempos, as suas ambições e, enfim, todos os seus pecados. Contanto que se descontentem de si, descontentem-se embora de nós. *Si hominibus placerem, Christus servus non essem*[47],

---

47. Gl 1, 10: Por acaso é aprovação dos homens que estou procurando, ou é aprovação de Deus? Ou estou procurando agradar aos homens? *Se estivesse procurando agradar aos homens, eu já não seria servo de Cristo.*

dizia o maior de todos os pregadores, São Paulo: Se eu contentara aos homens, não seria servo de Deus. Oh!, contentemos a Deus, e acabemos de não fazer caso dos homens! Advirtamos que nesta mesma igreja há tribunas mais altas que as que vemos: *Spectaculum facti sumus Deo, angelis et hominibus*[48]. Acima das tribunas dos reis, estão as tribunas dos anjos, está a tribuna e o tribunal de Deus, que nos ouve e nos há de julgar. Que conta há de dar a Deus um pregador no dia do Juízo? O ouvinte dirá: Não mo disseram. Mas o pregador? *Vae mihi, quia tacui*[49]: Ai de mim, que não disse o que convinha! Não seja mais assim, por amor de Deus e de nós. Estamos às portas da Quaresma, que é o tempo em que principalmente se semeia a palavra de Deus na Igreja, e em que ela se arma contra os vícios. Preguemos e armemo-nos todos contra os pecados, contra as soberbas, contra os ódios, contra as ambições, contra as invejas, contra as cobiças, contra as sensualidades. Veja o céu que ainda tem na Terra quem se põe da sua parte. Saiba o inferno que ainda há na Terra quem lhe faça guerra com a palavra de Deus, e saiba a mesma Terra que ainda está em estado de reverdecer e dar muito fruto: *Et fecit fructum centuplum*.

---

48. 1 Cr 4, 9: Pelo que vejo, Deus reservou o último lugar para nós que somos apóstolos, como se estivéssemos condenados à morte, porque *nos tornamos espetáculo para o mundo, para os anjos e para os homens!*
49. Is 6, 5: Então eu disse: *"Ai de mim, estou perdido!* Sou homem de lábios impuros e vivo no meio de um povo de lábios impuros, e meus olhos viram o Rei, Javé dos exércitos".

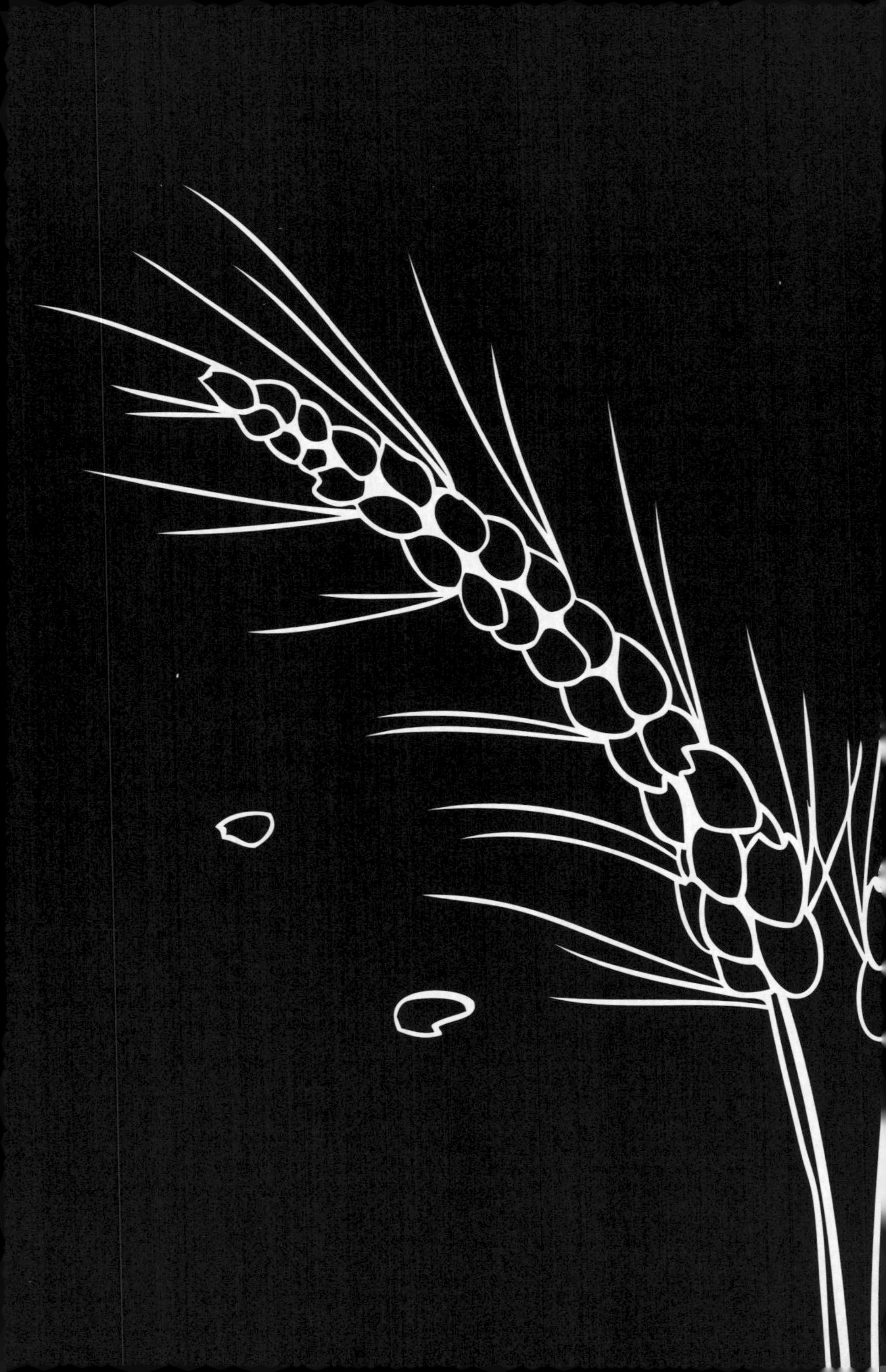

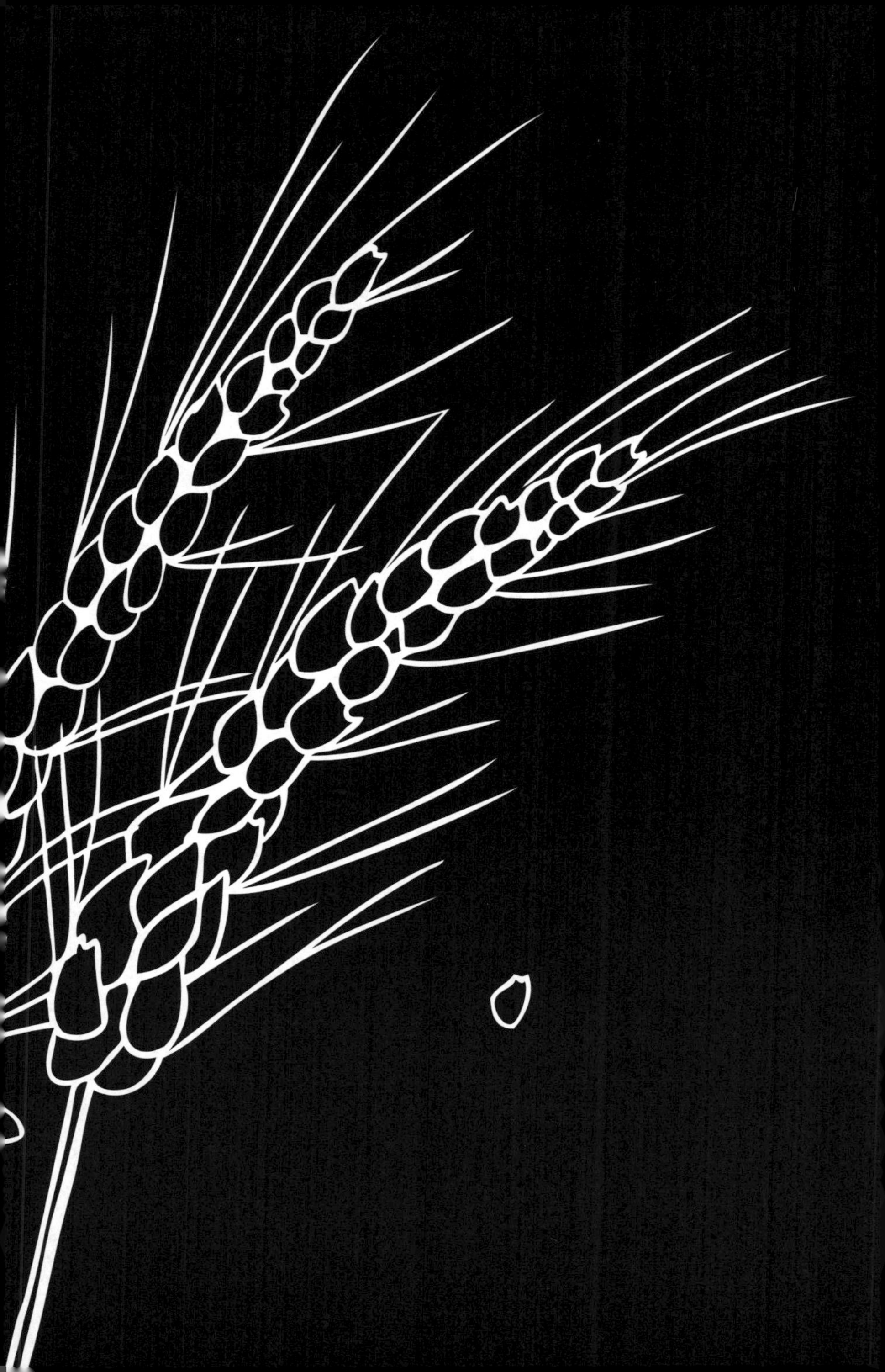

Sermão do bom ladrão

Domine, memento mei, cum veneris in Regnum tuum: hodie mecum eris in Paradiso.[1]

---

1. Lc 23, 42-43: E acrescentou: "Jesus, *lembra-te de mim, quando vieres em teu Reino*". Jesus respondeu: "Eu lhe garanto: *hoje mesmo você estará comigo no Paraíso*".

I

Este sermão, que hoje se prega na Misericórdia de Lisboa, e não se prega na Capela Real, parecia-me a mim que lá se havia de pregar, e não aqui. Daquela pauta havia de ser, e não desta. E por quê? Porque o texto em que se funda o mesmo sermão, todo pertence à majestade daquele lugar, e nada à piedade deste. Uma das coisas que diz o texto é que foram sentenciados em Jerusalém dois ladrões, e ambos condenados, ambos executados, ambos crucificados e mortos, sem lhes valer procurador nem embargos. Permite isto a Misericórdia de Lisboa? Não. A primeira diligência que faz é eleger por procurador das cadeias um irmão de grande autoridade, poder e indústria, e o primeiro timbre deste procurador é fazer honra de que nenhum malfeitor seja justiçado em seu tempo. Logo, esta parte da história não pertence à Misericórdia de Lisboa. A outra parte (que é a que tomei por tema) toda pertence ao paço e à Capela Real. Nela se fala com o rei: *Domine*; nela se trata do seu reino: *cum veneris in Regnum tuum*; nela se lhe presentam memoriais: *memento mei*; e nela os despacha o mesmo rei logo, e sem remissão, a outros tribunais: *hodie mecum eris in Paradiso*. O que me podia retrair de pregar sobre esta matéria era não dizer a doutrina com o lugar. Mas deste escrúpulo, em que muitos pregadores não reparam, me livrou a pregação de Jonas. Não pregou Jonas no paço, senão pelas ruas de Nínive, cidade de mais longes que esta nossa, e diz o texto sagrado que logo a sua pregação chegou aos ouvidos do rei: *Pervenit verbum ad regem*². Bem quisera eu que o que hoje determino pregar chegara a todos os reis, e mais ainda aos estrangeiros que aos nossos. Todos devem imitar ao rei dos reis, e todos têm muito que aprender nesta última ação de sua vida. Pediu o bom ladrão a Cristo que se lembrasse dele no seu reino: *Domine, memento mei, cum veneris in Regnum tuum*. E a lembrança que o Senhor teve dele foi que ambos se vissem juntos no Paraíso: *hodie mecum eris in Paradiso*. Esta é a lembrança que devem ter todos os reis, e a que eu quisera lhes persuadissem os que são ouvidos de mais perto. Que se lembrem não só de levar os ladrões ao Paraíso, senão de os levar consigo: *mecum*. Nem os reis podem ir ao Paraíso sem levar consigo os ladrões, nem os ladrões podem ir ao inferno sem levar consigo os reis. Isto é o que hei de pregar. *Ave Maria*.

II

Levarem os reis consigo ao Paraíso os ladrões não só não é companhia indecente, mas ação tão gloriosa e verdadeiramente real, que com ela coroou e provou o mesmo Cristo a verdade do seu reinado, tanto que admitiu na cruz o título de rei. Mas o que vemos praticar em todos os reinos do mundo é tanto pelo contrário que, em vez de os reis levarem consigo os ladrões ao Paraíso, os ladrões são os que levam consigo os reis ao inferno. E se isto é assim, como logo mostrarei com evidência, ninguém me pode

---

2. Jn 3, 6: *O fato chegou também ao conhecimento do rei* de Nínive. Ele se levantou do trono, tirou o manto, vestiu um pano de saco e sentou-se em cima da cinza.

estranhar a clareza ou publicidade com que falo e falarei, em matéria que envolve tão soberanos respeitos; antes admirar o silêncio e condenar a desatenção com que os pregadores dissimulam uma tão necessária doutrina, sendo a que devera ser mais ouvida e declamada nos púlpitos. Seja, pois, novo hoje o assunto, que devera ser mui antigo e mui frequente, o qual eu prosseguirei tanto com maior esperança de produzir algum fruto, quanto vejo enobrecido o auditório presente com a autoridade de tantos ministros de todos os maiores tribunais, sobre cujo conselho e consciência se costumam descarregar as dos reis.

III

E para que um discurso tão importante e tão grave vá assentado sobre fundamentos sólidos e irrefragáveis, suponho primeiramente que sem restituição do alheio não pode haver salvação. Assim o resolvem com Santo Tomás todos os teólogos, e assim está definido no capítulo *Si res aliena*, com palavras tiradas de Santo Agostinho, que são estas: *Si res aliena propter quam peccatum est, reddi potest, et non redditur, paenitentia non agitur, sed simulatur. Si autem veraciter agitur non remittitur peccatum, nisi restituatur ablatum, si, ut dixi, restitui potest.* Quer dizer: Se o alheio, que se tomou ou retém se pode restituir, e não se restitui, a penitência deste e dos outros pecados não é verdadeira penitência, senão simulada e fingida, porque se não perdoa o pecado sem se restituir o roubado, quando quem o roubou tem possibilidade de o restituir. Esta única exceção da regra foi a felicidade do bom ladrão, e esta a razão por que ele se salvou, e também o mau se pudera salvar sem restituírem.

Como ambos saíram do naufrágio desta vida despidos e pegados a um pau, só esta sua extrema pobreza os podia absolver dos latrocínios que tinham cometido, porque, impossibilitados à restituição, ficavam desobrigados dela. Porém, se o bom ladrão tivera bens com que restituir, ou em todo, ou em parte o que roubou, toda a sua fé e toda a sua penitência, tão celebrada dos santos, não bastara a o salvar, se não restituísse. Duas coisas lhe faltavam a este venturoso homem para se salvar: uma como ladrão que tinha sido, outra como cristão que começava a ser. Como ladrão que tinha sido, faltava-lhe com que restituir; como cristão que começava a ser, faltava-lhe o Batismo; mas, assim como o sangue que derramou na cruz lhe supriu o Batismo, assim a sua desnudez e a sua impossibilidade lhe supriu a restituição, e por isso se salvou. Vejam agora, de caminho, os que roubaram na vida; e nem na vida, nem na morte restituíram, antes na morte testaram de muitos bens e deixaram grossas heranças a seus sucessores; vejam aonde irão ou terão ido suas almas, e se se podiam salvar.

Era tão rigoroso este preceito da restituição na lei velha, que, se o que furtou não tinha com que restituir, mandava Deus que fosse vendido, e restituísse com o preço de si mesmo: *Si non habuerit quod pro furto reddat, ipse venundabitur*[3]. De modo que, enquanto um homem era seu, e possuidor da sua liberdade, posto que não tivesse outra coisa, até que não vendesse a própria pessoa, e restituísse o que podia com o preço de si mesmo, não o julgava a lei por impossibilitado à restituição, nem o desobrigava dela. Que uma tal lei fosse justa não se pode duvidar, porque era lei de Deus, e posto que o mesmo Deus na lei da graça derrogou esta circunstância de rigor, que era de direito positivo; porém na lei natural, que é indispensável, e manda restituir a quem pode e tem com que, tão fora esteve de variar ou moderar coisa alguma, que nem o mesmo Cristo na cruz prometeria o Paraíso ao ladrão, em tal caso, sem que primeiro restituísse. Ponhamos outro ladrão à vista deste, e vejamos admiravelmente no juízo do mesmo Cristo a diferença de um caso a outro.

Assim como Cristo, Senhor nosso, disse a Dimas: *Hodie mecum eris in Paradiso*: Hoje serás comigo no Paraíso, assim disse a Zaqueu: *Hodie salus domui huic facta est*[4]; hoje entrou a salvação nesta tua casa. Mas o que muito se deve notar é que a Dimas prometeu-lhe o Senhor a salvação logo, e a Zaqueu não logo, senão muito depois. E por que, se ambos eram ladrões, e ambos convertidos? Porque Dimas era ladrão pobre, e não tinha com que restituir o que roubara;

---

3. Ex 22, 2: Contudo, se o ferir à luz do dia, será caso de homicídio. O ladrão restituirá, e *quando não tiver com que pagar, será vendido para compensar o que roubou*.
4. Lc 19, 9: Jesus lhe disse: *Hoje a salvação entrou nesta casa*, porque também este homem é um filho de Abraão.

Zaqueu era ladrão rico, e tinha muito com que restituir: *Zacheus princeps erat publicanorum, et ipse dives*[5], diz o evangelista. E ainda que ele o não dissera, o estado de um e outro ladrão o declarava assaz. Por quê? Porque Dimas era ladrão condenado, e, se ele fora rico, claro está que não havia de chegar à forca; porém Zaqueu era ladrão tolerado, e a sua mesma riqueza era a imunidade que tinha para roubar sem castigo, e ainda sem culpa. E como Dimas era ladrão pobre, e não tinha com que restituir, também não tinha impedimento a sua salvação, e por isso Cristo lha concedeu no mesmo momento. Pelo contrário, Zaqueu, como era ladrão rico, e tinha muito com que restituir, não lhe podia Cristo segurar a salvação antes que restituísse, e por isso lhe dilatou a promessa. A mesma narração do Evangelho é a melhor prova desta diferença.

Conhecia Zaqueu a Cristo só por fama, e desejava muito vê-lo. Passou o Senhor pela sua terra, e como era pequeno de estatura, e o concurso muito, sem reparar na autoridade da pessoa e do ofício: *Princeps publicanorum*, subiu-se a uma árvore para o ver, e não só viu, mas foi visto, e muito bem visto. Pôs nele o Senhor aqueles divinos olhos, chamou-o por seu nome e disse-lhe que se descesse logo da árvore, porque lhe importava ser seu hóspede naquele dia: *Zachee, festinans descende, quia hodie in domo tua oportet me manere*[6]. Entrou, pois, o Salvador em casa de Zaqueu, e aqui parece que cabia bem o dizer-lhe que então entrara a salvação em sua casa; mas nem

---

5. Lc 19, 2: Havia aí um homem chamado *Zaqueu: era chefe dos cobradores de impostos, e muito rico.*
6. Lc 19, 5: Quando Jesus chegou ao lugar, olhou para cima e disse: "*Desça depressa, Zaqueu, porque hoje preciso ficar em sua casa*".

isto, nem outra palavra disse o Senhor. Recebeu-o Zaqueu e festejou a sua vinda com todas as demonstrações de alegria: *Excepit illum gaudens*[7]; e guardou o Senhor o mesmo silêncio. Assentou-se à mesa abundante de iguarias, e muito mais de boa vontade, que é o melhor prato para Cristo, e prosseguiu na mesma suspensão. Sobre tudo disse Zaqueu que ele dava aos pobres a metade de todos seus bens: *Ecce dimidium bonorum meorum do pauperibus*[8]. E sendo o Senhor aquele que no dia do Juízo só aos merecimentos da esmola há de premiar com o reino do céu, quem não havia de cuidar que a este grande ato de liberalidade com os pobres responderia logo a promessa da salvação? Mas nem aqui mereceu ouvir Zaqueu o que depois lhe disse Cristo. Pois, Senhor, se vossa piedade e verdade tem dito tantas vezes que o que se faz aos pobres se faz a vós mesmo, e este homem na vossa pessoa vos está servindo com tantos obséquios, e na dos pobres com tantos empenhos; se vos convidastes a ser seu hóspede para o salvar, e a sua salvação é a importância que vos trouxe a sua casa; se o chamastes, e acudiu com tanta diligência; se lhe dissestes que se apressasse: *Festinans descende* e ele se não deteve um momento; por que lhe dilatais tanto a mesma graça que lhe desejais fazer, por que o não acabais de absolver, por que lhe não segurais a salvação? Porque este mesmo Zaqueu, como cabeça de publicanos: *Princeps publicanorum*, tinha roubado a muitos; e como rico que era: *Et ipse dive*s, tinha com que restituir o que rouba-

---

7. Lc 19, 6: Ele desceu rapidamente *e recebeu Jesus com alegria.*
8. Lc 19, 8: Zaqueu ficou de pé e disse ao Senhor: "*A metade dos meus bens, Senhor, eu dou aos pobres*; e, se roubei alguém, vou devolver quatro vezes mais".

ra; e enquanto estava devedor e não restituía o alheio, por mais boas obras que fizesse, nem o mesmo Cristo o podia absolver; e por mais fazenda que despendesse piamente, nem o mesmo Cristo o podia salvar. Todas as outras obras, que depois daquela venturosa vista fazia Zaqueu, eram muito louváveis; mas, enquanto não chegava a fazer a da restituição, não estava capaz da salvação. Restitua, e logo será salvo; e assim foi. Acrescentou Zaqueu que tudo o que tinha mal adquirido restituía em quatro dobros: *Et si quid aliquem defraudavi, reddo quadruplum*[9]. E no mesmo ponto o Senhor, que até ali tinha calado, desfechou os tesouros de sua graça e lhe anunciou a salvação: *Hodie salus domui huic facta est*. De sorte que, ainda que entrou o Salvador em casa de Zaqueu, a salvação ficou de fora, porque, enquanto não saiu da mesma casa a restituição, não podia entrar nela a salvação. A salvação não pode entrar sem se perdoar o pecado, e o pecado não se pode perdoar sem se restituir o roubado: *Non dimittitur peccatum, nisi restituatur ablatum*.

IV

Suposta esta primeira verdade, certa e infalível, a segunda coisa que suponho com a mesma certeza é que a restituição do alheio, sob pena da salvação, não só obriga aos súditos e particulares, senão também aos cetros e às coroas. Cuidam, ou devem cuidar, alguns príncipes que,

---

9. Lc 19, 8: Zaqueu ficou de pé e disse ao Senhor: "A metade dos meus bens, Senhor, eu dou aos pobres; *e, se roubei alguém, vou devolver quatro vezes mais*".

assim como são superiores a todos, assim são senhores de tudo, e é engano. A lei da restituição é lei natural e lei divina. Enquanto lei natural, obriga aos reis, porque a natureza fez iguais a todos; e, enquanto lei divina, também os obriga, porque Deus, que os fez maiores que os outros, é maior que eles. Esta verdade só tem contra si a prática e o uso. Mas, por parte deste mesmo uso, argumenta assim Santo Tomás, o qual é hoje o meu doutor, e nestas matérias o de maior autoridade: *Terrarum principes multa a suis subditis violenter extorquent, quod videtur ad rationem rapinae pertinere; grave autem videtur dicere, quod in hoc peccent, quia sic fere omnes principes damnarentur. Ergo rapina in aliquo casu est licita.* Quer dizer: a rapina, ou roubo, é tomar o alheio violentamente contra a vontade de seu dono; os príncipes tomam muitas coisas a seus vassalos violentamente, e contra sua vontade; logo, parece que o roubo é lícito em alguns casos, porque, se dissermos que os príncipes pecam nisto, todos eles, ou quase todos se condenariam: *Fere omnes principes damnarentur.* Oh! que terrível e temerosa consequência, e quão digna de que a considerem profundamente os príncipes, e os que têm parte em suas resoluções e conselhos! Responde ao seu argumento o mesmo doutor Angélico; e, posto que não costumo molestar os ouvintes com latins largos, hei de referir as suas próprias palavras: *Dicendum, quod si principes a subditis exigunt quod eis secundum justitiam debetur propter bonum commune conservandum, etiam si violentia adhibeatur; non est rapina. Si vero aliquid principes indebite extorqueant, rapina est, sicut et latrocinium. Unde ad restitutionem tenentur, sicut et latrones. Et tanto gravius peccant quam latrones, quanto periculosius, et communius contra publicam justitiam agunt, cujus custodes sunt po-*

siti. Respondo (diz Santo Tomás) que, se os príncipes tiram dos súditos o que segundo a justiça lhes é devido para conservação do bem comum, ainda que o executem com violência, não é rapina, ou roubo. Porém, se os príncipes tomarem por violência o que se lhes não deve, é rapina e latrocínio. Donde se segue que estão obrigados à restituição, como os ladrões; e que pecam tanto mais gravemente que os mesmos ladrões, quanto é mais perigoso e mais comum o dano com que ofendem a justiça pública, de que eles estão postos por defensores.

Até aqui acerca dos príncipes o príncipe dos teólogos. E porque a palavra rapina e latrocínio, aplicada a sujeitos da suprema esfera, é tão alheia das lisonjas que estão costumados a ouvir, que parece conter alguma dissonância, escusa tacitamente o seu modo de falar, e prova a sua doutrina o santo doutor com dois textos alheios, um divino, do profeta Ezequiel, e outro pouco menos que divino, de Santo Agostinho. O texto de Ezequiel é parte do relatório das culpas, porque Deus castigou tão severamente os dois reinos de Israel e Judá, um com o cativeiro dos assírios, e outro com o dos babilônios; e a causa que dá, e muito pondera, é que os seus príncipes, em vez de guardarem os povos como pastores, os roubavam como lobos: *Principes ejus in medio illius, quasi lupi rapientes praedam*[10]. Só dois reis elegeu Deus por si mesmo, que foram Saul e Davi; e a ambos os tirou de pastores, para que, pela experiência dos rebanhos que guardavam, soubessem como haviam de tratar os vassalos; mas seus sucessores, por ambição e cobiça, degeneraram tanto deste amor e deste cuidado que, em vez

---

10. Ez 22, 27: *Suas autoridades parecem lobos que estraçalham a presa, fazendo correr sangue e destruindo vidas para se enriquecerem.*

de os guardar e apascentar como ovelhas, os roubavam e comiam como lobos: *Quasi lupi rapientes praedam.* O texto de Santo Agostinho fala geralmente de todos os reinos, em que são ordinárias semelhantes opressões e injustiças, e diz que, entre os tais reinos e as covas dos ladrões (a que o santo chama latrocínios), só há uma diferença. E qual é? Que os reinos são latrocínios, ou ladroeiras grandes, e os latrocínios, ou ladroeiras, são reinos pequenos: *Sublata justitia, quid sunt regna, nisi magna latrocinia? Quia et latrocinia quid sunt, nisi parva regna?* É o que disse o outro pirata a Alexandre Magno. Navegava Alexandre em uma poderosa armada pelo mar Eritreu a conquistar a Índia, e, como fosse trazido à sua presença um pirata que por ali andava roubando os pescadores, repreendeu-o muito Alexandre de andar em tão mau ofício; porém ele, que não era medroso nem lerdo, respondeu assim. Basta, senhor, que eu, porque roubo em uma barca, sou ladrão, e vós, porque roubais em uma armada, sois imperador? Assim é. O roubar pouco é culpa, o roubar muito é grandeza; o roubar com pouco poder faz os piratas, o roubar com muito, os Alexandres. Mas Sêneca, que sabia bem distinguir as qualidades e interpretar as significações, a uns e outros definiu com o mesmo nome: *Eodem loco pone latronem et piratam, quo regem animum latronis et piratae habentem.* Se o Rei de Macedônia, ou qualquer outro, fizer o que faz o ladrão e o pirata, o ladrão, o pirata e o rei, todos têm o mesmo lugar, e merecem o mesmo nome.

Quando li isto em Sêneca, não me admirei tanto de que um filósofo estoico se atrevesse a escrever uma tal sentença em Roma, reinando nela Nero; o que mais me admirou, e quase envergonhou, foi que os nossos oradores evangélicos, em tempo de príncipes católicos e timoratos, ou para

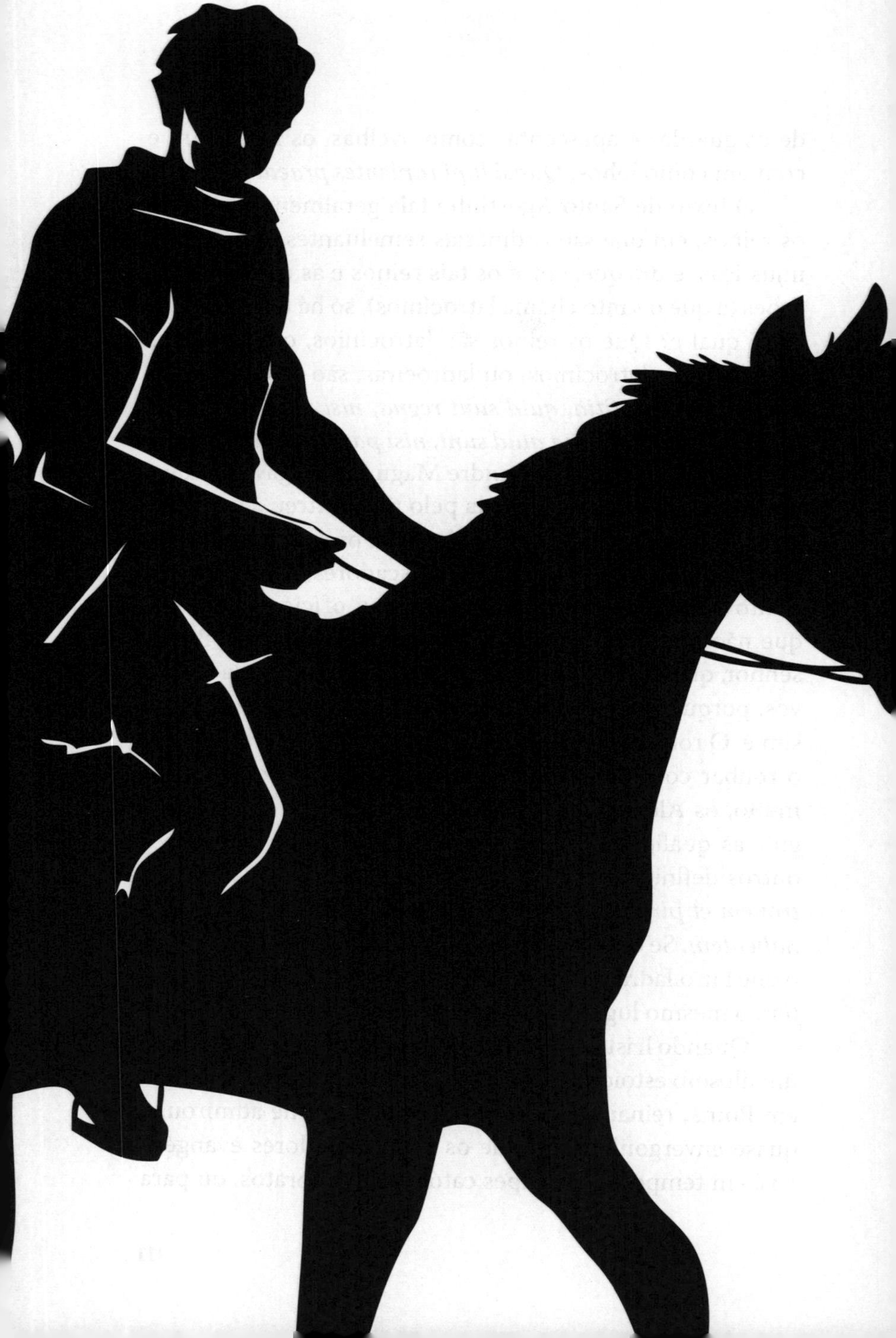

a emenda, ou para a cautela, não preguem a mesma doutrina. Saibam estes eloquentes mudos que mais ofendem os reis com o que calam, que com o que disserem, porque a confiança com que isto se diz é sinal que lhes não toca e que se não podem ofender; e a cautela com que se cala é argumento de que se ofenderão, porque lhes pode tocar. Mas passemos brevemente à terceira e última suposição, que todas três são necessárias para chegarmos ao ponto.

V

Suponho finalmente que os ladrões de que falo não são aqueles miseráveis, a quem a pobreza e vileza de sua fortuna condenou a este gênero de vida, porque a mesma sua miséria ou escusa ou alivia o seu pecado, como diz Salomão: *Non grandis est culpa, cum quis furatus fuerit: furatur enim ut esurientem impleat animam*[11]. O ladrão que furta para comer não vai nem leva ao inferno; os que não só vão, mas levam, de que eu trato, são os ladrões de maior calibre e de mais alta esfera, os quais, debaixo do mesmo nome e do mesmo predicamento, distingue muito bem São Basílio Magno: *Non est intelligendum fures esse solum bursarum incisores, vel latrocinantes in balneis; sed et qui duces legionum statuti, vel qui commisso sibi regimine civitatum, aut gentium, hoc quidem furtim tollunt, hoc vero vi et publice exigunt*: Não são só ladrões, diz o santo, os que cortam bolsas ou espreitam os que se vão banhar, para lhes

---

11. Pr 6, 30: *O ladrão não fica difamado quando rouba para matar a fome*; [...].

colher a roupa; os ladrões que mais própria e dignamente merecem este título são aqueles a quem os reis encomendam os exércitos e legiões, ou o governo das províncias, ou a administração das cidades, os quais já com manha, já com força, roubam e despojam os povos. Os outros ladrões roubam um homem, estes roubam cidades e reinos; os outros furtam debaixo do seu risco, estes sem temor, nem perigo; os outros, se furtam, são enforcados, estes furtam e enforcam. Diógenes, que tudo via com mais aguda vista que os outros homens, viu que uma grande tropa de varas e ministros de justiça levavam a enforcar uns ladrões, e começou a bradar: "Lá vão os ladrões grandes a enforcar os pequenos". Ditosa Grécia, que tinha tal pregador! E mais ditosas as outras nações, se nelas não padecera a justiça as mesmas afrontas. Quantas vezes se viu em Roma ir a enforcar um ladrão por ter furtado um carneiro, e no mesmo dia ser levado em triunfo um cônsul, ou ditador, por ter roubado uma província! E quantos ladrões teriam enforcado estes mesmos ladrões triunfantes? De um, chamado Seronato, disse com discreta contraposição Sidônio Apolinar: *Non cessat simul furta, vel punire, vel facere*. Seronato está sempre ocupado em duas coisas: em castigar furtos, e em os fazer. Isto não era zelo de justiça, senão inveja. Queria tirar os ladrões do mundo, para roubar ele só.

VI

Declarado assim por palavras não minhas, senão de muito bons autores, quão honrados e autorizados sejam os ladrões de que falo, estes são os que disse e digo que levam consigo os reis ao inferno. Que eles fossem lá sós,

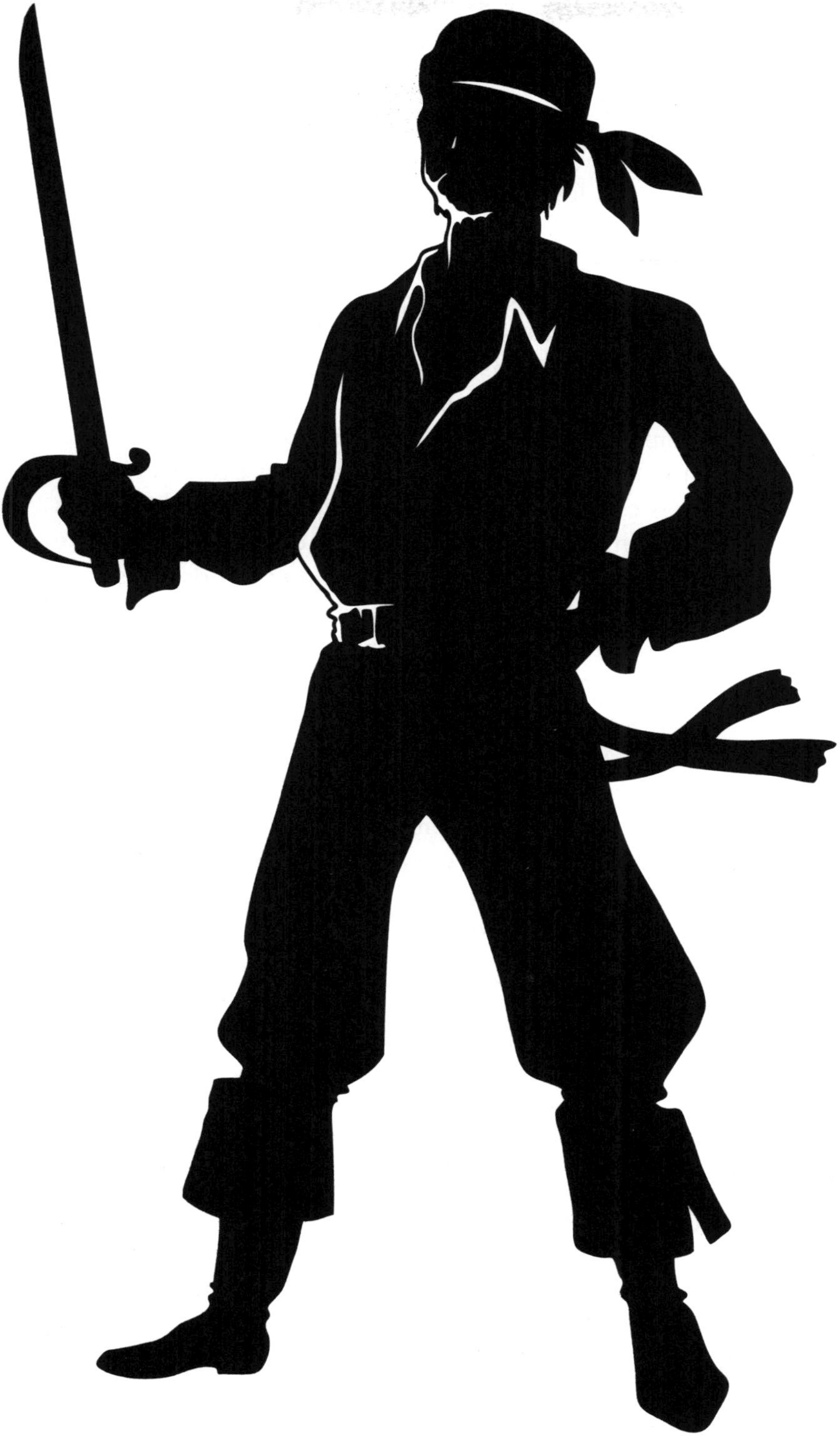

e o diabo os levasse a eles, seja muito na má hora, pois assim o querem; mas que hajam de levar consigo os reis é uma dor que se não pode sofrer, e por isso nem calar. Mas se os reis tão fora estão de tomar o alheio, que antes eles são os roubados, e os mais roubados de todos, como levam ao inferno consigo estes maus ladrões a estes bons reis? Não por um só, senão por muitos modos, os quais parecem insensíveis e ocultos, e são muito claros e manifestos. O primeiro, porque os reis lhes dão os ofícios e poderes com que roubam; o segundo, porque os reis os conservam neles; o terceiro, porque os reis os adiantam e promovem a outros maiores; e, finalmente, porque, sendo os reis obrigados, sob pena de salvação, a restituir todos estes danos, nem na vida, nem na morte os restituem. E quem diz isto? Já se sabe que há de ser Santo Tomás. Faz questão Santo Tomás, se a pessoa que não furtou, nem recebeu ou possui coisa alguma do furto, pode ter obrigação de o restituir? E não só resolve que sim, mas, para maior expressão do que vou dizendo, põe o exemplo nos reis. Vai o texto: *Tenetur ille restituere, qui non obstat, cum obstare teneatur. Sicut principes, qui tenentur custodire justitiam in terra, si per eorum defectum latrones increscant, ad restitutionem tenentur, quia redditus, quos habent, sunt quasi stipendia ad hoc instituta, ut justitiam conservent in terra*: Aquele que tem obrigação de impedir que se não furte, se o não impediu, fica obrigado a restituir o que se furtou. E até os príncipes, que por sua culpa deixarem crescer os ladrões, são obrigados à restituição, porquanto as rendas, com que os povos os servem e assistem, são como estipêndios instituídos e consignados por eles, para que os príncipes os guardem e mantenham em justiça. É tão natural e tão clara esta teologia, que até Agamenão, rei gentio, a conheceu, quando disse: *Qui non vetat peccare, cum possit, jubet*[12]. E se nesta obrigação de restituir incorrem os príncipes pelos furtos que cometem os ladrões casuais e involuntários, que será pelos que eles mesmos, e por própria eleição, armaram de jurisdições e poderes com que roubam os mesmos povos? A tenção dos príncipes não é nem pode ser essa; mas basta que esses oficiais, ou de Guerra, ou de Fazenda, ou de Justiça, que cometem os roubos, sejam eleições e feituras suas, para que os príncipes hajam de pagar o que eles fizeram. Ponhamos o exemplo da culpa onde a não pode haver. Pôs Deus a Adão no Paraíso, com jurisdição e poder sobre todos os viventes, e com senhorio absoluto de todas as coisas criadas, exceto somente uma árvore. Faltavam-lhe poucas letras a Adão para ladrão, e ao fruto para o furto não lhe faltava nenhuma. Enfim, ele e sua mulher (que muitas vezes são as terceiras), aquela só coisa que havia no mundo que não fosse sua, essa roubaram. Já temos a Adão eleito, já o temos com ofício, já o temos ladrão. E quem foi o que pagou o furto? Caso sobre todos admirável! Pagou o furto quem elegeu e quem deu o ofício ao ladrão. Quem elegeu e deu o ofício a Adão foi Deus; e Deus foi o que pagou o furto tanto à sua custa, como sabemos. O mesmo Deus o disse assim, referindo o muito que lhe custara a satisfação do furto e dos danos dele: *Quae non rapui, tunc exsolvebam*[13]. Vistes o corpo humano de que me vesti, sendo Deus; vistes o muito que

12. *Quem, podendo, não impede o pecado, ordena-o.*
13. Sl 69 (68), 5: Mais que os cabelos da minha cabeça são os que me odeiam sem motivo. Mais duros que meus ossos são os que injustamente me atacam. *Deveria eu devolver aquilo que não roubei?*

padeci, vistes o sangue que derramei, vistes a morte a que fui condenado, entre ladrões. Pois, então, e com tudo isso, pagava o que não furtei. Adão foi o que furtou, e eu o que paguei: *Quae non rapui, tunc exolvebam.* Pois, Senhor meu, que culpa teve Vossa Divina Majestade no furto de Adão? Nenhuma culpa tive, nem a tivera, ainda que não fora Deus, porque na eleição daquele homem, e no ofício que lhe dei, em tudo procedi com a circunspecção, prudência e providência com que o devera e deve fazer o príncipe mais atento a suas obrigações, mais considerado e mais justo. Primeiramente, quando o fiz, não foi com império despótico, como as outras criaturas, senão com maduro conselho, e por consulta de pessoas não humanas, senão divinas: *Faciamus hominem ad imaginem et similitudinem nostram, et praesit*[14]. As partes e qualidades que concorriam no eleito eram as mais adequadas ao ofício que se podiam desejar nem imaginar; porque era o mais sábio de todos os homens, justo sem vício, reto sem injustiça, e senhor de todas suas paixões, as quais tinha sujeitas e obedientes à razão. Só lhe faltava a experiência, nem houve concurso de outros sujeitos na sua eleição, mas ambas estas coisas não as podia então haver, porque era o primeiro homem, e o único. Pois, se a vossa eleição, Senhor, foi tão justa e tão justificada, que bastava ser vossa para o ser, por que haveis vós de pagar o furto que ele fez, sendo toda a culpa sua? Porque quero dar este exemplo e documento aos príncipes, e porque não con-

---

14. Gn 1, 26: Então Deus disse: *"Façamos o homem à nossa imagem e semelhança. Que ele domine os peixes do mar, as aves do céu, os animais domésticos, todas as feras e todos os répteis que rastejam sobre a terra".*

vém que fique no mundo uma tão má e perniciosa consequência, como seria, se os príncipes se persuadissem em algum caso que não eram obrigados a pagar e satisfazer o que seus ministros roubassem.

VII

Mas estou vendo que com este mesmo exemplo de Deus se desculpam ou podem desculpar os reis, porque, se a Deus lhe sucedeu tão mal com Adão, conhecendo muito bem Deus o que ele havia de ser, que muito é que suceda o mesmo aos reis, com os homens que elegem para os ofícios, se eles não sabem nem podem saber o que depois farão? A desculpa é aparente, mas tão falsa como mal fundada, porque Deus não faz eleição dos homens pelo que sabe que hão de ser, senão pelo que de presente são. Bem sabia Cristo que Judas havia de ser ladrão; mas, quando o elegeu para o ofício em que o foi, não só não era ladrão, mas muito digno de se lhe fiar o cuidado de guardar e distribuir as esmolas dos pobres. Elejam assim os reis as pessoas, e provejam assim os ofícios, e Deus os desobrigará nesta parte da restituição. Porém as eleições e provimentos que se usam não se fazem assim. Querem saber os reis se os que proveem nos ofícios são ladrões ou não? Observem a regra de Cristo: *Qui non intrat per ostium, fur est, et latro*[15]. A porta por onde legitimamente se entra ao ofício é só o merecimento. E todo o que não entra pela porta, não só diz Cristo que é ladrão, senão ladrão e ladrão: *Fur est, et latro*.

15. Jo 10, 1: "Eu garanto a vocês: *aquele que não entra pela porta* no curral das ovelhas, mas sobe por outro lugar, *é ladrão e assaltante*.

E por que é duas vezes ladrão? Uma vez porque furta o ofício, e outra vez porque há de furtar com ele. O que entra pela porta poderá vir a ser ladrão, mas os que não entram por ela já o são. Uns entram pelo parentesco, outros pela amizade, outros pela valia, outros pelo suborno, e todos pela negociação. E quem negocia não há mister outra prova; já se sabe que não vai a perder. Agora será ladrão oculto, mas depois ladrão descoberto, que essa é, como diz São Jerônimo, a diferença de *fur* a *latro*.

Coisa é certo maravilhosa ver a alguns tão introduzidos e tão entrados, não entrando pela porta nem podendo entrar por ela. Se entraram pelas janelas, como aqueles ladrões de que faz menção Joel: *Per fenestras intrabunt quasi fur*[16], grande desgraça é que, sendo as janelas feitas para entrar a luz e o ar, entrem por elas as trevas e os desares. Se entraram minando a casa do pai de famílias, como o ladrão da parábola de Cristo: *Si sciret pater familias qui hora fur veniret, non sineret perfodi domum suam*[17], ainda seria maior desgraça que o sono, ou letargo do dono da casa fosse tão pesado que, minando-se-lhe as paredes, não o espertassem os golpes. Mas o que excede toda a admiração é que haja quem, achando a porta fechada, empreenda entrar por cima dos telhados, e o consiga, e mais sem ter pés, nem mãos, quanto mais asas. Estava Cristo, Senhor nosso, curando milagrosamente os enfermos dentro em uma casa, e era tanto o concurso que, não podendo os que levavam um paralítico entrar pela porta,

---

16. Jl 2, 9: Invadem a cidade, escalam a muralha, sobem nas casas, *entram pelas janelas como ladrão*.
17. Lc 12, 39: Mas fiquem certos: *se o dono da casa soubesse a hora em que o ladrão iria chegar, não deixaria que lhe arrombasse a casa*.

subiram-se com ele ao telhado, e por cima do telhado o introduziram. Ainda é mais admirável a consideração do sujeito, que o modo e o lugar da introdução. Um homem que entrasse por cima dos telhados, quem não havia de julgar que era caído do céu: *Tertius e coelo cecidit Cato?* E o tal homem era um paralítico que não tinha pés, nem mãos, nem sentido, nem movimento, mas teve com que pagar a quatro homens, que o tomaram às costas e o subiram tão alto. E como os que trazem às costas semelhantes sujeitos estão tão pagos deles, que muito é que digam e informem (posto que sejam tão incapazes) que lhes sobejam merecimentos por cima dos telhados. Como não podem alegar façanhas de quem não tem mãos, dizem virtudes e bondades. Dizem que, com seus procedimentos, cativa a todos. E como os não havia de cativar, se os comprou? Dizem que, fazendo sua obrigação, todos lhe ficam devendo dinheiro; e como lho não hão de dever, se lho tomaram? Deixo os que sobem aos postos pelos cabelos, e não com as forças de Sansão, senão com os favores de Dalila. Deixo os que, com voz conhecida de Jacó, levam a bênção de Esaú, e não com as luvas calçadas, senão dadas ou prometidas. Deixo os que, sendo mais leprosos que Naamã Siro, se limparam da lepra, e não com as águas do Jordão, senão com as do Rio da Prata. É isto, e o mais que se podia dizer, entrar pela porta? Claro está que não. Pois se nada disto se faz: *Sicut fur in nocte*[18], senão na face do Sol, e na luz do meio-dia, como se pode escusar quem ao menos firma os provimentos de que não conhecia serem ladrões os que por estes meios foram providos? Final-

---

18. 1Ts 5, 2: Vocês já sabem que o dia do Senhor chegará *como ladrão à noite.*

mente, ou os conhecia, ou não; se os não conhecia, como os proveu sem os conhecer? E, se os conhecia, como os proveu conhecendo-os? Mas vamos aos providos com expresso conhecimento de suas qualidades.

VIII

Dom Fulano (diz a piedade bem-intencionada) é um fidalgo pobre, dê-se-lhe um governo. E quantas impiedades, ou advertidas ou não, se contêm nesta piedade? Se é pobre, deem-lhe uma esmola honestada com o nome de tença, e tenha com que viver. Mas porque é pobre, um governo, para que vá desempobrecer à custa dos que governar? E para que vá fazer muitos pobres à conta de tornar muito rico? Isto quer quem o elege por este motivo. Vamos aos do prêmio, e também aos do castigo. Certo capitão mais antigo tem muitos anos de serviço: deem-lhe uma fortaleza nas conquistas. Mas se estes anos de serviço assentam sobre um sujeito que os primeiros despojos que tomava na guerra eram a farda e a ração dos seus próprios soldados, despidos e mortos de fome, que há de fazer em Sofala ou em Mascate? Tal graduado em leis leu com grande aplauso no paço; porém, em duas judicaturas e uma correição, não deu boa conta de si; pois vá degradado para a Índia com uma beca. E se na Beira e no Alentejo, onde não há diamantes nem rubis, se lhe pegavam as mãos a este doutor, que será na relação de Goa?

Encomendou el-rei D. João III a São Francisco Xavier o informasse do estado da Índia, por via de seu companheiro, que era mestre do príncipe; e o que o santo escreveu de lá,

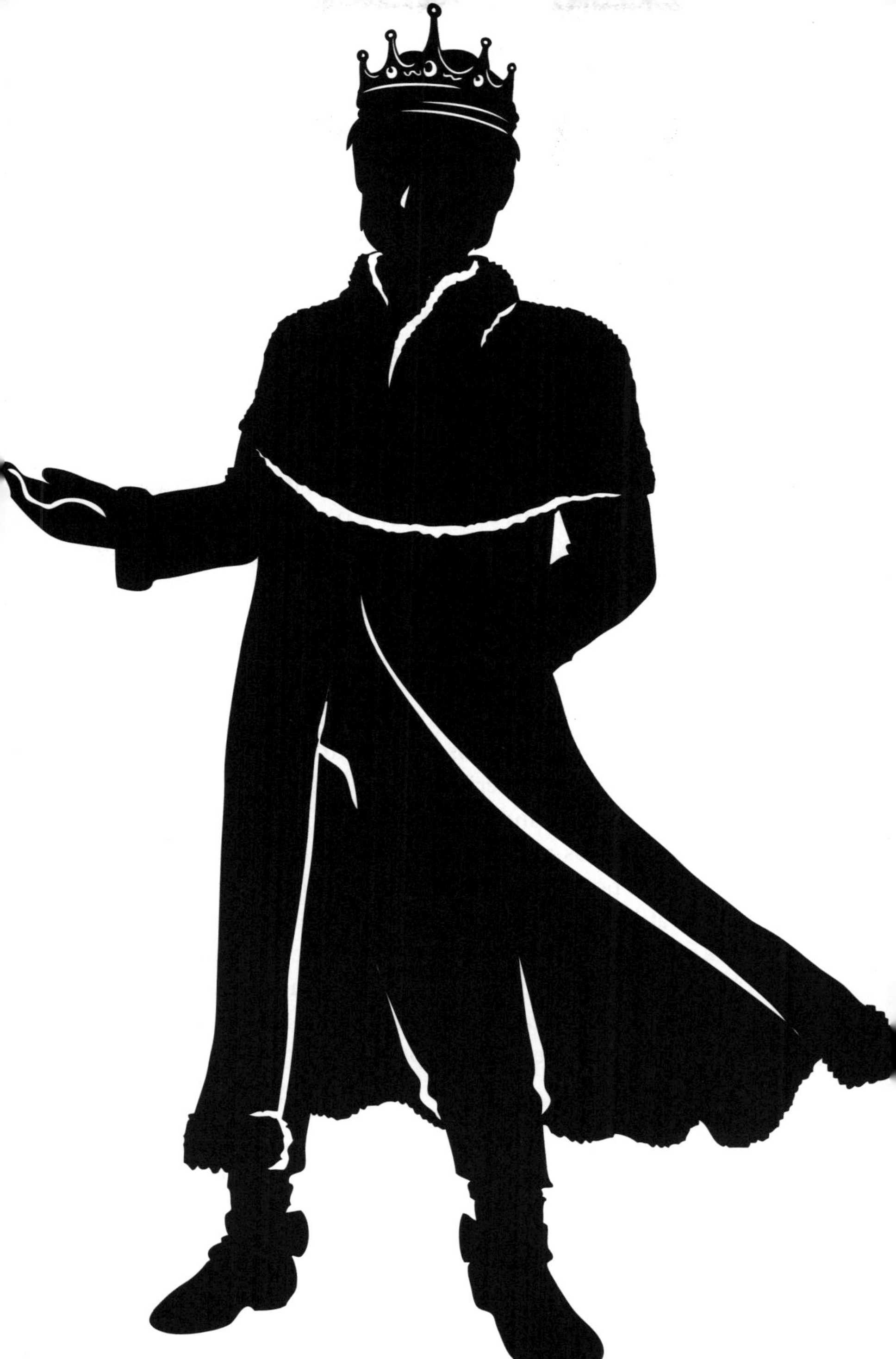

sem nomear ofícios nem pessoas, foi que o verbo *rapio*[19] na Índia se conjugava por todos os modos. A frase parece jocosa em negócio tão sério, mas falou o servo de Deus como fala Deus, que em uma palavra diz tudo. Nicolau de Lira, sobre aquelas palavras de Daniel: *Nabucodonosor rex misit ad congregandos satrapas, magistratus et judices*[20], declarando a etimologia de sátrapas, que eram os governadores das províncias, diz que este nome foi composto de *sat* e de *rapio*: *Dicuntur satrapae quasi satis rapientes, quia solent bona inferiorum rapere*. Chamam-se sátrapas, porque costumam roubar assaz. E este assaz é o que especificou melhor São Francisco Xavier, dizendo que conjugam o verbo *rapio* por todos os modos. O que eu posso acrescentar, pela experiência que tenho, é que, não só do Cabo da Boa Esperança para lá, mas também das partes daquém, se usa igualmente a mesma conjugação. Conjugam por todos os modos o verbo *rapio*, porque furtam por todos os modos da arte, não falando em outros novos e esquisitos, que não conheceu Donato nem Despautério. Tanto que lá chegam, começam a furtar pelo modo indicativo, porque a primeira informação que pedem aos práticos é que lhes apontem e mostrem os caminhos por onde podem abarcar tudo. Furtam pelo modo imperativo, porque, como têm o mero e misto império, todo ele aplicam despoticamente às execuções da rapina. Furtam pelo modo mandativo, porque aceitam quanto lhes mandam, e, para que mandem todos, os que não mandam não são aceitos. Furtam pelo modo optativo, porque desejam quanto

---

19. Furtar.
20. Dn 3, 2: Depois, *mandou reunir os governadores*, ministros, prefeitos, conselheiros, tesoureiros, letrados, *magistrados* e autoridades das províncias para assistirem à inauguração da estátua que o rei Nabucodonosor havia erguido.

lhes parece bem e, gabando as coisas desejadas aos donos delas, por cortesia, sem vontade, as fazem suas. Furtam pelo modo conjuntivo, porque ajuntam o seu pouco cabedal com o daqueles que manejam muito; e basta só que ajuntem a sua graça, para serem quando menos meeiros na ganância. Furtam pelo modo potencial, porque, sem pretexto nem cerimônia, usam de potência. Furtam pelo modo permissivo, porque permitem que outros furtem, e estes compram as permissões. Furtam pelo modo infinitivo, porque não tem fim o furtar com o fim do governo, e sempre lá deixam raízes em que se vão continuando os furtos. Estes mesmos modos conjugam por todas as pessoas, porque a primeira pessoa do verbo é a sua, as segundas os seus criados, e as terceiras quantas para isso têm indústria e consciência. Furtam juntamente por todos os tempos, porque do presente (que é o seu tempo) colhem quanto dá de si o triênio; e para incluírem no presente o pretérito e futuro, do pretérito desenterram crimes, de que vendem os perdões e dívidas esquecidas, de que se pagam inteiramente; e do futuro empenham as rendas e antecipam os contratos, com que tudo o caído e não caído lhes vem a cair nas mãos. Finalmente, nos mesmos tempos, não lhes escapam os imperfeitos, perfeitos, mais-que-perfeitos, e quaisquer outros, porque furtam, furtaram, furtavam, furtariam e haveriam de furtar mais, se mais houvesse. Em suma, que o resumo de toda esta rapante conjugação vem a ser o supino do mesmo verbo: a furtar para furtar. E quando eles têm conjugado assim toda a voz ativa, e as miseráveis províncias suportado toda a passiva, eles, como se tiveram feito grandes serviços, tornam carregados de despojos e ricos, e elas ficam roubadas e consumidas.

 É certo que os reis não querem isto, antes mandam em seus regimentos tudo o contrário; mas como as patentes se dão aos gramáticos destas conjugações, tão peritos ou tão cadimos nelas, que outros efeitos se podem esperar dos seus governos? Cada patente destas, em própria significação, vem a ser uma licença geral *in scriptis*, ou um passaporte para furtar. Em Holanda, onde há tantos armadores de corsários, repartem-se as costas da África, da Ásia e da América com tempo limitado, e nenhum pode sair a roubar sem passaporte, a que chamam carta de marca. Isto mesmo valem as provisões, quando se dão aos que eram mais dignos da marca que da carta. Por mar padecem os moradores das conquistas a pirataria dos corsários estrangeiros, que é contingente; na terra suportam a dos naturais, que é certa e infalível. E se alguém duvida qual seja maior, note a diferença de uns a outros. O pirata do mar não rouba aos da sua república; os da terra roubam os vassalos do mesmo rei, em cujas mãos juraram homenagem; do corsário do mar posso me defender; aos da terra não posso resistir; do corsário do mar posso fugir; dos da terra não me posso esconder; o corsário do mar depende dos ventos; os da terra sempre têm por si a monção; enfim, o corsário do mar pode o que pode, os da terra podem o que querem, e por isso nenhuma presa lhes escapa. Se houvesse um ladrão onipotente, que vos parece que faria a cobiça junta com a onipotência? Pois é o que fazem estes corsários.

IX

Dos que obram o contrário com singular inteireza de justiça e limpeza de interesse, alguns exemplos temos, posto que poucos. Mas folgara eu saber quantos exemplos há, não digo já dos que fossem justiçados como tão insignes ladrões, mas dos que fossem privados de governo por estes roubos. Pois, se eles furtam com os ofícios, e os consentem e conservam nos mesmos ofícios, como não hão de levar consigo ao inferno os que os consentem? O meu Santo Tomás o diz, e alega com o texto de São Paulo: *Digni sunt morte, non solum qui faciunt, sed etiam qui consentiunt facientibus*[21]. E porque o rigor deste texto se entende não de qualquer consentidor, senão daqueles que, por razão de seu ofício ou estado, têm obrigação de impedir, faz logo a mesma limitação o santo doutor, e põe o exemplo nomeadamente nos príncipes: *Sed solum quando incumbit alicui ex officio, sicut principibus terrae*[22]. Verdadeiramente não sei como não reparam muito os príncipes em matéria de tanta importância, e como os não fazem reparar os que no foro exterior, ou no da alma, têm cargo de descarregar suas consciências. Vejam uns e outros como a todos ensinou Cristo, que o ladrão que furta com o ofício, nem um momento se há de consentir ou conservar nele.

Havia um senhor rico, diz o divino Mestre, o qual tinha um criado, que com ofício de ecônomo ou administrador, governava as suas herdades (tal é o nome no original grego, que responde ao vilico da Vulgata). Infamado pois o dito administrador de que se aproveitava da administração e roubava, tanto que chegou a primeira notícia ao senhor, mandou-o logo vir diante de si e disse-lhe

---

21. Rm 1, 32: E apesar de conhecerem o julgamento de Deus, que considera *digno de morte quem pratica tais coisas*, eles não só as cometem, *mas também aprovam* quem se comporta assim.
22. Somente, porém, quando obriga a alguém *ex officio*, como aos príncipes da terra.

que desse contas, porque já não havia de exercitar o ofício. Ainda a resolução foi mais apertada, porque não só disse que não havia, senão que não podia: *Jam enim non poteris villicare*[23]. Não tem palavra esta parábola que não esteja cheia de notáveis doutrinas a nosso propósito. Primeiramente diz que este senhor era um homem rico: *Homo quidem erat dives*[24], porque não será homem quem não tiver resolução, nem será rico, por mais herdades que tenha, quem não tiver cuidado, e grande cuidado, de não consentir que lhas governem ladrões. Diz mais que, para privar a este ladrão do ofício, bastou somente a fama, sem outras inquirições: *Et hic diffamatus est apud illum*[25], porque se em tais casos se houverem de mandar buscar informações à Índia ou ao Brasil, primeiro que elas cheguem, e se lhes ponha remédio, não haverá Brasil nem Índia. Não se diz, porém, nem se sabe quem fossem os autores ou delatores desta fama, porque a estes há-lhes de guardar segredo o senhor inviolavelmente, sob pena de não haver quem se atreva a o avisar, temendo justamente a ira dos poderosos. Diz mais, que mandou vir o delatado diante de si: *Et vocavit eum*, porque semelhantes averiguações, se se cometem a outros, e não as faz o mesmo

---

23. Lc 16, 1-2: Jesus dizia aos discípulos: "Um homem rico tinha um administrador que foi denunciado por estar esbanjando os bens dele. Então o chamou e lhe disse: 'O que é isso que ouço contar de você? Preste contas da sua administração, porque você *não pode mais ser o meu administrador*'. [...]
24. Lc 16, 1: Jesus dizia aos discípulos: "*Um homem rico* tinha um administrador que foi denunciado por estar esbanjando os bens dele. [...]
25. Lc 16, 1: Jesus dizia aos discípulos: "Um homem rico tinha um administrador *que foi denunciado* por estar esbanjando os bens dele. [...]

senhor por sua própria pessoa, com dar o ladrão parte do que roubou, prova que está inocente. Finalmente, desengana-o e notifica-lhe que não há de exercitar jamais o ofício, nem pode: *Jam enim non poteris villicare*, porque nem o ladrão conhecido deve continuar o ofício em que foi ladrão, nem o senhor, ainda que quisesse, o pode consentir e conservar nele, se não se quer condenar.

Com tudo isto ser assim, eu ainda tenho uns embargos que alegar, por parte deste ladrão, diante do senhor e autor da mesma parábola, que é Cristo. Provará que nem o furto, por sua quantidade, nem a pessoa, por seu talento, parecem merecedores de privação do ofício para sempre. Este homem, Senhor, posto que cometesse este erro, é um sujeito de grande talento, de grande indústria, de grande entendimento e prudência, como vós mesmo confessastes, e ainda louvastes, que é mais: *Laudavit Dominus villicum iniquitatis, quia prudenter fecisset*[26]; pois, se é homem de tanto préstimo, e tem capacidade e talentos para vos tornardes a servir dele, por que o haveis de privar para sempre do vosso serviço: *Jam enim non poteris villicare?* Suspendei-o agora por alguns meses, como se usa, e depois o tornareis a restituir, para que nem vós o percais, nem ele fique perdido. Não, diz Cristo.

Uma vez que é ladrão conhecido, não só há de ser suspenso ou privado do ofício *ad tempus*, senão para sempre e para nunca jamais entrar ou poder entrar: *Jam enim non poteris*, porque o uso ou abuso dessas restituições, ainda

---

26. Lc 16, 8: *E o Senhor elogiou o administrador desonesto, porque este agiu com esperteza.* De fato, os que pertencem a este mundo são mais espertos, com a sua gente, do que aqueles que pertencem à luz.

que parece piedade, é manifesta injustiça. De maneira que, em vez de o ladrão restituir o que furtou no ofício, restitui-se o ladrão ao ofício, para que furte ainda mais? Não são essas as restituições pelas quais se perdoa o pecado, senão aquelas por que se condenam os restituídos, e também quem os restitui. Perca-se embora um homem já perdido, e não se percam os muitos que se podem perder e perdem na confiança de semelhantes exemplos.

Suposto que este primeiro artigo dos meus embargos não pegou, passemos a outro. Os furtos deste homem foram tão leves, e a quantidade tão limitada, que o mesmo texto lhes não dá nome de furtos absolutamente, senão de quase furtos: *Quasi dissipasset bona ipsius*[27]. Pois em um mundo, Senhor, e em um tempo em que se vêm tolerados nos ofícios tantos ladrões, e premiados, que é mais, os mais que ladrões, será bem que seja privado do seu ofício, e privado para sempre, um homem que só chegou a ser quase ladrão? Sim, torna a dizer Cristo, para emenda dos mesmos tempos, e para que conheça o mesmo mundo quão errado vai. Assim como nas matérias do sexto mandamento teologicamente não há mínimos, assim os deve não haver politicamente nas matérias do sétimo, porque quem furtou e se desonrou no pouco, muito mais facilmente o fará no muito. E se não, vede-os nesse mesmo quase ladrão. Tanto que se viu notificado para não servir o ofício, ainda teve traça para se servir dele e furtar mais do que tinha furtado. Manda chamar muito à pressa os rendeiros, rompe os escritos das dívidas, faz outros

---

27. Lc 16, 1: Jesus dizia aos discípulos: "Um homem rico tinha um administrador que foi denunciado por *estar esbanjando os bens dele* [...]."

de novo com antedatas, a uns diminui metade, a outros a quinta parte, e por este modo, roubando ao tempo os dias, às escrituras a verdade, e ao amo o dinheiro, aquele que só tinha sido quase ladrão, enquanto encartado no ofício, com a opinião que só tinha de o ter, foi mais que ladrão depois. Aqui acabei de entender a ênfase com que disse a Pastora dos Cantares: *Tulerunt pallium meum mihi*[28]: Tomaram-me a minha capa a mim; porque se pode roubar a capa a um homem, tomando-a não a ele, senão a outrem. Assim o fez a astúcia deste ladrão, que roubou o dinheiro a seu amo, tomando-o não a ele senão aos que lho deviam. De sorte que, o que dantes era um ladrão, depois foi muitos ladrões, não se contentando de o ser ele só, senão de fazer a outros. Mas vá ele muito embora ao inferno, e vão os outros com ele; e os príncipes imitem ao Senhor, que se livrou de ir também, com o privar do ofício tão prontamente.

X

Esta doutrina em geral, pois é de Cristo, nenhum entendimento cristão haverá que a não venere. Haverá, porém, algum político tão especulativo que a queira limitar a certo gênero de sujeitos, e que funde as exceções no mesmo texto. O sujeito, em que se faz esta execução, chama-lhe o texto vilico; logo, em pessoas vis, ou de inferior condição, será bem que se executem estes e semelhantes rigores, e

---

28. Ct 5, 7: Encontraram-me os guardas que rondavam a cidade. Bateram-me, feriram-me *e tomaram-me o manto* as sentinelas das muralhas!

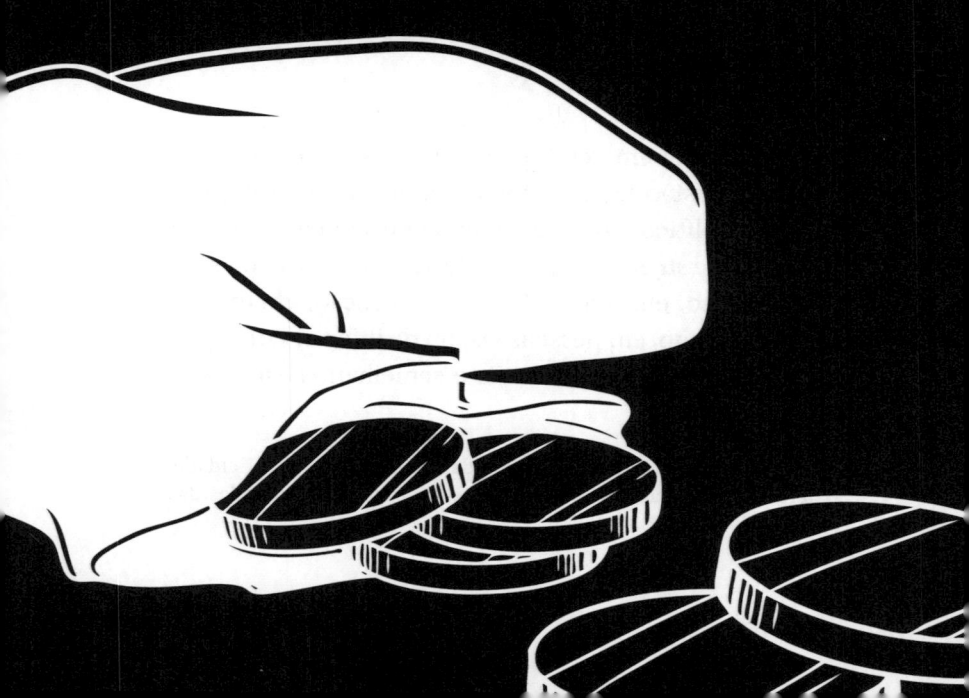

não em outras de diferente suposição, com as quais, por sua qualidade e outras dependências, é lícito e conveniente que os reis dissimulem. Oh! como está o inferno cheio dos que com estas e outras interpretações, por adularem os grandes e os supremos, não reparam em os condenar! Mas, para que não creiam a aduladores, creiam a Deus, e ouçam. Revelou Deus a Josué que se tinha cometido um furto nos despojos de Jericó, depois de lho ter bem custosamente significado, com o infeliz sucesso do seu exército. E mandou-lhe que, descoberto o ladrão, fosse queimado. Fez-se diligência exata, e achou-se que um, chamado Acã, tinha furtado uma capa de grã, uma regra de ouro, e algumas moedas de prata, que tudo não valia cem cruzados. Mas quem era este Acã? Era porventura algum homem vil, ou algum soldadinho da fortuna, desconhecido e nascido das ervas? Não era menos que do sangue real de Judá, e, por linha masculina, quarto neto seu. Pois uma pessoa de tão alta qualidade, que ninguém era ilustre em todo Israel, senão pelo parentesco que tinha com ele, há de morrer queimado por ladrão? E por um furto, que hoje seria venial, há de ficar afrontada para sempre uma casa tão ilustre? Vós direis que era bem se dissimulasse; mas Deus, que o entende melhor que vós, julgou que não. Em matéria de furtar não há exceção de pessoas, e quem se abateu a tais vilezas perdeu todos os foros. Executou-se com efeito a lei, foi justiçado e queimado Acã, ficou o povo ensinado com o exemplo, e ele foi venturoso no mesmo castigo, porque, como notam graves autores, comutou-lhe Deus aquele fogo temporal pelo que havia de padecer no inferno: felicidade que impedem aos ladrões os que dissimulam com eles.

E quanto à dissimulação, que se diz devem ter os reis com pessoas de grande suposição, de quem talvez depende a conservação do bem público, e são mui necessárias a seu serviço, respondo com distinção. Quando o delito é digno de morte, pode-se dissimular o castigo e conceder-se às tais pessoas a vida; mas, quando o caso é de furto, não se lhes pode dissimular a ocasião, mas logo devem ser privadas do posto. Ambas estas circunstâncias concorreram no crime de Adão. Pôs-lhe Deus preceito que não comesse da árvore vedada, sob pena de que morreria no mesmo dia: *In quocumque die comederis, morte morieris*[29]. Não guardou Adão o preceito, roubou o fruto, e ficou sujeito, *ipso facto*, à pena de morte. Mas que fez Deus neste caso? Lançou-o logo do Paraíso, e concedeu-lhe a vida por muitos anos. Pois,

---

29. Gn 2, 17: "[...] Mas não pode comer da árvore do conhecimento do bem e do mal, porque, *no dia em que dela comer*, com certeza *você morrerá*."

se Deus o lançou do Paraíso pelo furto que tinha cometido, por que não executou também nele a pena de morte a que ficou sujeito? Porque da vida de Adão dependia a conservação e propagação do mundo, e, quando as pessoas são de tanta importância, e tão necessárias ao bem público, justo é que, ainda que mereçam a morte, se lhes permita e conceda a vida. Porém, se juntamente são ladrões, de nenhum modo se pode consentir nem dissimular que continuem no posto e lugar onde o foram, para que não continuem a o ser. Assim o fez Deus, e assim o disse. Pôs um querubim com uma espada de fogo à porta do Paraíso, com ordem que de nenhum modo deixasse entrar a Adão. E por quê? Porque, assim como tinha furtado da árvore da ciência, não furtasse também da árvore da vida: *Ne forte mittat manum suam, et sumat etiam de ligno vitae*[30]. Quem foi mau uma vez, presume o Direito que o será outras, e que o será sempre. Saia pois Adão do lugar onde furtou, e não torne a entrar nele, para que não tenha ocasião de fazer outros furtos, como fez o primeiro. E notai que Adão, depois de ser privado do Paraíso, viveu novecentos e trinta anos. Pois, a um homem castigado e arrependido, não lhe bastarão cem anos de privação do posto, não lhe bastarão duzentos ou trezentos? Não. Ainda que haja de viver novecentos anos, e houvesse de viver nove mil, uma vez que roubou, e é conhecido por ladrão, nunca mais deve ser restituído, nem há de entrar no mesmo posto.

---

[30]. Gn 3, 22: Depois Javé Deus disse: "O homem se tornou como um de nós, conhecedor do bem e do mal. *Que ele, agora, não estenda a mão e colha também da árvore da vida*, e coma, e viva para sempre".

XI

Assim o fez Deus com o primeiro homem do mundo, e assim o devem executar com todos os que estão em lugar de Deus. Mas que seria se não só víssemos os ladrões conservados nos lugares onde roubam, senão, depois de roubarem, promovidos a outros maiores? Acabaram-se-me aqui as Escrituras, porque não há nelas exemplo semelhante.

De reis que os mandassem conquistar inimigos, sim, mas de reis que os mandassem governar vassalos, não se lê tal coisa. Os Assueros, os Nabucos, os Ciros, que dilatavam por armas os seus impérios, desta maneira premiavam os capitães, acrescentando em postos os que mais se sinalavam em destruir cidades e acumular despojos, e daqui se faziam os Nabuzardões, os Holofernes, e outros flagelos do mundo. Porém os reis, que tratam vassalos como seus, e os Estados, posto que distantes, como fazenda própria, e não alheia, lede o Evangelho e vereis quais são os sujeitos e quão úteis a quem encomendam o governo deles.

Um rei, diz Cristo, Senhor nosso, fazendo ausência do seu reino à conquista de outro, encomendou a administração da sua fazenda a três criados. O primeiro acrescentou-a dez vezes mais do que era, e o rei, depois de o louvar, o promoveu ao governo de dez cidades: *Euge bone serve, quia in modico fuisti fidelis, eris potestatem habens super decem civitates*[31]. O segundo também acrescentou à parte que lhe coube cinco vezes mais, e com a mesma proporção o fez o rei governador de cinco cidades: *Et tu esto super quinque civitates*[32]. De sorte que os que o rei acrescenta e deve acrescentar nos governos, segundo a doutrina de Cristo, são os que acrescentam a fazenda do mesmo rei, e não a sua. Mas vamos ao terceiro criado. Este tornou a entregar quanto o rei lhe tinha encomendado, sem diminuição alguma, mas também sem melhoramento, e no mesmo ponto, sem mais réplica, foi privado da adminis-

---

31. Lc 19, 17: O homem disse: '*Muito bem, empregado bom. Como você foi fiel em coisas pequenas, receba o governo de dez cidades*'.
32. Lc 19, 19: O homem disse também a este: '*Receba também você o governo de cinco cidades*'.

tração: *Auferte ab illo manam*[33]. Oh! que ditosos foram os nossos tempos, se as culpas por que este criado foi privado do ofício foram os serviços e merecimentos por que os de agora são acrescentados! Se o que não tomou um real para si e deixou as coisas no estado em que lhas entregaram, merece privação do cargo, os que as deixam destruídas e perdidas, e tão diminuídas e desbaratadas, que já não têm semelhança do que foram, que merecem? Merecem que os despachem, que os acrescentem e que lhes encarreguem outras maiores, para que também as consumam e tudo se acabe. Eu cuidava que, assim como Cristo introduziu na sua parábola dois criados que acrescentaram a fazenda do rei, e um que a não acrescentou, assim havia de introduzir outro que a roubasse, com que ficava a divisão inteira. Mas não introduziu o divino Mestre tal criado, porque falava de um rei prudente e justo, e os que têm estas qualidades (como devem ter, sob pena de não serem reis) nem admitem em seu serviço, nem fiam a sua fazenda a sujeitos que lha possam roubar: a algum que não lha acrescente, poderá ser, mas um só; porém a quem lhe roube, ou a sua, ou a dos seus vassalos (que não deve distinguir da sua), não é justo, nem rei quem tal consente. E que seria se estes, depois de roubarem uma cidade, fossem promovidos ao governo de cinco, e, depois de roubarem cinco, ao governo de dez?

Que mais havia de fazer um príncipe cristão, se fora como aqueles príncipes infiéis, de quem diz Isaías: *Principes tui infideles, socii furum*[34]. Os príncipes de Jerusalém não são

---

33. Lc 19, 24: Depois disse aos que estavam aí presentes: '*Tirem dele as cem moedas e deem para aquele que tem mil*'.
34. Is 1, 23: Os *seus chefes são bandidos, cúmplices de ladrões*: todos eles gostam de suborno, correm atrás de presentes; não fazem justiça ao órfão, e a causa da viúva nem chega até eles.

fiéis, senão infiéis, porque são companheiros dos ladrões. Pois saiba o profeta que há príncipes fiéis e cristãos, que ainda são mais miseráveis e mais infelizes que estes, porque um príncipe que entrasse em companhia com os ladrões: *Socii furum*, havia de ter também a sua parte no que se roubasse; mas estes estão tão fora de ter parte no que se rouba, que eles são os primeiros e os mais roubados. Pois, se são os roubados estes príncipes, como são ou podem ser companheiros dos mesmos ladrões: *Principes tui socii furum*? Será porventura porque talvez os que acompanham e assistem aos príncipes são ladrões? Se assim fosse, não seria coisa nova. Antigamente os que assistiam ao lado dos príncipes, chamavam-se *laterones*. E depois, corrompendo-se este vocábulo, como afirma Marco Varro, chamaram-se *latrones*. E que seria se assim, como se corrompeu o vocábulo, se corrompessem também os que o mesmo vocábulo significa? Mas eu nem digo nem cuido tal coisa. O que só digo e sei, por ser teologia certa, é que em qualquer parte do mundo se pode verificar o que Isaías diz dos príncipes de Jerusalém: *Principes tui socii furum*: os teus príncipes são companheiros dos ladrões. E por quê? São companheiros dos ladrões, porque os dissimulam; são companheiros dos ladrões, porque os consentem; são companheiros dos ladrões, porque lhes dão os postos e os poderes; são companheiros dos ladrões, porque talvez os defendem; e são, finalmente, seus companheiros, porque os acompanham e hão de acompanhar ao inferno, onde os mesmos ladrões os levam consigo.

Ouvi a ameaça e sentença de Deus contra estes tais: *Si videbas furem, currebas cum eo*[35]; o hebreu lê *concur-*

---

35. Sl 50 (49), 18: *Se você vê um ladrão, você o acompanha* e se mistura com os adúlteros.

rebas; e tudo é, porque há príncipes que correm com os ladrões e concorrem com eles. Correm com eles, porque os admitem à sua familiaridade e graça, e concorrem com eles, porque, dando-lhes autoridade e jurisdições, concorrem para o que eles furtam. E a maior circunstância desta gravíssima culpa consiste no *Si videbas*. Se estes ladrões foram ocultos, e o que corre e concorre com eles não os conhecera, alguma desculpa tinha; mas se eles são ladrões públicos e conhecidos, se roubam sem rebuço e à cara descoberta, se todos os veem roubar, e o mesmo que os consente e apoia o está vendo: *Si videbas furem*, que desculpa pode ter diante de Deus e do mundo? *Existimasti inique quod ero tui similis.*[36] Cuidas tu, ó injusto, diz Deus, que hei de ser semelhante a ti e que, assim como tu dissimulas com estes ladrões, hei eu de dissimular contigo? Enganas-te: *Arguam te, et statuam contra faciem tuam*. Dessas mesmas ladroíces, que tu vês e consentes, hei de fazer um espelho em que te vejas; e quando vires que és tão réu de todos esses furtos, como os mesmos ladrões, porque os não impedes; e mais que os mesmos ladrões, porque tens obrigação jurada de os impedir, então conhecerás que tanto, e mais justamente que a eles, te condeno ao inferno. Assim o declara com última e temerosa sentença a paráfrase caldaica do mesmo texto: *Arguam te in hoc saeculo, et ordinabo judicium Gehennae in futuro coram te*. Neste mundo arguirei a tua consciência, como agora a estou arguindo; e no outro mundo condenarei a tua alma ao inferno, como se verá no dia do Juízo.

36. Sl 50 (49), 21: [...] Você se comporta assim, e eu devo me calar? *Você imagina que eu seja como você?* Eu o acuso e coloco tudo diante dos seus olhos!"

XII

    Grande lástima será naquele dia, senhores, ver como os ladrões levam consigo muitos reis ao inferno; e para que esta sorte se troque em uns e outros, vejamos agora como os mesmos reis, se quiserem, podem levar consigo os ladrões ao Paraíso. Parecerá a alguém, pelo que fica dito, que será coisa muito dificultosa, e que se não pode conseguir sem grandes despesas, mas eu vos afirmo, e mostrarei brevemente, que é coisa muito fácil, e que sem nenhuma despesa de sua fazenda, antes com muitos aumentos dela, o podem fazer os reis. E de que modo? Com uma palavra, mas palavra de rei. Mandando que os mesmos ladrões, os quais não costumam restituir, restituam efetivamente tudo o que roubaram. Executando-o assim, salvar-se-ão os ladrões e salvar-se-ão os reis. Os ladrões salvar-se-ão, porque restituirão o que têm roubado, e os reis salvar-se-ão também, porque, restituindo os ladrões, não terão eles obrigação de restituir. Pode haver ação mais justa, mais útil e mais necessária a todos? Só quem não tiver fé, nem consciência, nem juízo, o pode negar.

    E porque os mesmos ladrões se não sintam de haverem de perder por este modo o fruto das suas indústrias, considerem que, ainda que sejam tão maus como o mau ladrão, não só deviam abraçar e desejar esta execução, mas pedi-la aos mesmos reis. O bom ladrão pediu a Cristo, como a rei, que se lembrasse dele no seu reino, e o mau ladrão, que lhe pediu? *Si tu es Christus, salvum fac temetipsum et nos.*[37] Se sois o rei prometido, como crê meu companheiro,

---

37. Lc 23, 39: Um dos criminosos crucificados o insultava, dizendo: "*Não és tu o Messias? Salva a ti mesmo e a nós também!*"

salvai-vos a vós e a nós. Isto pediu o mau ladrão a Cristo, e o mesmo devem pedir todos os ladrões a seu rei, posto que sejam tão maus como o mau ladrão. Nem Vossa Majestade, Senhor, se pode salvar, nem nós nos podemos salvar sem restituir: nós não temos ânimo nem valor para fazer a restituição, como nenhum a faz, nem na vida, nem na morte; mande-a, pois, fazer executivamente Vossa Majestade, e, por este modo, posto que para nós seja violento, salvar-se-á Vossa Majestade a si, e mais a nós: *Salvum fac temetipsum et nos*. Creio que nenhuma consciência haverá cristã que não aprove este meio. E para que não fique em generalidade, que é o mesmo que no ar, desçamos à prática dele e vejamos como se há de fazer. Queira Deus que se faça!

O que costumam furtar nestes ofícios e governos os ladrões de que falamos, ou é a fazenda real, ou a dos particulares: e uma e outra têm obrigação de restituir depois de roubada, não só os ladrões que a roubaram, senão também os reis, ou seja, porque dissimularam e consentiram os furtos quando se faziam, ou somente (que isto basta) por serem sabedores deles depois de feitos. E aqui se deve advertir uma notável diferença (em que se não repara) entre a fazenda dos reis e a dos particulares. Os particulares, se lhes roubam a sua fazenda, não só não são obrigados à restituição, antes terão nisso grande merecimento, se o levarem com paciência, e podem perdoar o furto a quem os roubou. Os reis são de muito pior condição nesta parte, porque, depois de roubados, têm eles obrigação de restituir a própria fazenda roubada, nem a podem diminuir ou perdoar aos que a roubaram. A razão da diferença é porque a fazenda do particular é sua, a do rei não é sua, senão da República. E, assim como o depositário, ou tutor, não pode alienar a fazenda que lhe está encomendada e teria obrigação de a restituir, assim tem a mesma obrigação o rei, que é tutor, e, como depositário dos bens e erário da República, a qual seria obrigado a gravar com novos tributos, se deixasse alienar ou perder as suas rendas ordinárias.

O modo, pois, com que as restituições da fazenda real se podem fazer facilmente ensinou aos reis um monge, o qual, assim como soube furtar, soube também restituir. Refere o caso Mayolo, Crantzio e outros. Chamava-se o monge frei Teodorico; e, porque era homem de grande inteligência e indústria, cometeu-lhe o imperador Carlos Quinto algumas negociações de importância, em que ele se aproveitou de maneira que competia em riquezas com os grandes senhores. Advertido o imperador, mandou-o chamar à sua presença e disse-lhe que se aparelhasse para dar contas. Que faria o pobre, ou rico monge? Respondeu sem se assustar que já estava aparelhado, que naquele mesmo ponto as daria, e disse assim: "Eu, César, entrei no serviço de Vossa Majestade com este hábito e dez ou doze tostões na bolsa, da esmola das minhas missas; deixe-me Vossa Majestade o meu hábito e os meus tostões; e tudo o mais que possuo, mande-o Vossa Majestade receber, que é seu, e tenho dado contas". Com tanta facilidade como isto, fez a sua restituição o monge; e ele ficou guardando os seus votos, e o imperador, a sua fazenda. Reis e príncipes malservidos, se quereis salvar a alma e recuperar a fazenda, introduzi, sem exceção de pessoas, as restituições de frei Teodorico. Saiba-se com que entrou cada um; o demais torne para donde saiu, e salvem-se todos.

XIII

A restituição que igualmente se deve fazer aos particulares parece que não pode ser pronta nem tão exata, porque se tomou a fazenda a muitos e a províncias inteiras. Mas como estes pescadores do alto usaram de redes varredouras, use-se também com eles das mesmas. Se trazem muito, como ordinariamente trazem, já se sabe que foi adquirido contra as leis de Deus, ou contra as leis e regimentos reais, e por qualquer dessas cabeças, ou por ambas, injustamente. Assim se tiram da Índia quinhentos mil cruzados, de Angola, duzentos, do Brasil, trezentos, e até do pobre Maranhão, mais do que vale todo ele. E que se há de fazer desta fazenda? Aplicá-la o rei à sua alma e às dos que a roubaram, para que umas e outras se salvem. Dos governadores que mandava a diversas províncias o imperador Maximino se dizia, com galante e bem apropriada semelhança, que eram esponjas. A traça ou astúcia com que usava destes instrumentos era toda encaminhada a fartar a sede da sua cobiça, porque eles, como esponjas, chupavam das províncias que governavam tudo quanto podiam, e o imperador, quando tornavam, espremia as esponjas, e tomava para o fisco real quanto tinham roubado, com que ele ficava rico, e eles castigados. Uma coisa fazia mal este imperador, outra bem, e faltava-lhe a melhor. Em mandar governadores às províncias homens que fossem esponjas fazia mal; em espremer as esponjas quando tornavam, e lhes confiscar o que traziam, fazia bem e justamente; mas faltava-lhe a melhor, como injusto e tirano que era, porque tudo o que espremia das esponjas não o havia de tomar para si, senão restituí-lo às mesmas províncias donde se tinha roubado. Isto é o que são obrigados a fazer em consciência os reis que se desejam salvar, e não cuidar que satisfazem ao zelo e obrigação da justiça, com mandar prender em um castelo o que roubou a cidade, a província, o Estado. Que importa que por alguns dias ou meses se lhes dê esta sombra de castigo, se passados eles se vai lograr do que trouxe roubado, e os que padeceram os danos não são restituídos?

Há nesta, que parece justiça, um engano gravíssimo, com que nem o castigado nem o que castiga se livram da condenação eterna; e, para que se entenda ou queira entender este engano, é necessário que se declare. Quem tomou o alheio fica sujeito a duas satisfações: à pena da lei e à restituição do que tomou. Na pena, pode dispensar o rei como legislador; na restituição, não pode, porque é indispensável. E obra-se tanto pelo contrário, ainda quando se faz ou se cuida que se faz justiça, que só se executa a pena, ou alguma parte da pena, e a restituição não lembra, nem se faz dela caso. Acabemos com Santo Tomás. Põe o santo doutor em questão: *Utrum sufficiat restituere simplum quod injuste ablatum est?* Se, para satisfazer à restituição, basta restituir outro tanto quanto foi o que se tomou? E depois de resolver que basta, porque a restituição é ato de justiça, e a justiça consiste em igualdade, argumenta contra a mesma resolução, com a lei do capítulo vinte e dois do Êxodo, em que Deus mandava que quem furtasse um boi restituísse cinco; logo, ou não basta restituir tanto por tanto, senão muito mais do que se furtou; ou, se basta, como está resoluto, de que modo se há de entender esta lei? Há-se de entender, diz o santo, distinguindo na mesma lei duas partes: uma enquanto lei natural, pelo que pertence à restituição, e outra enquanto lei positiva, pelo que pertence à pena. A lei natural, para guardar a igualdade do dano, só manda que se restitua tanto por tanto; a lei positiva, para castigar o crime do furto, acrescentou em pena mais quatro tantos, e por isso manda pagar cinco por um. Há-se porém de advertir, acrescenta o santo doutor, que entre a restituição e a pena há uma grande diferença, porque à satisfação da pena não está obrigado o criminoso antes da sentença, porém à restituição do que roubou, ainda que o não sentenciem nem obriguem, sempre está obrigado. Daqui se vê claramente o manifesto engano ainda dessa pouca justiça, que poucas vezes se usa. Prende-se o que roubou e mete-se em livramento. Mas que se segue daí? O preso, tanto que se livrou da pena do crime, fica muito contente; o rei cuida que satisfaz à obrigação da justiça, e ainda se não tem feito nada, porque ambos ficam obrigados à restituição dos mesmos roubos, sob pena de se não poderem salvar. O réu porque não restitui, e o rei porque o não faz restituir. Tire, pois, o rei executivamente a fazenda a todos os que a roubaram e faça as restituições por si mesmo, pois eles as não fazem, nem hão de fazer, e deste modo (que não há, nem pode haver outro), em vez de os ladrões levarem os reis ao inferno, como fazem, os reis levarão os ladrões ao Paraíso, como fez Cristo: *Hodie mecum eris in Paradiso.*

XIV

Tenho acabado, senhores, o meu discurso, e parece-me que demonstrado o que prometi, de que não estou arrependido. Se a alguém pareceu que me atrevi a dizer o que fora mais reverência calar, respondo com Santo Hilário: *Quae loqui non audemus, silere non possumus.* O que se não pode calar com boa consciência, ainda que seja com repugnância, é força que se diga. Ouvinte coroado era aquele a quem o Batista disse: *Non licet tibi*[38], e coroado também, posto que não ouvinte, aquele a quem Cristo mandou dizer: *Dicite vulpi illi*[39]. Assim o fez animosamente Jeremias, porque era mandado por pregador: *Regibus Juda, et Principibus ejus*[40]. E, se Isaías o tivera feito assim, não se arrependera depois, quando disse: *Vae mihi, quia*

---

38. Mc 6, 18: João dizia a Herodes: *"Não é permitido você se casar com a mulher do seu irmão".*
39. Lc 13, 32: Jesus disse: *"Vão dizer a essa raposa*: eu expulso demônios e faço curas hoje e amanhã; e no terceiro dia terminarei o meu trabalho. [...]
40. Jr 1, 18: Eu hoje faço de você uma cidade fortificada, uma coluna de ferro e uma muralha de bronze contra o país inteiro: *contra os reis de Judá e seus chefes,* contra os sacerdotes e contra os proprietários de terras.

tacui[41]. Os médicos dos reis com tanta e maior liberdade lhes devem receitar a eles o que importa à sua saúde e vida, como aos que curam nos hospitais. Nos particulares, cura-se um homem; nos reis, toda a República.

Resumindo pois o que tenho dito, nem os reis, nem os ladrões, nem os roubados se podem molestar da doutrina que preguei, porque a todos está bem. Está bem aos roubados, porque ficarão restituídos do que tinham perdido; está bem aos reis, porque sem perda, antes com aumento da sua fazenda, desencarregarão suas almas. E, finalmente, os mesmos ladrões, que parecem os mais prejudicados, são os que mais interessam. Ou roubaram com tenção de restituir, ou não: se com tenção de restituir, isso é o que eu lhes digo, e que o façam a tempo. Se o fizeram sem essa tenção, fizeram logo conta de ir ao inferno, e não podem estar tão cegos que não tenham por melhor ir ao Paraíso. Só lhes pode fazer medo haverem de ser despojados do que despojaram aos outros, mas, assim como estes tiveram paciência por força, tenham-na eles com merecimento. Se os esmoleres compram o céu com o próprio, por que se não contentarão os ladrões de o comprar com o alheio? A fazenda alheia e a própria toda se alija ao mar, sem dor, no tempo da tempestade. E quem há que, salvando-se do naufrágio a nado e despido, não mande pintar a sua boa fortuna e a dedique aos altares com ação de graças? Toda a sua fazenda dará o homem de boa vontade por salvar a vida, diz o Espírito Santo, e quanto de melhor vontade deve dar a fazenda, que não é sua, por salvar, não

---

41. Is 6, 5: Então eu disse: *"Ai de mim, estou perdido!* Sou homem de lábios impuros e vivo no meio de um povo de lábios impuros, e meus olhos viram o Rei, Javé dos exércitos".

a vida temporal, senão a eterna? O que está sentenciado à morte e à fogueira não se teria por muito venturoso, se lhe aceitassem por partido a confiscação só dos bens? Considere-se cada um na hora da morte, e com o fogo do inferno à vista, e verá se é bom partido o que lhe persuado. Se as vossas mãos e os vossos pés são causa de vossa condenação, cortai-os; e, se os vossos olhos, arrancai-os, diz Cristo, porque melhor vos está ir ao Paraíso manco, aleijado e cego, que com todos os membros inteiros ao inferno. É isto verdade, ou não? Acabemos de ter fé, acabemos de crer que há inferno, acabemos de entender que sem restituir ninguém se pode salvar. Vede, vede ainda humanamente o que perdeis, e por quê? Nesta restituição, ou forçosa, ou forçada, que não quereis fazer, que é o que dais, e o que deixais? O que dais é o que não tínheis; o que deixais é o que não podeis levar convosco, e por isso vos perdeis. Nu entrei neste mundo, e nu hei de sair dele, dizia Jó; e assim saíram o bom e o mau ladrão. Pois, se assim há de ser, queirais ou não queirais, despido por despido, não é melhor ir com o bom ladrão ao Paraíso, que com o mau ao inferno?

Rei dos reis, e Senhor dos senhores, que morrestes entre ladrões para pagar o furto do primeiro ladrão, e o primeiro a quem prometestes o Paraíso foi outro ladrão; para que os ladrões e os reis se salvem, ensinai com vosso exemplo, e inspirai com vossa graça a todos os reis, que, não elegendo, nem dissimulando, nem consentindo, nem aumentando ladrões, de tal maneira impeçam os furtos futuros, e façam restituir os passados, que, em lugar de os ladrões os levarem consigo, como levam, ao inferno, levem eles consigo os ladrões ao Paraíso, como vós fizestes hoje: *Hodie mecum eris in Paradiso.*

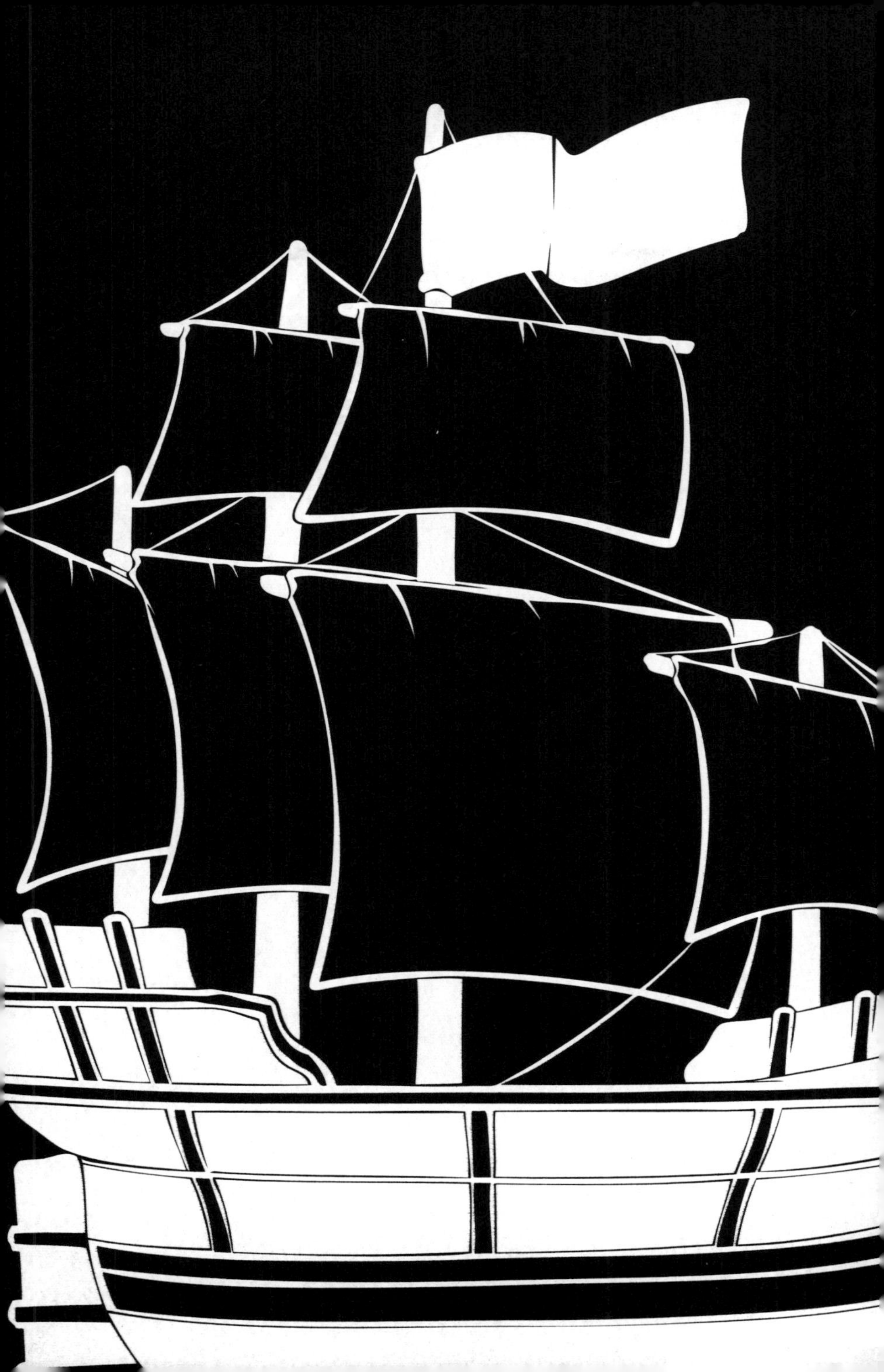

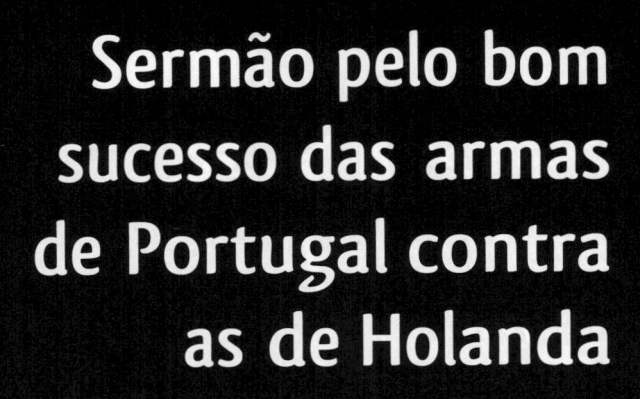

Sermão pelo bom sucesso das armas de Portugal contra as de Holanda

Exsurge quare obdormis, Domine? Exsurge, et ne repellas in finem. Quare faciem tuam avertis, oblivisceris inopiae nostrae et tribulationis nostrae? Exsurge, Domine, adjuva nos et redime nos propter nomen tuum.[1]

---

1. Sl 44 (43), 24-27: *Desperta, Senhor! Por que dormes? Acorda! Não nos rejeites mais! Por que escondes a tua face, esquecendo nossa opressão e miséria? Nossa garganta se afoga no pó, nosso ventre está grudado no chão! Levanta-te! Vem socorrer-nos! Resgata-nos, por teu amor!*

I

Com estas palavras piedosamente resolutas, mais protestando que orando, dá fim o profeta rei ao salmo 43. Salmo, que desde o princípio até o fim, não parece senão cortado para os tempos e ocasião presente. O doutor máximo São Jerônimo, e depois dele os outros expositores, diz que se entende a letra de qualquer reino ou província católica, destruída e assolada por inimigos da fé. Mas entre todos os reinos do mundo a nenhum lhe quadra melhor que ao nosso reino de Portugal; e entre todas as províncias de Portugal a nenhuma vem mais ao justo que à miserável província do Brasil. Vamos lendo todo o salmo, e em todas as cláusulas dele veremos retratadas as da nossa fortuna: o que fomos e o que somos.

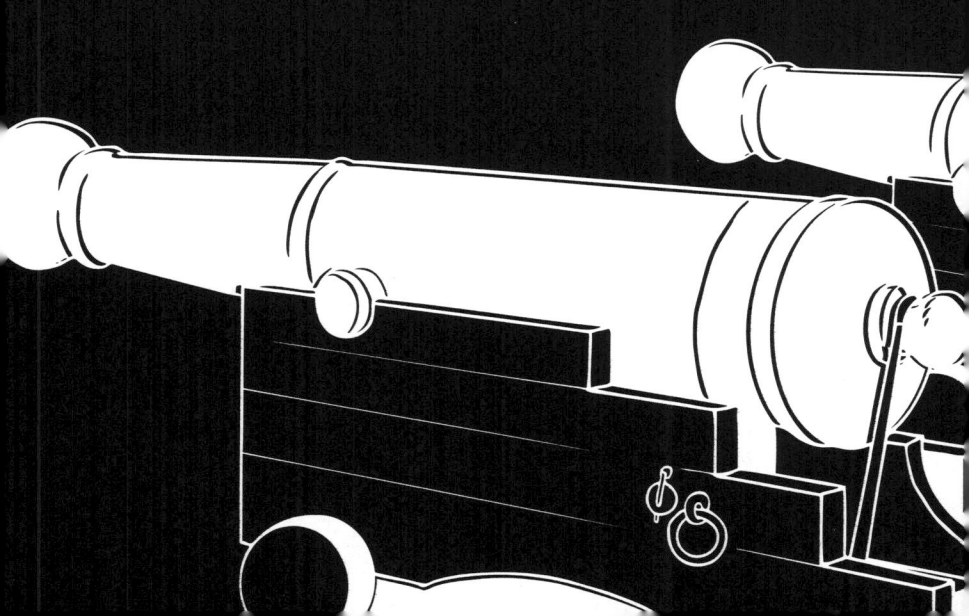

*Deus, auribus nostris audivimus, Patres nostri annuntiaverunt nobis opus, quod operatus es in diebus eorum, et in diebus antiquis.*² Ouvimos (começa o profeta) a nossos pais, lemos nas nossas histórias e ainda os mais velhos viram, em parte, com seus olhos as obras maravilhosas, as proezas, as vitórias, as conquistas, que por meio dos portugueses obrou em tempos passados vossa onipotência, Senhor: *Manus tua gentes disperdit, et plantasti eos; afflixisti populos et expulisti eos*³. Vossa mão foi a que venceu e sujeitou tantas nações bárbaras, belicosas e indômitas, e as despojou do domínio de suas próprias terras para nelas os plantar, como plantou com tão bem fundadas raízes; e para nelas os dilatar, como dilatou e estendeu em todas as partes do mundo, na África, na Ásia, na América. *Nec enim in gladio suo possederunt terram, et brachium eorum non salvavit eos, sed dextera tua et brachium tuum et illuminatio vultus tui, quoniam complacuisti in eis.*⁴ Porque não foi a força do seu braço, nem a da sua espada a que lhes sujeitou as terras que possuíram e as gentes e reis que avassalaram, senão a virtude de vossa destra onipotente e a luz e o prêmio supremo de vosso beneplácito, com que neles vos agradastes e deles vos servistes. Até aqui a relação ou memória das felicidades passadas, com que passa o profeta aos tempos e desgraças presentes.

2. Sl 44 (43), 2: *Ó Deus, nós ouvimos com nossos próprios ouvidos; nossos pais nos contaram a obra que realizaste em seus dias, nos dias de outrora.*
3. Sl 44 (43), 3: *Tu mesmo, com tua mão, expulsaste nações, para plantar nossos pais. Maltrataste povos, para fazer nossos pais crescer.*
4. Sl 44 (43), 4: *Não foi com espada que eles conquistaram a terra, nem foi o braço deles que lhes trouxe a vitória; e sim a tua direita e o teu braço, e a luz da tua face, porque os amavas.*

Nunc autem repulisti et confundisti nos; et non egredieris Deus in virtutibus nostris.[5] Porém agora, Senhor, vemos tudo isso tão trocado, que já parece que nos deixastes de todo e nos lançastes de vós, porque já não ides diante das nossas bandeiras, nem capitaneais como dantes os nossos exércitos: *Avertisti nos retrorsum post inimicos nostros, et qui oderunt nos, diripiebant sibi*[6]. Os que tão costumados éramos a vencer e triunfar, não por fracos, mas por castigados, fazeis que voltemos as costas a nossos inimigos (que como são açoite de vossa justiça, justo é que lhes demos as costas), e perdidos os que antigamente foram despojos do nosso valor são agora roubo da sua cobiça. *Dedisti nos tanquam oves escarum et in gentibus dispersisti nos.*[7] Os velhos, as mulheres, os meninos, que não têm forças nem armas com que se defender, morrem como ovelhas inocentes às mãos da crueldade herética, e os que podem escapar à morte, desterrando-se a terras estranhas, perdem a casa e a pátria: *Posuisti nos opprobrium vicinis nostris, subsanationem et derisum his, qui sunt in circuitu nostro*[8]. Não fora tanto para sentir, se, perdidas fazendas e vidas, se salvara ao menos a honra; mas também esta a passos contados se vai perdendo; e aquele nome português, tão celebrado nos anais da fama, já o herege insolente com

---

5. Sl 44 (43), 10: *Agora, porém, nos rejeitas e envergonhas, e já não acompanhas nossos exércitos.*
6. Sl 44 (43), 11: *Tu nos fazes recuar frente ao opressor, e nossos adversários nos saqueiam à vontade.*
7. Sl 44 (43), 12: *Tu nos entregas como ovelhas de corte, tu nos dispersaste entre as nações.*
8. Sl 44 (43), 14: *Fazes de nós o ultraje de nossos vizinhos, divertimento e zombaria para aqueles que nos cercam.*

as vitórias o afronta, e o gentio de que estamos cercados, e que tanto o venerava e temia, já o despreza. Com tanta propriedade como isto descreve Davi neste salmo nossas desgraças, contrapondo o que somos hoje ao que fomos enquanto Deus queria, para que na experiência presente cresça a dor por oposição com a memória do passado. Ocorre aqui ao pensamento o que não é lícito sair à língua, e não falta quem discorra tacitamente, que a causa desta diferença tão notável foi a mudança da monarquia. Não havia de ser assim (dizem) se vivera um D. Manuel, um D. João, o Terceiro, ou a fatalidade de um Sebastião não sepultara com ele os reis portugueses. Mas o mesmo profeta no mesmo salmo nos dá o desengano desta falsa imaginação: *Tu es ipse rex meus et Deus meus, qui mandas salutes Jacob*[9]. O reino de Portugal, como o mesmo Deus nos declarou na sua fundação, é reino seu e não nosso: *Volo enim in te et in semine tuo imperium mihi stabilire*; e como Deus é o rei: *Tu es ipse rex meus et Deus meus*; e este rei é o que manda e o que governa: *Qui mandas salutes Jacob*; ele que não se muda é o que causa estas diferenças, e não os reis que se mudaram. À vista, pois, desta verdade certa e sem engano, esteve um pouco suspenso o nosso profeta na consideração de tantas calamidades, até que para remédio delas o mesmo Deus, que o alumiava, lhe inspirou um conselho altíssimo, nas palavras que tomei por tema:

Exsurge, quare obdormis, Domine? Exsurge, et ne repellas in finem. Quare faciem tuam avertis, obliviseris inopiae nostrae et tribulationis nostrae? Exsurge, Domine,

9. Sl 44 (43), 5: *Eras tu, ó meu Rei e meu Deus, que decidias a vitória de Jacó.*

adjuva nos et redime nos propter nomen tuum. Não prega Davi ao povo, não o exorta ou repreende, não faz contra ele invectivas, posto que bem merecidas; mas todo arrebatado de um novo e extraordinário espírito se volta não só a Deus, mas piedosamente atrevido contra ele. Assim como Marta disse a Cristo: *Domine, non est tibi curae?*[10] assim estranha Davi reverentemente a Deus, e quase o acusa de descuidado. Queixa-se das desatenções de sua misericórdia e providência, que isso é considerar a Deus dormindo: *Exsurge, quare obdormis, Domine?* Repete-lhe que acorde e que não deixe chegar os danos ao fim, permissão indigna de sua piedade: *Exsurge, et ne repellas in finem.* Pede-lhe a razão por que aparta de nós os olhos e não volta o rosto: *Quare faciem tuam avertis?*; e por que se esquece da nossa miséria e não faz caso de nossos trabalhos: *Obliviceris inopiae nostrae et tribulationis nostrae?* E não só pede de qualquer modo esta razão do que Deus faz e permite, senão que insta a que lha dê, uma e outra vez: *Quare obdormis? Quare obliviceris?* Finalmente, depois destas perguntas, a que supõe que não tem Deus resposta, e destes argumentos com que presume o tem convencido, protesta diante do tribunal de sua justiça e piedade, que tem obrigação de nos acudir, de nos ajudar e de nos libertar logo: *Exsurge, Domine, adjuva nos et redime nos.* E para mais obrigar ao mesmo Senhor, não protesta por nosso bem e remédio, senão por parte da sua honra e glória: *Propter nomen tuum.*

Esta é (Todo-Poderoso e Todo-Misericordioso Deus), esta é a traça de que usou para render vossa piedade, quem

---

10. Lc 10, 40: Marta estava ocupada com muitos afazeres. Aproximou-se e falou: *"Senhor, não te importas* que minha irmã me deixe sozinha com todo o serviço? Manda que ela venha ajudar-me!"

tanto se conformava com vosso coração. E desta usarei eu também hoje, pois o estado em que nos vemos mais é o mesmo que semelhante. Não hei de pregar hoje ao povo, não hei de falar com os homens; mais alto hão de sair as minhas palavras ou as minhas vozes: a vosso peito divino se há de dirigir todo o sermão. É este o último de quinze dias contínuos, em que todas as igrejas desta metrópole, a esse mesmo trono de Vossa Patente Majestade, têm representado suas deprecações; e, pois, o dia é o último, justo será que nele se acuda tão bem ao último e único remédio. Todos estes dias se cansaram debalde os oradores evangélicos em pregar penitência aos homens; e, pois, eles se não converteram, quero eu, Senhor, converter-vos a vós. Tão presumido venho da vossa misericórdia, Deus meu, que, ainda que nós somos os pecadores, vós haveis de ser o arrependido.

O que venho a pedir ou protestar, Senhor, é que nos ajudeis e nos liberteis: *Adjuva nos, et redime nos*. Mui conformes são estas petições ambas ao lugar e ao tempo. Em tempo que tão oprimidos e tão cativos estamos, que devemos pedir com maior necessidade, senão que nos liberteis: *Redime nos?* E na casa da Senhora da Ajuda, que devemos esperar com maior confiança, senão que nos ajudeis: *Adjuva nos?* Não hei de pedir pedindo, senão protestando e argumentando; pois esta é a licença e liberdade que tem quem não pede favor, senão justiça. Se a causa fora só nossa e eu viera a rogar só por nosso remédio, pedira favor e misericórdia. Mas como a causa, Senhor, é mais vossa que nossa, e como venho a requerer por parte de vossa honra e glória, e pelo crédito de vosso nome: *Propter nomen tuum*, razão é que peça só razão, justo é que peça só justiça. Sobre este pressuposto vos hei de arguir, vos hei de argumentar; e confio tanto da vossa razão e da vossa benignidade, que também vos hei de convencer. Se chegar a me queixar de vós e a acusar as dilatações de vossa justiça, ou as desatenções de vossa misericórdia: *Quare obdormis: quare obliviscaris*, não será esta vez a primeira em que sofrestes semelhantes excessos a quem advoga por vossa causa. As custas de toda a demanda também vós, Senhor, as haveis de pagar, porque me há de dar vossa mesma graça as razões com que vos hei de arguir, a eficácia com que vos hei de apertar e todas as armas com que vos hei de render. E se para isto não bastam os merecimentos da causa, suprirão os da Virgem Santíssima, em cuja ajuda principalmente confio. *Ave Maria*.

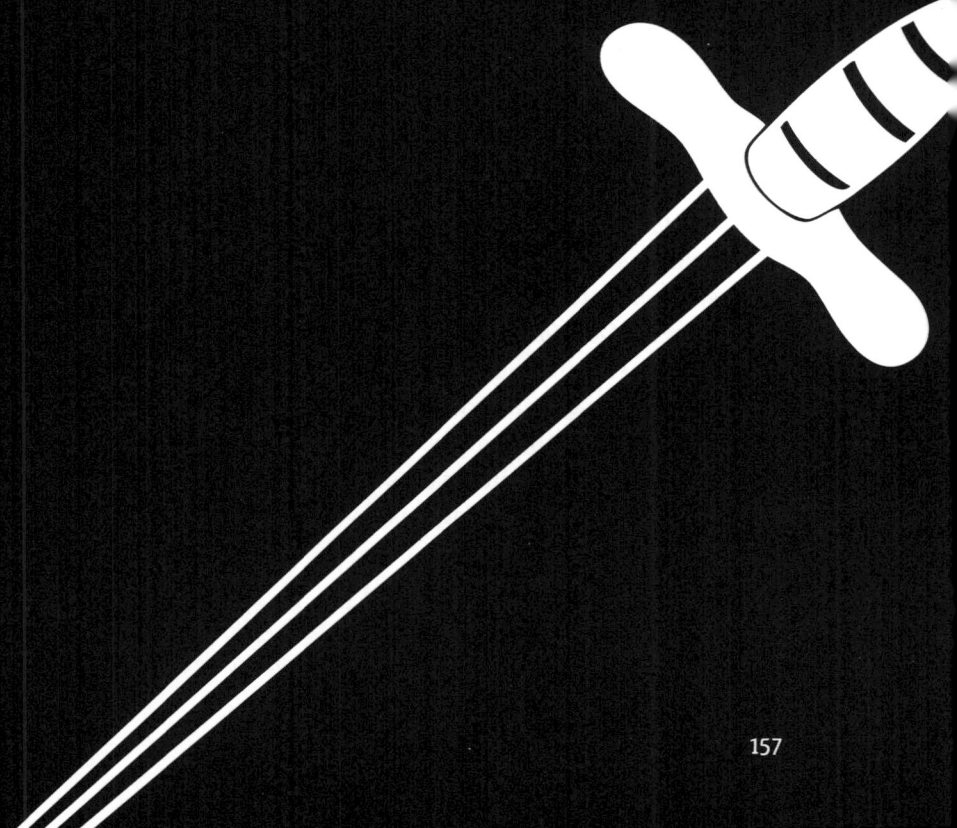

II

Exsurge, quare obdormis, Domine? Querer argumentar com Deus e convencê-lo com razões não só dificultoso assunto parece, mas empresa declaradamente impossível, sobre arrojada temeridade. *O homo, tu quis es, qui respondeas Deo? Nunquid dici figmentum ei qui se finxit: Quid me fecisti sic?*[11] Homem atrevido (diz São Paulo), homem temerário, quem és tu, para que te ponhas a altercar com Deus? Porventura o barro que está na roda e entre as mãos do oficial põe-se às razões com ele e diz-lhe: Por que me fazes assim? Pois se tu és barro, homem mortal, se te formaram as mãos de Deus da matéria vil da terra, como dizes ao mesmo Deus: *Quare, quare*; Como te atreves a argumentar com a sabedoria divina, como pedes razão à sua Providência do que te faz ou deixa de fazer? *Quare obdormis? Quare faciem tuam avertis?* Venera suas permissões, reverencia e adora seus ocultos juízos, encolhe os ombros com humildade a seus decretos soberanos, e farás o que te ensina a fé e o que deves à criatura. Assim o fazemos, assim o confessamos e assim o protestamos diante de Vossa Majestade infinita, imenso Deus, incompreensível bondade: *Justus es, Domine, et rectum judicium tuum*[12]. Por mais que nós não saibamos entender vossas obras, por mais que não possamos alcançar vossos conselhos, sempre sois justo, sempre sois santo, sempre sois infinita bondade; e ainda nos maiores rigores de vossa justiça, nunca chegais com a severidade do castigo aonde nossas culpas merecem.

---

11. Rm 9, 20: *Mas, quem é você, homem, para discutir com Deus? Por acaso, o vaso de barro diz ao oleiro: "Por que você me fez assim?"*
12. Sl 119 (118), 137: *Javé, tu és justo, e tuas normas são retas.*

Se as razões e argumentos da nossa causa as houvéramos de fundar em merecimentos próprios, temeridade fora grande, antes impiedade manifesta, querer-vos arguir. Mas nós, Senhor, como protestava o vosso profeta Daniel: *Neque enim in justificationibus nostris, prosternimus preces ante faciem tuam, sed in miserationibus tuis multis*[13]. Os requerimentos e razões deles, que humildemente presentamos ante vosso divino conspecto, as apelações ou embargos que interpomos à execução e continuação dos castigos que padecemos, de nenhum modo os fundamos na presunção de nossa justiça, mas todos na multidão de vossas misericórdias: *In miserationibus tuis multis*. Argumentamos, sim, mas de vós para vós; apelamos, mas de Deus para Deus: de Deus justo para Deus misericordioso. E, como do peito, Senhor, vos hão de sair todas as setas, mal poderão ofender vossa bondade. Mas porque a dor quando é grande sempre arrasta o afeto, e o acerto das palavras é descrédito da mesma dor, para que o justo sentimento dos males presentes não passe os limites sagrados de quem fala diante de Deus e com Deus, em tudo o que me atrever a dizer seguirei as pisadas sólidas dos que em semelhantes ocasiões, guiados por vosso mesmo espírito, oraram e exoraram vossa piedade.

Quando o povo de Israel no deserto cometeu aquele gravíssimo pecado de idolatria, adorando o ouro das suas joias na imagem bruta de um bezerro, revelou Deus

---

13. Dn 9, 18: *Meu Deus, inclina teu ouvido e escuta-me; abre os olhos e vê a desolação e olha para a cidade sobre a qual foi invocado o teu nome, porque não é confiando em nossa justiça que te pedimos misericórdia, mas sim na tua imensa compaixão.*

o caso a Moisés, que com ele estava, e acrescentou irado e resoluto que, daquela vez, havia de acabar para sempre com uma gente tão ingrata, e que a todos havia de assolar e consumir, sem que ficasse rasto de tal geração: *Dimitte me, ut irascitur furor meus contra eos et deleam eos*[14]. Não lhe sofreu, porém, o coração ao bom Moisés ouvir falar em destruição e assolação do seu povo; põe-se em campo, opõe-se à ira divina e começa a arrazoar assim: *Cur, Domine, irascitur furor tuus contra populum tuum?* E bem, Senhor, por que razão se indigna tanto a vossa ira contra o vosso povo? Por que razão, Moisés? E ainda vós quereis mais justificada razão a Deus? Acaba de vos dizer que está o povo idolatrando; que está adorando um animal bruto; que está negando a divindade ao mesmo Deus e dando-a a uma estátua muda, que acabaram de fazer suas mãos, e atribuindo-lhe a ela a liberdade e triunfo com que os livrou do cativeiro do Egito; e sobre tudo isso ainda perguntais a Deus por que razão se agasta: *Cur irascitur furor tuus?* Sim, e com muito prudente zelo; porque ainda que da parte do povo havia muito grandes razões de ser castigado, da parte de Deus era maior a razão que havia de o não castigar: *Ne quaeso* (dá razão Moisés), *ne quaeso dicant Aegyptii, callide eduxit eos, ut interficeret in montibus et deleret e terra*[15]. Olhai, Senhor, que porão mácula os egípcios em vosso ser, e, quando menos, em vossa verda-

---

14. Ex 32, 10: [...] Agora, portanto, *deixe-me, porque minha ira vai se acender contra eles, até consumi-los. E de você, eu farei uma grande nação*".
15. Ex 32, 12: *Por que os egípcios haveriam de dizer: 'Ele os tirou com má intenção, para matá-los entre as montanhas e exterminá-los da face da terra'?*

de e bondade. Dirão que, cautelosamente e à falsa fé, nos trouxestes a este deserto, para aqui nos tirardes a vida a todos e nos sepultardes. E, com esta opinião divulgada e assentada entre eles, qual será o abatimento de vosso santo nome, que tão respeitado e exaltado deixastes no mesmo Egito, com tantas e tão prodigiosas maravilhas do vosso poder? Convém logo, para conservar o crédito, dissimular o castigo e não dar com ele ocasião àqueles gentios e aos outros, em cujas terras estamos, ao que dirão: *Ne quaeso dicant*. Desta maneira arrazoou Moisés em favor do povo; e ficou tão convencido Deus da força deste argumento, que no mesmo ponto revogou a sentença, e, conforme o texto hebreu, não só se arrependeu da execução, senão ainda do pensamento: *Et paenituit Dominum mali, quod cogitaverat facere populo suo*[16]. E arrependeu-se o Senhor do pensamento e da imaginação que tivera de castigar o seu povo.

Muita razão tenho eu logo, Deus meu, de esperar que haveis de sair deste sermão arrependido, pois sois o mesmo que éreis, e não menos amigo agora, que, nos tempos passados, de vosso nome: *Propter nomen tuum*. Moisés disse-vos: *Ne quaeso dicant*: Olhai, Senhor, que dirão. E eu digo e devo dizer: Olhai, senhor, que já dizem. Já dizem os hereges insolentes com os sucessos prósperos, que vós lhes dais ou permitis: já dizem que, porque a sua, que eles chamam religião, é a verdadeira, por isso Deus os ajuda e vencem; e porque a nossa é errada e falsa, por isso nos desfavorece e somos vencidos. Assim o dizem, assim o pregam, e, ainda mal, porque não faltará quem os creia.

---

16. Ex 32, 14: *Então Javé se arrependeu do castigo com o qual havia ameaçado o seu povo.*

Pois é possível, Senhor, que hão de ser vossas permissões argumentos contra vossa fé? É possível que se hão de ocasionar de nossos castigos blasfêmias contra vosso nome? Que diga o herege (o que treme de o pronunciar a língua), que diga o herege que Deus está holandês? Oh! não permitais tal, Deus meu, não permitais tal, por quem sois. Não o digo por nós, que pouco ia em que nos castigásseis; não o digo pelo Brasil, que pouco ia em que o destruísseis; por vós o digo e pela honra de vosso Santíssimo Nome, que tão imprudentemente se vê blasfemado: *Propter nomen tuum*. Já que o pérfido calvinista dos sucessos que só lhe merecem nossos pecados faz argumento da religião, e se jacta insolente e blasfemo de ser a sua verdadeira, veja ele na roda dessa mesma fortuna, que o desvanece, de que parte está a verdade. Os ventos e tempestades, que descompõem e derrotam as nossas armadas, derrotem e desbaratem as suas; as doenças e pestes, que diminuem e enfraquecem os nossos exércitos, escalem as suas muralhas e despovoem os seus presídios; os conselhos que, quando vós quereis castigar, se corrompem, em nós sejam alumiados e neles enfatuados e confusos. Mude a vitória as insígnias, desafrontem-se as cruzes católicas, triunfem as vossas chagas nas nossas bandeiras, e conheça humilhada e desenganada a perfídia, que só a fé romana, que professamos, é fé, e só ela a verdadeira e a vossa.

Mas ainda há mais quem diga. *Ne quaeso dicant Aegyptii*: Olhai, Senhor, que vivemos entre gentios, uns que o são, outros que o foram ontem; e estes que dirão? Que dirá o tapuia bárbaro sem conhecimento de Deus? Que dirá o índio inconstante, a quem falta a pia afeição da nossa fé? Que dirá o etíope boçal, que apenas foi molhado com a

com a brutalidade do bárbaro: a largueza e soltura da vida, que foi a origem e é o fomento da heresia, casa-se mais com os costumes depravados e corrupção do gentilismo; e que pagão haverá que se converta à fé que lhe pregamos, ou que novo cristão já convertido que se não perverta, entendendo e persuadindo-se uns e outros que no herege é premiada a sua lei, e no católico se castiga a nossa? Pois se estes são os efeitos, posto que não pretendidos, de vosso rigor e castigo, justamente começado em nós, por que se ateia e passa com tanto dano aos que não são cúmplices das nossas culpas: *Cur irascitur furor tuus?* Por que continua sem estes reparos o que vós mesmo chamastes furor? E por que não acabais já de embainhar a espada de vossa ira?

Se tão gravemente ofendido do povo hebreu, por um, que dirão dos egípcios, lhe perdoastes; o que dizem os hereges, e o que dirão os gentios, não será bastante motivo para que vossa rigorosa mão suspenda o castigo e perdoe também os nossos pecados, pois, ainda que grandes, são menores? Os hebreus adoraram o ídolo, faltaram à fé, deixaram o culto do verdadeiro Deus, chamaram deus e deuses a um bezerro; e nós, por mercê de vossa bondade infinita, tão longe estamos e estivemos sempre de menor defeito ou escrúpulo nesta parte, que muitos deixaram a pátria, a casa, a fazenda, e ainda a mulher e os filhos, e passam em suma miséria desterrados, só por não viver nem comunicar com homens que se separaram da vossa Igreja. Pois, Senhor meu e Deus meu, se por vosso amor e por vossa fé, ainda sem perigo de a perder ou arriscar, fazem tais finezas os portugueses: *Quare obliviscaris inopiae nostrae, et tribulationis nostrae?* Por que vos esqueceis de tão religiosas misérias, de tão católicas tribulações? Como é possível que se ponha Vossa Majestade irada contra estes fidelíssimos servos e favoreça a parte dos infiéis, dos excomungados, dos ímpios? Oh! como nos podemos queixar neste passo, como se queixava lastimado Jó, quando, despojado dos sabeus e caldeus, se viu, como nós nos vemos, no extremo da opressão e miséria: *Nunquid bonum tibi videtur, si calumnieris me et opprimas me opus manuum tuarum et consilium impiorum adjuves?*[17] Parece-vos bem, Senhor, parece-vos bem isto? Que a mim, que sou vosso servo, me oprimais e aflijais, e aos ímpios, aos inimigos vossos os favoreçais e ajudeis? Parece-vos bem que sejam eles os prosperados e assistidos de vossa providência, e nós os deixados de vossa mão; nós os esquecidos de vossa memória, nós o exemplo de vossos rigores; nós o despojo de vossa ira? Tão pouco é desterrar-nos por vós e deixar tudo? Tão pouco é padecer trabalhos, pobrezas e os desprezos que elas trazem consigo, por vosso amor? Já a fé não tem merecimento? Já a piedade não tem valor? Já a perseverança não vos agrada? Pois se há tanta diferença entre nós, ainda que maus, e aqueles pérfidos, por que os ajudais a eles e nos desfavoreceis a nós? *Nunquid bonum tibi videtur*: A vós, que sois a mesma bondade, parece-vos bem isto?

III

Considerai, Deus meu, e perdoai-me, se falo inconsideradamente, considerai a quem tirais as terras do Brasil e a quem as dais. Tirais estas terras aos portugueses

---

17. Jó 10, 3: *Será que te divertes em me oprimir, desprezando a obra de tuas mãos para favorecer os projetos dos injustos?*

a quem nos princípios as destes; e bastava dizer a quem as destes, para perigar o crédito de vosso nome, que não podem dar nome de liberal mercês com arrependimento. Para que nos disse São Paulo, que vós, Senhor, quando dais, não vos arrependeis: *Sine paenitentia enim sunt dona Dei*?[18] Mas deixado isto à parte; tirais estas terras àqueles mesmos portugueses a quem escolhestes entre todas as nações do mundo para conquistadores da vossa fé, e a quem destes por armas como insígnia e divisa singular vossas próprias chagas. E será bem, Supremo Senhor e Governador do Universo, que às sagradas quinas de Portugal e às armas e chagas de Cristo sucedam as heréticas listas de Holanda, rebeldes a seu rei e a Deus? Será bem que estas se vejam tremular ao vento vitoriosas, e aquelas abatidas, arrastadas e ignominiosamente rendidas? *Et quid facies magno nomini tuo*?[19] E que fareis (como dizia Josué) ou que será feito de vosso glorioso nome em casos de tanta afronta?

Tirais também o Brasil aos portugueses, que assim estas terras vastíssimas, como as remotíssimas do Oriente, as conquistaram à custa de tantas vidas e tanto sangue, mais por dilatar vosso nome e vossa fé (que esse era o zelo daqueles cristianíssimos reis), que por amplificar e estender seu império. Assim fostes servido que entrássemos nestes novos mundos, tão honrada e tão gloriosamente, e assim permitis que saiamos agora (quem tal imaginara de vossa bondade), com tanta afronta e ignomínia! Oh! como

---

18. Rm 11, 29: [...] *porque os dons e o chamado de Deus são irrevogáveis.*
19. Js 7, 9: Os cananeus e todos os habitantes da terra vão ouvir isso, farão um cerco contra nós e apagarão o nosso nome da terra! *E o que farás tu com teu grande nome?*

receio que não falte quem diga o que diziam os egípcios: *Callide eduxit eos, ut interficeret et deleret e terra*[20]. Que a larga mão com que nos destes tantos domínios e reinos não foram mercês de vossa liberalidade, senão cautela e dissimulação de vossa ira, para aqui fora e longe de nossa pátria nos matardes, nos destruirdes, nos acabardes de todo. Se esta havia de ser a paga e o fruto de nossos trabalhos, para que foi o trabalhar, para que foi o servir, para que foi o derramar tanto e tão ilustre sangue nestas conquistas? Para que abrimos os mares nunca dantes navegados? Para que descobrimos as regiões e os climas não conhecidos? Para que contrastamos os ventos e as tempestades com tanto arrojo, que apenas há baixio no oceano, que não esteja infamado com miserabilíssimos naufrágios de portugueses? E, depois de tantos perigos, depois de tantas desgraças, depois de tantas e tão lastimosas mortes, ou nas praias desertas sem sepultura, ou sepultados nas entranhas dos alarves, das feras, dos peixes, que as terras que assim ganhamos as hajamos de perder assim? Oh! quanto melhor nos fora nunca conseguir, nem intentar tais empresas!

Mais santo que nós era Josué, menos apurada tinha a paciência, e, contudo, em ocasião semelhante, não falou (falando convosco) por diferente linguagem. Depois de os filhos de Israel passarem às terras ultramarinas do Jordão, como nós a estas, avançou parte do exército a dar assalto à cidade de Hai, a qual nos ecos do nome já parece que trazia o prognóstico do infeliz sucesso que os israelitas nela tive-

---

20. Ex 32, 12: Por que os egípcios haveriam de dizer: '*Ele os tirou com má intenção, para matá-los entre as montanhas e exterminá-los da face da terra*'?

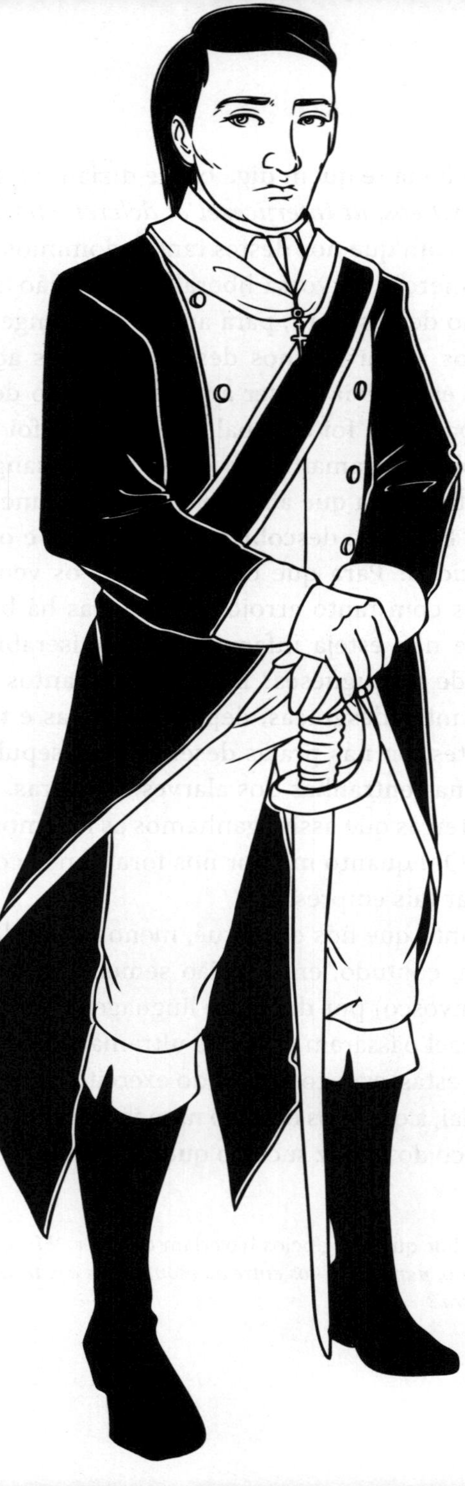

ram; porque foram rotos e desbaratados, posto que com menos mortos e feridos do que nós por cá costumamos. E que faria Josué à vista desta desgraça? Rasga as vestiduras imperiais, lança-se por terra, começa a clamar ao céu: *Heu Domine Deus, quid voluisti traducere populum istum Jordanem fluvium, ut traderes nos in manus Amorrhaei?* [21] Deus meu e Senhor meu, que é isto? Para que nos mandastes passar o Jordão e nos metestes de posse destas terras, se aqui nos havíeis de entregar nas mãos dos amorreus e perder-nos? *Utinam mansissemus trans Jordanem!* [22] Oh! nunca nós passáramos tal rio! Assim se queixava Josué a Deus, e assim nos podemos nós queixar, e com muito maior razão que ele. Se este havia de ser o fim de nossas navegações, se estas fortunas nos esperavam nas terras conquistadas: *Utinam mansissemus trans Jordanem!* Prouvera a vossa Divina Majestade que nunca saíramos de Portugal, nem fiáramos nossas vidas às ondas e aos ventos, nem conhecêramos ou puséramos os pés em terras estranhas. Ganhá--las para as não lograr, desgraça foi e não ventura; possuí--las para as perder, castigo foi de vossa ira, Senhor, e não mercê, nem favor de vossa liberalidade. Se determináveis dar estas mesmas terras aos piratas de Holanda, por que lhas não destes enquanto eram agrestes e incultas, senão agora? Tantos serviços vos tem feito esta gente pervertida

21. Js 7, 7: Josué suplicou: "*Ah! Senhor Javé, por que fizeste este povo atravessar o Jordão? Foi para nos entregar na mão dos amorreus e nos fazer perecer? Oxalá nos tivéssemos contentado em ficar no outro lado do Jordão!*".
22. Js 7, 7: Josué suplicou: "Ah! Senhor Javé, por que fizeste este povo atravessar o Jordão? Foi para nos entregar na mão dos amorreus e nos fazer perecer? *Oxalá* nos tivéssemos contentado em *ficar no outro lado do Jordão!*".

e apóstata, que nos mandastes primeiro cá por seus aposentadores, para lhe lavrarmos as terras, para lhe edificarmos as cidades, e depois de cultivadas e enriquecidas lhas entregardes? Assim se hão de lograr os hereges e inimigos da fé, dos trabalhos portugueses e dos suores católicos? *En queis consevimus agros?* Eis aqui para quem trabalhamos há tantos anos! Mas pois vós, Senhor, o quereis e ordenais assim, fazei o que fordes servido. Entregai aos holandeses o Brasil, entregai-lhes as Índias, entregai-lhes as Espanhas (que não são menos perigosas as consequências do Brasil perdido); entregai-lhes quanto temos e possuímos (como já lhes entregastes tanta parte); ponde em suas mãos o mundo; e a nós, aos portugueses e espanhóis, deixai-nos, repudiai-nos, desfazei-nos, acabai-nos. Mas só digo e lembro a Vossa Majestade, Senhor, que estes mesmos que agora desfavoreceis e lançais de vós, pode ser que os queirais algum dia, e que os não tenhais.

Não me atrevera a falar assim, se não tirara as palavras da boca de Jó, que, como tão lastimado, não é muito entre muitas vezes nesta tragédia. Queixava-se o exemplo da paciência a Deus (que nos quer Deus sofridos, mas não insensíveis), queixava-se do tesão de suas penas demandando e altercando, porque se lhe não havia de remitir e afrouxar um pouco o rigor delas; e, como a todas as réplicas e instâncias o Senhor se mostrasse inexorável, quando já não teve mais que dizer, concluiu assim: *Ecce nunc in pulvere dormiam, et si mane me quaesieris, non subsistam*[23]. Já que não quereis, Senhor, desistir ou moderar o

---

23. Jó 7, 21: Por que não perdoas o meu pecado, e não afastas de mim a minha culpa? Olha! *Logo eu me deitarei no pó: tu me procurarás tateando, e eu não existirei mais.*

tormento, já que não quereis senão continuar o rigor e chegar com ele ao cabo, seja muito embora, matai-me, consumi-me, enterrai-me: *Ecce nunc in pulvere dormiam*; mas só vos digo e vos lembro uma coisa: que se me buscardes amanhã, que me não haveis de achar: *Et si mane me quaesieris, non subsistam*. Tereis aos sabeus, tereis aos caldeus, que sejam o roubo e o açoite de vossa casa; mas não achareis a um Jó que a sirva, não achareis a um Jó que a venere, não achareis a um Jó, que ainda com suas chagas a não desautorize. O mesmo digo eu, Senhor, que não é muito rompa nos mesmos afetos, quem se vê no mesmo estado. Abrasai, destruí, consumi-nos a todos; mas pode ser que algum dia queirais espanhóis e portugueses, e que os não acheis. Holanda vos dará os apostólicos conquistadores, que levem pelo mundo os estandartes da cruz; Holanda vos dará os pregadores evangélicos, que semeiem nas terras dos bárbaros a doutrina católica e a reguem com o próprio sangue; Holanda defenderá a verdade de vossos sacramentos e a autoridade da Igreja Romana; Holanda edificará templos, Holanda levantará altares, Holanda consagrará sacerdotes e oferecerá o sacrifício de vosso Santíssimo Corpo; Holanda, enfim, vos servirá e venerará tão religiosamente, como em Amsterdam, Midelburgo e Flisinga e em todas as outras colônias daquele frio e alagado inferno se está fazendo todos os dias.

IV

Bem vejo que me podeis dizer, Senhor, que a propagação de vossa fé e as obras de vossa glória não dependem de nós, nem de ninguém, e que sois poderoso, quando faltem homens, para fazer das pedras filhos de Abraão. Mas também a vossa sabedoria e a experiência de todos os séculos nos têm ensinado, que depois de Adão não criastes homens de novo, que vos servis dos que tendes neste mundo, e que nunca admitis os menos bons, senão em falta dos melhores. Assim o fizestes na parábola do banquete. Mandastes chamar os convidados que tínheis escolhido, e, porque eles se escusaram e não quiseram vir, então admitistes os cegos e mancos e os introduzistes em seu lugar. *Caecos et claudos introduc huc*.[24] E se esta é, Deus meu, a regular disposição de vossa providência divina, como a vemos agora tão trocada em nós e tão diferente conosco? Quais foram estes convidados e quais são estes cegos e mancos? Os convidados fomos nós, a quem primeiro chamastes para estas terras, e nelas nos pusestes à mesa, tão franca e abundante, como de vossa grandeza se podia esperar. Os cegos e mancos são os luteranos e calvinistas, cegos sem fé e mancos sem obras, na reprovação das quais consiste o principal erro da sua heresia. Pois se nós, que fomos os convidados, não nos escusamos nem duvidamos de vir, antes rompemos por muitos inconvenientes em que pudéramos duvidar; se viemos e nos assentamos à mesa, como nos excluís agora e lançais fora dela e introduzis violentamente os cegos e mancos, e dais os nossos lugares ao herege? Quando em tudo o mais foram eles tão bons como nós, ou nós tão maus como eles, por que nos

---

24. Lc 14, 21: O empregado voltou e contou tudo ao patrão. Então o dono da casa ficou muito zangado e disse ao empregado: "Saia depressa pelas praças e ruas da cidade. *Traga para cá os pobres, os aleijados, os cegos e o mancos*".

não há de valer pelo menos o privilégio e prerrogativa da fé? Em tudo parece, Senhor, que trocais os estilos de vossa providência e mudais as leis de vossa justiça conosco. Aquelas dez virgens do vosso Evangelho todas se renderam ao sono, todas adormeceram, todas foram iguais no mesmo descuido: *Dormitaverunt omnes et dormierunt*[25]. E, contudo, a cinco delas passou-lhes o esposo por este defeito, e só porque conservaram as alâmpadas acesas, mereceram entrar às bodas, de que as outras foram excluídas. Se assim é, Senhor meu, se assim o julgastes então (que vós sois aquele esposo divino), por que não nos vale a nós também conservar as alâmpadas da fé acesas, que no herege estão tão apagadas e tão mortas? É possível que haveis de abrir as portas a quem traz as alâmpadas apagadas, e as haveis de fechar a quem as tem acesas? Reparai, Senhor, que não é autoridade do vosso divino tribunal que saiam dele no mesmo caso duas sentenças tão encontradas. Se às que deixaram apagar as alâmpadas se disse: *Nescio vos*[26]; se para elas se fecharam as portas: *Clausa est janua*[27]; quem merece ouvir de vossa boca um *Nescio vos* tremendo, senão o herege, que vos não conhece? E a quem deveis dar com a porta nos olhos, senão ao herege, que os tem tão cegos? Mas eu vejo que nem esta cegueira, nem este desconhecimento, tão merecedores de vosso rigor, lhe retarda o progresso de suas

---

25. Mt 25, 5: O noivo estava demorando, e *todas elas acabaram cochilando e dormiram*.
26. Mt 25, 12: Ele, porém, respondeu: "Eu garanto a vocês que *não as conheço*".
27. Mt 25, 10: Enquanto elas foram comprar óleo, o noivo chegou, e as que estavam preparadas entraram com ele para a festa de casamento. E a *porta se fechou*.

fortunas, antes a passo largo se vêm chegando a nós suas armas vitoriosas, e cedo nos baterão às portas desta vossa cidade. Desta vossa cidade disse; mas não sei se o nome do Salvador, com que a honrastes, a salvará e defenderá, como já outra vez não defendeu; nem sei se estas nossas deprecações, posto que tão repetidas e continuadas, acharão acesso a vosso conspecto divino, pois há tantos anos que está bradando ao céu a nossa justa dor, sem vossa clemência dar ouvidos a nossos clamores.

Se acaso for assim (o que vós não permitais), e está determinado em vosso secreto juízo que entrem os hereges na Bahia, o que só vos represento humildemente e muito deveras, é que antes da execução da sentença repareis bem, Senhor, no que vos pode suceder depois, e que o consulteis com vosso coração enquanto é tempo; porque melhor será arrepender agora, que quando o mal passado não tenha remédio. Bem estais na intenção e alusão com que digo isto, e na razão, fundada em vós mesmo, que tenho para o dizer. Também antes do dilúvio estáveis vós mui colérico e irado contra os homens, e, por mais que Noé orava em todos aqueles cem anos, nunca houve remédio para que se aplacasse vossa ira. Romperam-se, enfim, as cataratas do céu, cresceu o mar até os cumes dos montes, alagou-se o mundo todo: já estaria satisfeita a vossa justiça; senão quando, ao terceiro dia, começaram a boiar os corpos mortos e a surgir e aparecer em multidão infinita aquelas figuras pálidas, e então se representou sobre as ondas a mais triste e funesta tragédia que nunca viram os anjos, que homens que a vissem não os havia. Vistes vós também (como se o vísseis de novo) aquele lastimosíssimo espetáculo, e posto que não chorastes, porque ainda não tínheis olhos capazes de lágrimas, enterneceram-se, porém, as entranhas de vossa Divindade, com tão intrínseca dor: *Tactus dolore cordis intrinsecus*[28], que, do modo que em vós cabe arrependimento, vos arrependestes do que tínheis feito ao mundo; e foi tão inteira a vossa contrição, que não só tivestes pesar do passado, senão propósito firme de nunca mais o fazer: *Nequanquam ultra maledicam terrae propter homines*[29]. Este sois, Senhor, este sois; e pois sois este, não vos tomeis com vosso coração. Para que é fazer agora valentias contra ele, se o seu sentimento, e o vosso as há de pagar depois? Já que as execuções de vossa justiça custam arrependimento à vossa bondade, vede o que fazeis antes que o façais, não vos aconteça outra. E para que o vejais com cores humanas, que já vos não são estranhas, dai-me licença que eu vos represente primeiro ao vivo as lástimas e misérias deste futuro dilúvio, e se esta representação vos não enternecer e tiverdes entranhas para o ver sem grande dor, executai-o embora.

Finjamos, pois (o que até fingido e imaginado faz horror), finjamos que vem a Bahia e o resto do Brasil a mãos dos holandeses; que é o que há de suceder em tal caso? Entrarão por esta cidade com fúria de vencedores e de hereges; não perdoarão a estado, a sexo nem a idade; com os fios dos mesmos alfanjes medirão a todos; chorarão as mulheres, vendo que se não guarda decoro à sua modés-

---

28. Gn 6, 6: Então Javé se arrependeu de ter feito o homem sobre a terra, *e seu coração ficou magoado.*
29. Gn 8, 21: Javé aspirou o perfume, e disse consigo: *"Nunca mais amaldiçoarei a terra por causa do homem,* porque os projetos do coração do homem são maus desde a sua juventude. Nunca mais destruirei todos os seres vivos, como fiz.

tia; chorarão os velhos, vendo que se não guarda respeito a suas cãs; chorarão os nobres, vendo que se não guarda cortesia à sua qualidade; chorarão os religiosos e veneráveis sacerdotes, vendo que até as coroas sagradas os não defendem; chorarão finalmente todos, e entre todos mais lastimosamente os inocentes, porque nem a esses perdoará (como em outras ocasiões não perdoou) a desumanidade herética. Sei eu, Senhor, que só por amor dos inocentes dissestes vós alguma hora, que não era bem castigar a Nínive. Mas não sei que tempos, nem que desgraça é esta nossa, que até a mesma inocência vos não abranda. Pois também a vós, Senhor, vos há de alcançar parte do castigo (que é o que mais sente a piedade cristã), também a vós há de chegar.

Entrarão os hereges nesta igreja e nas outras; arrebatarão essa custódia, em que agora estais adorado dos anjos; tomarão os cálices e vasos sagrados e aplicá-los-ão a suas nefandas embriaguezes; derrubarão dos altares os vultos e estátuas dos santos, deformá-las-ão a cutiladas e metê-las-ão no fogo; e não perdoarão as mãos furiosas e sacrílegas nem às imagens tremendas de Cristo crucificado, nem às da Virgem Maria. Não me admiro tanto, Senhor, de que hajais de consentir semelhantes agravos e afrontas nas vossas imagens, pois já as permitistes em vosso sacratíssimo corpo; mas, nas da Virgem Maria, nas de vossa Santíssima Mãe, não sei como isto pode estar com a piedade e amor de filho. No Monte Calvário esteve esta Senhora sempre ao pé da cruz, e, com serem aqueles algozes tão descorteses e cruéis, nenhum se atreveu a lhe tocar nem a lhe perder o respeito. Assim foi e assim havia de ser, porque assim o tínheis vós prometido pelo profeta: *Flagellum*

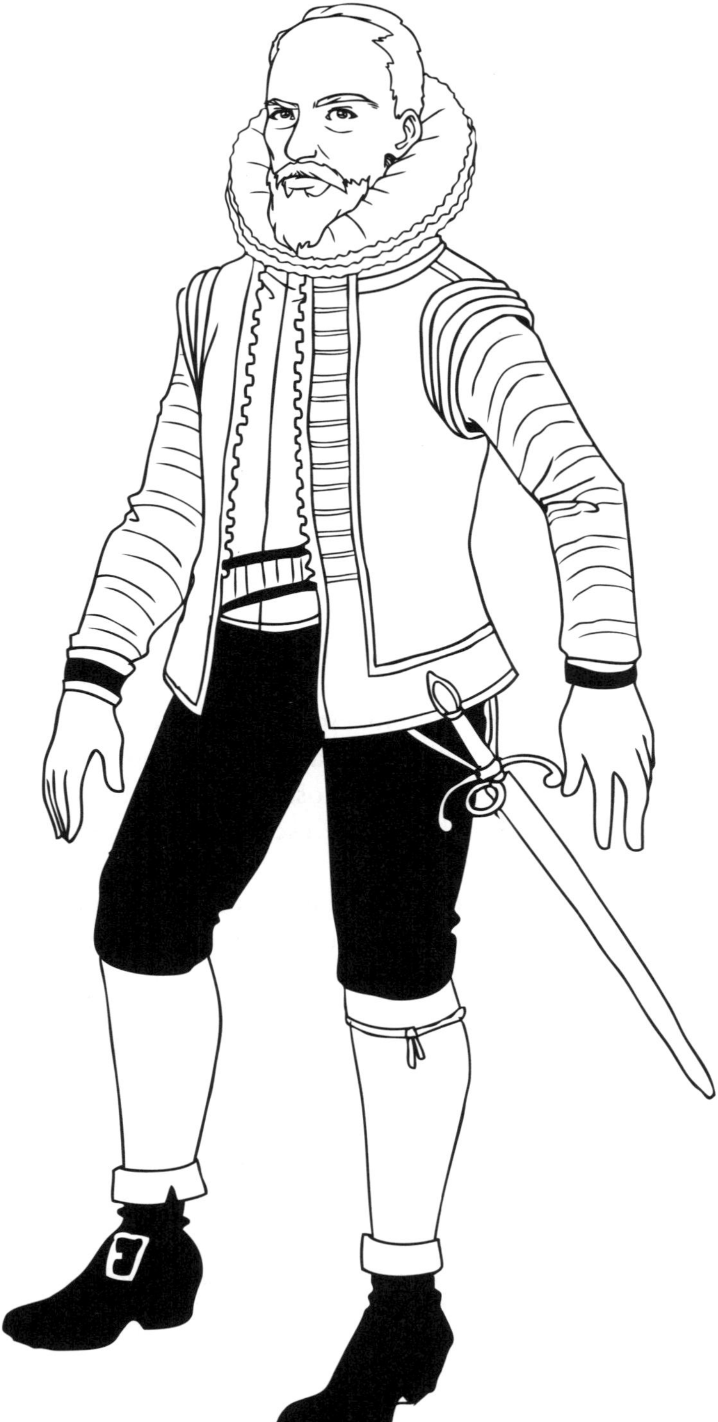

non appropinquabit tabernaculo tuo[30]. Pois, Filho da Virgem Maria, se tanto cuidado tivestes então do respeito e decoro de vossa Mãe, como consentis agora que se lhe façam tantos desacatos? Nem me digais, Senhor, que lá era a pessoa, cá a imagem. Imagem somente da mesma Virgem, era a Arca do Testamento, e, só porque Oza a quis tocar, lhe tirastes a vida. Pois se então havia tanto rigor para quem ofendia a imagem de Maria, por que o não há também agora? Bastava então qualquer dos outros desacatos às coisas sagradas, para uma severíssima demonstração vossa, ainda milagrosa. Se a Jeroboão, porque levantou a mão para um profeta, se lhe secou logo o braço milagrosamente; como aos hereges, depois de se atreverem a afrontar vossos santos, lhes ficam ainda braços para outros delitos? Se a Baltasar, por beber pelos vasos do templo, em que não se consagrava vosso sangue, o privastes da vida e do reino, por que vivem os hereges, que convertem vossos cálices a usos profanos? Já não há três dedos que escrevam sentença de morte contra sacrílegos?

Enfim, Senhor, despojados assim os templos e derrubados os altares, acabar-se-á no Brasil a cristandade católica; acabar-se-á o culto divino; nascerá erva nas igrejas, como nos campos; não haverá quem entre nelas. Passará um dia de Natal, e não haverá memória de vosso nascimento; passará a Quaresma e a Semana Santa, e não se celebrarão os mistérios de vossa Paixão. Chorarão as pedras das ruas, como diz Jeremias que choravam as de Jerusalém destruída: *Viae Sion lugent, eo quod non sint qui*

---

30. Sl 91 (90), 10: A desgraça jamais o atingirá, e *praga nenhuma vai chegar à sua tenda*, [...].

veniant ad solemnitatem[31]. Ver-se-ão ermas e solitárias, e que as não pisa a devoção dos fiéis, como costumava em semelhantes dias. Não haverá missas, nem altares, nem sacerdotes que as digam; morrerão os católicos sem confissão nem sacramentos; pregar-se-ão heresias nestes mesmos púlpitos, e, em lugar de São Jerônimo e Santo Agostinho, ouvir-se-ão e alegar-se-ão neles os infames nomes de Calvino e Lutero; beberão a falsa doutrina os inocentes que ficarem, relíquias dos portugueses; e chegaremos a estado que, se perguntarem aos filhos e netos dos que aqui estão: Menino, de que seita sois? Um responderá: Eu sou calvinista; outro: Eu sou luterano. Pois isto se há de sofrer, Deus meu? Quando quisestes entregar vossas ovelhas a São Pedro, examinaste-lo três vezes se vos amava: *Diligis me, diligis me, diligis me?*[32] E agora as entregais desta maneira, não a pastores, senão aos lobos? Sois o mesmo, ou sois outro? Aos hereges o vosso rebanho? Aos hereges as almas? Como tenho dito, e nomeei almas, não vos quero dizer mais. Já sei, Senhor, que vos haveis de enternecer e arrepender, e que não haveis

---

31. Lm 1, 4: *Estão de luto os caminhos de Sião: ninguém vem para as festas.* Todas as suas portas estão desertas e seus sacerdotes choram; as suas virgens estão aflitas e ela na amargura.
32. Jo 21, 15-17: Depois de comerem, Jesus perguntou a Simão Pedro: "Simão, filho de João, você *me ama* mais do que estes outros?" Pedro respondeu: "Sim, Senhor, tu sabes que eu te amo". Jesus disse: "Cuide dos meus cordeiros". Jesus perguntou de novo a Pedro: "Simão, filho de João, você *me ama*?" Pedro respondeu: "Sim, Senhor, tu sabes que eu te amo". Jesus disse: "Tome conta das minhas ovelhas". Pela terceira vez Jesus perguntou a Pedro: "Simão, filho de João, você *me ama*?" Então Pedro ficou triste, porque Jesus perguntou três vezes se ele o amava. Disse a Jesus: "Senhor, tu conheces tudo, e sabes que eu te amo". Jesus disse: "Cuide das minhas ovelhas. [...]

de ter coração para ver tais lástimas e tais estragos. E se assim é (que assim o estão prometendo vossas entranhas piedosíssimas), se é que há de haver dor, se é que há de haver arrependimento depois, cessem as iras, cessem as execuções agora, que não é justo vos contente antes o de que vos há de pesar em algum tempo.

Muito honrastes, Senhor, ao homem na criação do mundo, formando-o com vossas próprias mãos, informando-o e animando-o com vosso próprio alento e imprimindo nele o caráter de vossa imagem e semelhança. Mas parece que logo desde aquele mesmo dia vos não contentastes dele, porque de todas as outras coisas que criastes, diz a Escritura que vos pareceram bem: *Vidit Deus quod esset bonum*[33]; e só do homem o não diz. Na admiração desta misteriosa reticência andou desde então suspenso e vacilando o juízo humano, não podendo penetrar qual fosse a causa por que, agradando-vos com tão pública demonstração todas as vossas obras, só do homem, que era a mais perfeita de todas, não mostrásseis agrado. Finalmente, passados mais de mil e setecentos anos, a mesma Escritura, que tinha calado aquele mistério, nos declarou que vós estáveis arrependido de ter criado o homem: *Paenituit eum quod hominem fecisset in terra*[34], e que vós mesmo dissestes que vos pesava: *Paenitet me fecisse eos*[35]; e então ficou patente e

---

33. Gn 1, 10: E Deus chamou ao chão seco "terra", e ao conjunto das águas "mar". *E Deus viu que era bom.*
34. Gn 6, 6: Então *Javé se arrependeu de ter feito o homem sobre a terra*, e seu coração ficou magoado.
35. Gn 6, 7: E Javé disse: "Vou exterminar da face da terra os homens que criei, e junto também os animais, os répteis e as aves do céu, porque *me arrependo de os ter feito*".

manifesto a todos o segredo que tantos tempos tínheis ocultado. E vós, Senhor, dizeis que vos pesa e que estais arrependido de ter criado o homem; pois essa é a causa por que desde logo o princípio de sua criação vos não agradastes dele, nem quisestes que se dissesse que vos parecera bem; julgando, como era razão, por coisa muito alheia de vossa sabedoria e providência, que em nenhum tempo vos agradasse nem parecesse bem aquilo de que depois vos havíeis de arrepender e ter pesar de ter feito: *Paenitet me fecisse*. Sendo, pois, esta a condição verdadeiramente divina e a altíssima razão de estado de vossa providência, não haver já mais agrado do que há de haver arrependimento; e, sendo também certo nas piedosíssimas entranhas de vossa misericórdia, que se permitirdes agora as lástimas, as misérias, os estragos que tenho representado, é força que vos há de pesar depois e vos haveis de arrepender; arrependei-vos, misericordioso Deus, enquanto estamos em tempo, ponde em nós os olhos de vossa piedade, ide à mão à vossa irritada justiça, quebre vosso amor as setas de vossa ira, e não permitais tantos danos, e tão irreparáveis. Isto é o que vos pedem, tantas vezes prostradas diante de vosso divino acatamento, estas almas tão fielmente católicas, em nome seu e de todas as deste estado. E não vos fazem esta humilde deprecação pelas perdas temporais, de que cedem, e as podeis executar neles por outras vias; mas pela perda espiritual eterna de tantas almas, pelas injúrias de vossos templos e altares, pela exterminação do sacrossanto sacrifício de vosso corpo e sangue, e pela ausência insofrível, pela ausência e saudades desse Santíssimo Sacramento, que não sabemos quanto tempo teremos presente.

V

Chegado a este ponto, de que não sei nem se pode passar, parece-me que nos está dizendo vossa divina e humana bondade, Senhor, que o fizéreis assim facilmente, e vos deixaríeis persuadir, e convencer destas nossas razões, senão que está clamando por outra parte vossa divina justiça; e, como sois igualmente justo e misericordioso, que não podeis deixar de castigar, sendo os pecados do Brasil tantos e tão grandes. Confesso, Deus meu, que assim é, e todos confessamos que somos grandíssimos pecadores. Mas tão longe estou de me aquietar com esta resposta, que antes esses mesmos pecados muitos e grandes são um novo e poderoso motivo dado por vós mesmo para mais convencer vossa bondade.

A maior força dos meus argumentos não consistiu em outro fundamento até agora, que no crédito, na honra e na glória de vosso Santíssimo Nome: *Propter nomen tuum*. E que motivo posso eu oferecer mais glorioso ao mesmo nome, que serem muitos e grandes os nossos pecados? *Propter nomen tuum, Domine, propitiaberis peccato meo: multum est enim.*[36] Por amor de vosso nome, Senhor, estou certo (dizia Davi) que me haveis de perdoar meus pecados, porque não são quaisquer pecados, senão muitos e grandes. *Multum est enim.* Oh! motivo digno só do peito de Deus! Oh! consequência que só na suma bondade pode ser forçosa! De maneira que, para lhe serem perdoados seus pecados, alegou um pecador a Deus que são muitos e grandes. Sim; e não por amor do pecador,

---

36. Sl 25 (24), 11: *Javé, por causa do teu nome, perdoa a minha falta, que é grande.*

nem por amor dos pecados, senão por amor da honra e glória do mesmo Deus, a qual quanto mais e maiores são os pecados que perdoa, tanto maior é e mais engrandece e exalta o seu Santíssimo Nome: *Propter nomen tuum, Domine, propitiaberis peccato meo: multum est enim.* O mesmo Davi distingue na misericórdia de Deus grandeza e multidão. A grandeza: *Secundum magnam misericordiam tuam*[37]; a multidão: *Et secundum multitudinem miserationum tuarum.* E como a grandeza da misericórdia divina é imensa e a multidão de suas misericórdias infinita; e o imenso não se pode medir, nem o infinito contar; para que uma e outra, de algum modo, tenha proporcionada matéria de glória, importa à mesma grandeza da misericórdia que os pecados sejam grandes e, à mesma multidão das misericórdias, que sejam muitos: *Multum est enim.* Razão tenho eu logo, Senhor, de me não render à razão de serem muitos e grandes nossos pecados. E razão tenho também de instar em vos pedir a razão por que não desistis de os castigar: *Quare obdormis? Quare faciem tuam avertis? Quare oblivisceris inopiae nostrae et tribulationis nostrae?*

Esta mesma razão vos pediu Jó quando disse: *Cur non tollis peccatum meum et quare non aufers iniquitatem meam?*[38] E posto que não faltou um grande intérprete de vossas Escrituras que arguísse por vossa parte, enfim se deu por vencido e confessou que tinha razão Jó em vo-la pedir: *Criminis in loco Deo impingis, quod ejus, qui deli-*

---

37. Sl 51 (50), 3: Tem piedade de mim, ó Deus, por teu amor! *Por tua grande compaixão*, apaga a minha culpa!
38. Jó 7, 21: [...] *Por que não perdoas o meu pecado, e não afastas de mim a minha culpa?* Olha! Logo eu me deitarei no pó: tu me procurarás tateando, e eu não existirei mais".

quit, non miseretur?, diz São Cirilo Alexandrino. Basta, Jó, que criminais e acusais a Deus de que castiga vossos pecados? Nas mesmas palavras confessais que cometestes pecados e maldades; e com as mesmas palavras pedis razão a Deus por que as castiga? Isto é dar a razão, e mais pedi-la. Os pecados e maldades, que não ocultais, são a razão do castigo: pois, se dais a razão, por que a pedis? Porque ainda que Deus, para castigar os pecados, tem a razão de sua justiça, para os perdoar e desistir do castigo, tem outra razão maior, que é a da sua glória: *Qui enim misereri consuevit, et non vulgarem in eo gloriam habet; ob quam causam mei non miseretur?* Pede razão Jó a Deus, e tem muita razão de a pedir (responde por ele o mesmo santo, que o arguiu), porque, se é condição de Deus usar de misericórdia, e é grande e não vulgar a glória que adquire em perdoar pecados, que razão tem, ou pode dar bastante, de os não perdoar? O mesmo Jó tinha já declarado a força deste seu argumento nas palavras antecedentes com energia para Deus muito forte: *Peccavi, quid faciam tibi?*[39] Como se dissera: Se eu fiz, Senhor, como homem em pecar, que razão tendes vós para não fazer, como Deus, em me perdoar? Ainda disse e quis dizer mais: *Peccavi, quid faciam tibi?* Pequei, que mais posso fazer? E que fizestes vós, Jó, a Deus em pecar? Não lhe fiz pouco; porque lhe dei ocasião a me perdoar, e, perdoando-me, ganhar muita glória. Eu dever-lhe-ei a ele, como a causa, a graça que me fizer; e ele dever-me-á a mim, como ocasião, a glória que alcançar.

---

39. Jó 7, 20: *Caso eu tenha pecado, o que foi que eu te fiz?* Espião da humanidade, por que me tomaste como alvo, e me transformaste em peso para ti?

E se é assim, Senhor, sem licença, nem encarecimento; se é assim, misericordioso Deus, que em perdoar pecados se aumenta a vossa glória, que é o fim de todas as vossas ações; não digais que nos não perdoais, porque são muitos e grandes os nossos pecados, que antes, porque são muitos e grandes, deveis dar essa grande glória à grandeza e multidão de vossas misericórdias. Perdoando-nos e tendo piedade de nós, é que haveis de ostentar a soberania de vossa majestade, e não castigando-nos, em que mais se abate vosso poder, do que se acredita. Vede-o neste último castigo, em que, contra toda a esperança do mundo e do tempo, fizestes que se derrotasse a nossa armada, a maior que nunca passou a equinocial. Pudestes, Senhor, derrotá-la; e que grande glória foi de vossa onipotência poder o que pode o vento? *Contra folium, quod vento rapitur, ostendis potentiam.*[40] Desplantar uma nação, como nos ides desplantando, e plantar outra, também é poder que vós cometestes a um homenzinho de Anatote: *Ecce constitui te super gentes et super regna, ut evellas et destruas et disperdas et dissipes et aedifices et plantes*[41]. O em que se manifesta a majestade, a grandeza e a glória de vossa infinita onipotência, é em perdoar e usar de misericórdia: *Qui omnipotentiam tuam, parcendo maxime, et miserando, manifestas.* Em castigar, venceis-nos a nós, que somos criaturas fracas; mas, em perdoar, venceis-vos a vós mesmo, que sois todo poderoso e infinito. Só esta vitória é digna de vós,

---

40. Jó 13, 25: Por que *assustas uma folha que o vento carrega*, e persegues uma palha seca?
41. Jr 1, 10: [...] *Hoje eu estabeleço você sobre nações e reinos, para arrancar e arrasar, para demolir e destruir, para construir e plantar".*

porque só vossa justiça pode pelejar com armas iguais contra vossa misericórdia; e, sendo infinito o vencido, infinita fica a glória do vencedor. Perdoai, pois, benigníssimo Senhor, por esta grande glória vossa: *Propter magnam gloriam tuam*: perdoai por esta glória imensa de vosso Santíssimo Nome: *Propter nomen tuum*.

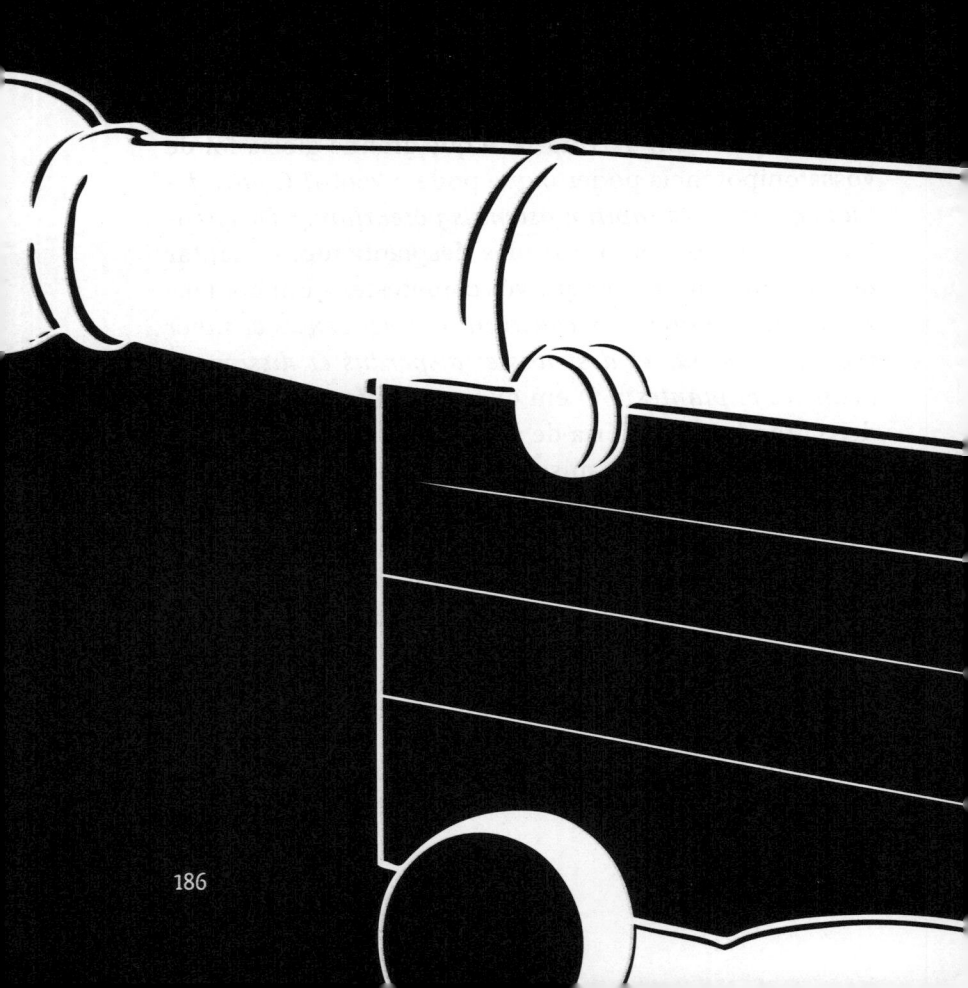

E se acaso ainda reclama vossa divina justiça, por certo não já misericordioso, senão justíssimo Deus, que

os rigores e castigos de tantos anos. Não sois vós, enquanto justo, aquele justo juiz de quem canta o vosso profeta: *Deus Judex justus, fortis et patiens, nunquid irascitur per*

singulos dies?[42] Pois se a vossa ira, ainda como de justo juiz, não é de todos os dias nem de muitos, por que se não dará por satisfeita com rigores de anos e tantos anos? Sei eu, Legislador Supremo, que nos casos de ira, posto que justificada, nos manda vossa santíssima lei que não passe de um dia, e que antes de se pôr o Sol tenhamos perdoado: *Sol non occidat super iracundiam vestram*[43]. Pois se da fraqueza humana, e tão sensitiva, espera tal moderação nos agravos vossa mesma lei, e lhe manda que perdoe e se aplaque em termo tão breve e tão preciso; vós, que sois Deus infinito e tendes um coração tão dilatado como vossa mesma imensidade, e em matéria de perdão vos propondes aos homens por exemplo; como é possível que os rigores de vossa ira se não abrandem em tantos anos, e que se ponha e torne a nascer o Sol tantas e tantas vezes, vendo sempre desembainhada e correndo sangue a espada de vossa vingança? Sol de justiça cuidei eu que vos chamavam as Escrituras[44], porque, ainda quando mais fogoso e ardente, dentro do breve espaço de doze horas, passava o rigor de vossos raios; mas não o dirá assim este Sol material que nos alumia e rodeia, pois há tantos dias e tantos anos que, passando duas vezes sobre nós de um trópico a outro, sempre vos vê irado.

Já vos não alego, Senhor, com o que dirá a Terra e os homens, mas com o que dirá o céu e o mesmo Sol. Quando Josué mandou parar o Sol, as palavras da língua hebrai-

---

42. Sl 7, 12: *Deus é um justo juiz. Deus ameaça a cada dia.*
43. Ef 4, 26: Vocês estão com raiva? Não pequem; *o sol não se ponha sobre o ressentimento de vocês.*
44. Ml 3, 20: Mas para vocês que temem a Javé brilhará *o sol da justiça*, que cura com seus raios. E vocês todos poderão sair pulando livres, como saem os bezerros do curral.

ca, em que lhe falou, foram, não que parasse, senão que se calasse: *Sol tace contra Gabaon*[45]. Calar mandou ao Sol o valente capitão, porque aqueles resplandores amortecidos, com que se ia sepultar no ocaso, eram umas línguas mudas com que o mesmo Sol o murmurava de demasiadamente vingativo; eram umas vozes altíssimas, com que desde o céu lhe lembrava a lei de Deus e lhe pregava que não podia continuar a vingança, pois ele se ia meter no Ocidente: *Sol non occidat super iracundiam vestram*. E se Deus, como autor da mesma lei, ordenou que o Sol parasse, e aquele dia (o maior que viu o mundo) excedesse os termos da natureza por muitas horas e fosse o maior, foi para que, concordando a justa lei com a justa vingança, nem por uma parte se deixasse de executar o rigor do castigo, nem por outra se dispensasse no rigor do preceito. Castigue-se o gabaonita, pois é justo castigá-lo; mas esteja o Sol parado até que se acabe o castigo, para que a ira, posto que justa, do vencedor, não passe os limites de um dia. Pois se este é, Senhor, o termo prescrito de vossa lei; se fazeis milagres e tais milagres para que ela se conserve inteira, e se Josué manda calar e emudecer o Sol, porque se não queixe e dê vozes contra a continuação de sua ira; que quereis que diga o mesmo Sol, não parado nem emudecido? Que quereis que diga a Lua e as estrelas, já cansadas de ver nossas misérias? Que quereis que digam todos esses céus criados, não para apregoar vossas justiças, senão para cantar vossas glórias: *Coeli enarrant gloriam Dei?*[46]

45. Js 10, 12: No dia em Javé entregou os amorreus aos israelitas, Josué falou a Javé e disse na presença de Israel: "*Sol, detenha-se em Gabaon!* E você, lua, no vale de Aialon!"
46. Sl 19 (18), 2: *O céu manifesta a glória de Deus*, e o firmamento proclama a obra de suas mãos.

Finalmente, benigníssimo Jesus, verdadeiro Josué e verdadeiro Sol, seja o epílogo e conclusão de todas as nossas razões o vosso mesmo nome: *Propter nomen tuum.* Se o Sol estranha a Josué rigores de mais de um dia, e Josué manda calar o Sol, porque lhos não estranhe; como pode estranhar vossa divina justiça que useis conosco de misericórdia, depois da execução de tantos e tão rigorosos castigos continuados, não por um dia ou muitos dias de doze horas, senão por tantos e tão compridos anos, que cedo serão doze? Se sois Jesus, que quer dizer Salvador, sede Jesus e sede Salvador nosso. Se sois Sol e Sol de justiça, antes que se ponha o deste dia, deponde os rigores da vossa. Deixai já o signo rigoroso de Leão, e dai um passo ao signo de Virgem, signo propício e benéfico. Recebei influências humanas, de quem recebestes a humanidade. Perdoai-nos, Senhor, pelos merecimentos da Virgem Santíssima. Perdoai-nos por seus rogos, ou perdoai-nos por seus impérios; que, se como criatura vos pede por nós o perdão, como Mãe vos pode mandar e vos manda que nos perdoeis. Perdoai-nos, enfim, para que a vosso exemplo perdoemos; e perdoai-nos também a exemplo nosso, que todos desde esta hora perdoamos a todos por vosso amor: *Dimitte nobis debita nostra, sicut et nos dimittimus debitoribus nostris. Amen.*

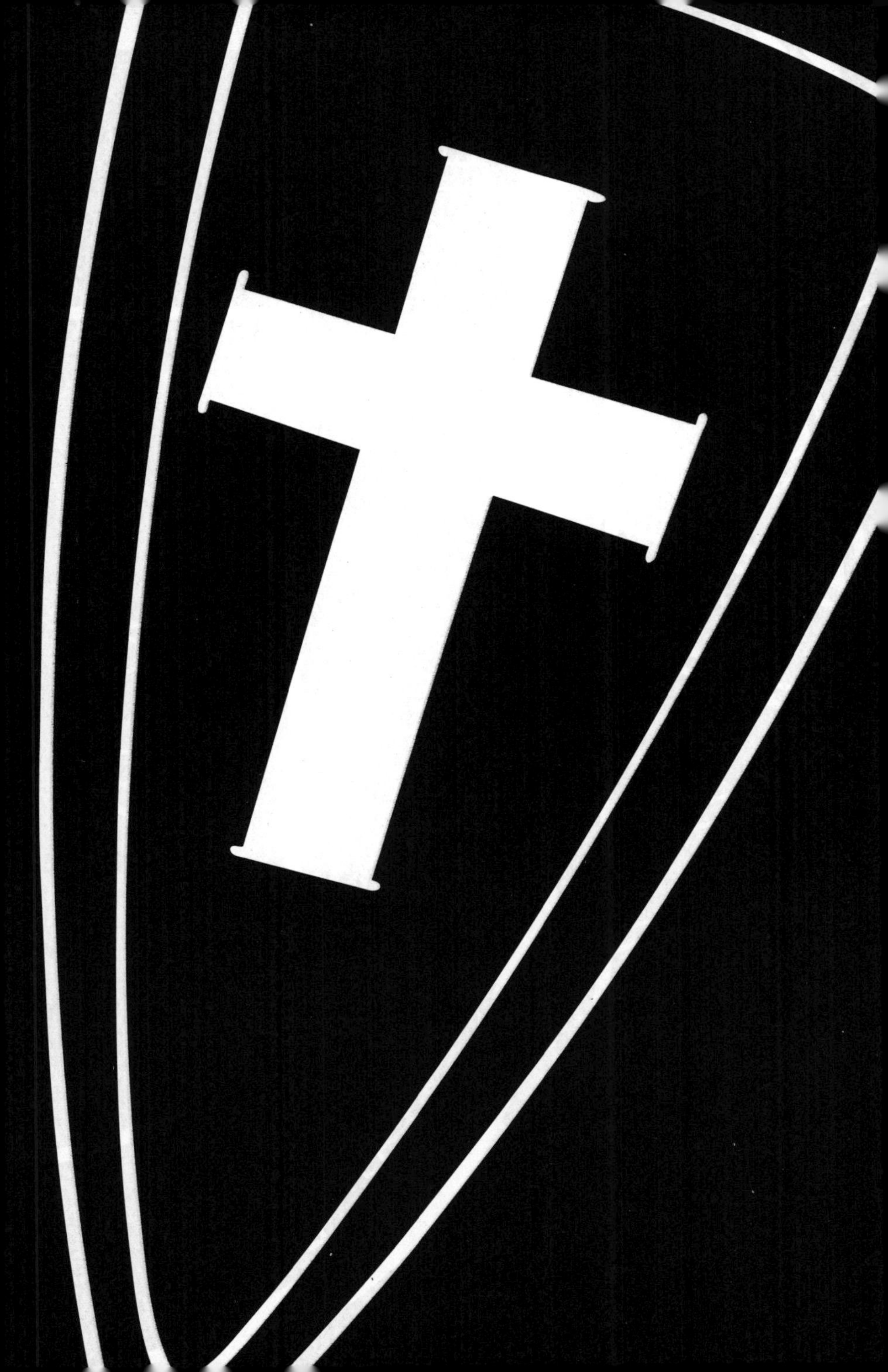

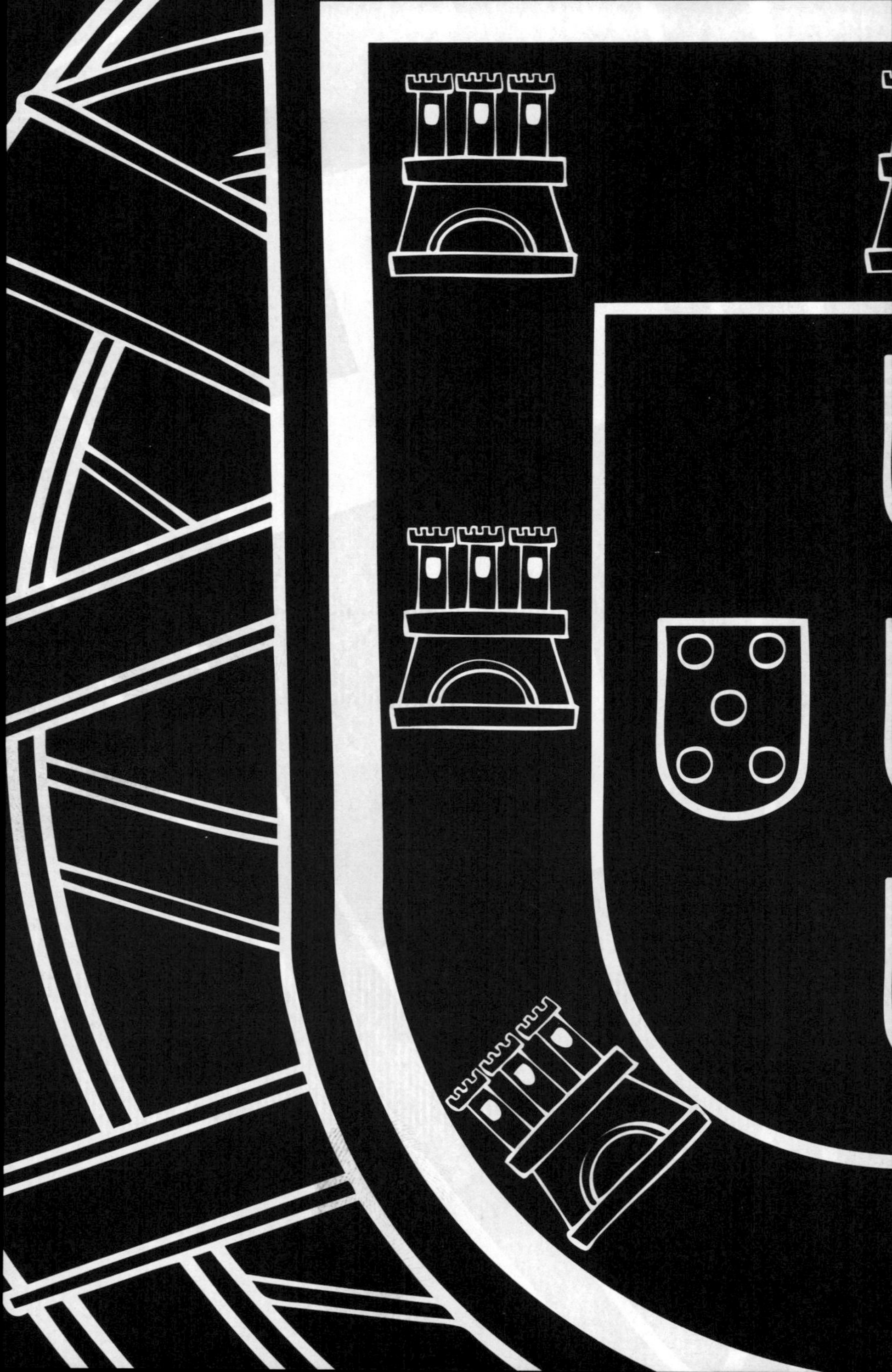

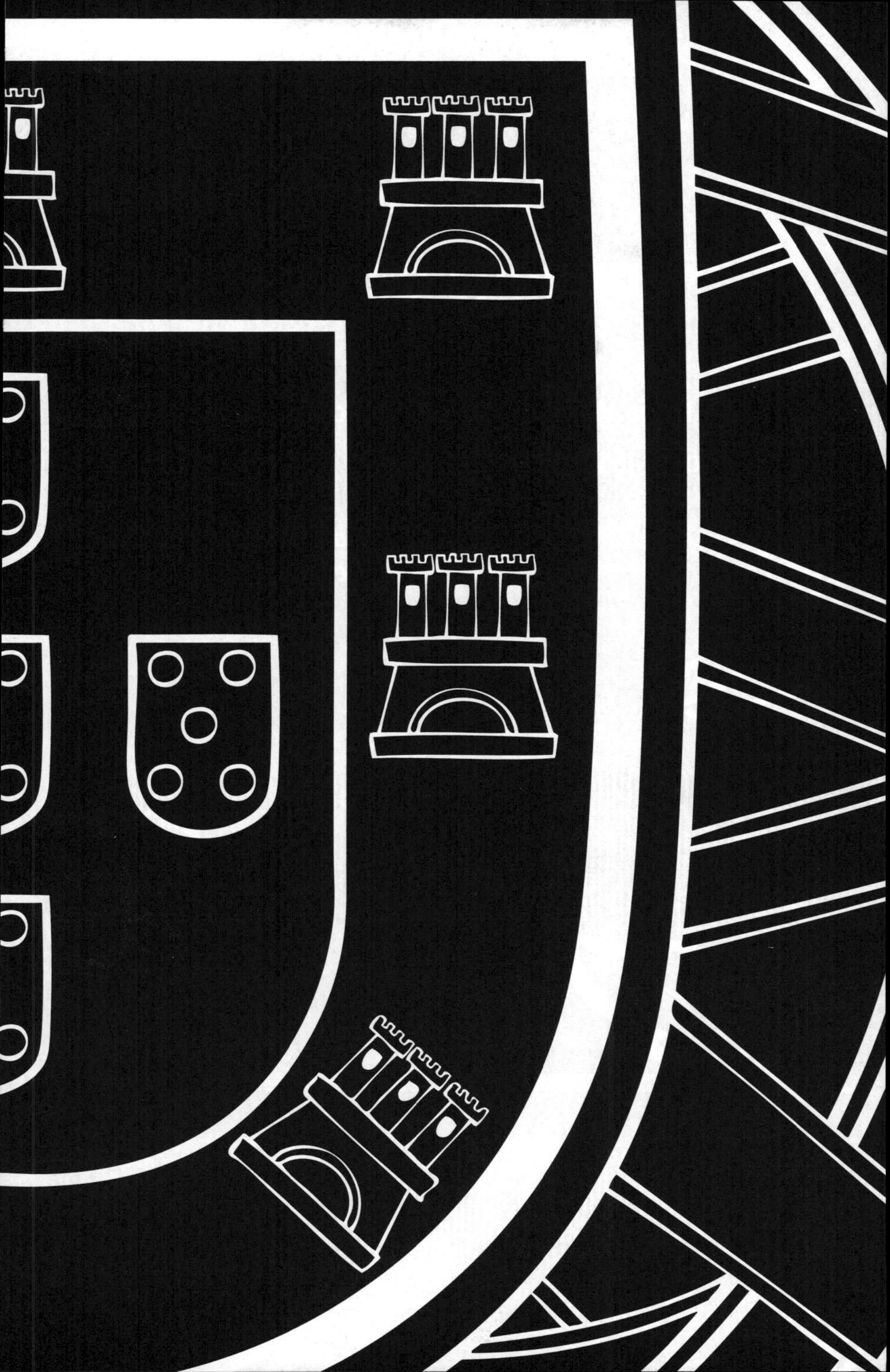

Sermão da quinta dominga da Quaresma

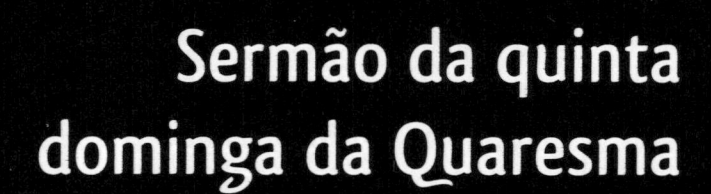

Na Igreja Maior da Cidade de São Luís no Maranhão Ano de 1654.

Si dixero quia non scio eum, ero similis vobis mendax.[1]

---

1. Jo 8, 55: Vocês não o conhecem, mas eu o conheço. *Se dissesse que não o conheço, eu seria mentiroso como vocês.* Mas eu o conheço e guardo a palavra dele.

I

A verdade e a mentira: a verdade do pregador e a mentira dos ouvintes. As três espécies de mentiras com que os escribas e fariseus hoje contradisseram, caluniaram e quiseram afrontar e desonrar o Filho de Deus.

Temos juntamente hoje no Evangelho duas coisas que nunca podem andar juntas: a verdade e a mentira. E porque não podem andar juntas, por isso as temos divididas; a verdade no pregador, a mentira nos ouvintes; o pregador muito verdadeiro, o auditório muito mentiroso. Uma e outra coisa disse Cristo aos escribas e fariseus, com quem falava. O pregador muito verdadeiro: *Si veritatem dico vobis*[2]; o auditório muito mentiroso: *Ero similis vobis mendax*.

De três modos (que há muitos modos de mentir) mentiram hoje estes maus ouvintes. Mentiram, porque não creram a verdade; mentiram, porque impugnaram a verdade; mentiram, porque afirmaram a mentira. Não crer a verdade é mentir com o pensamento; impugnar a verdade é mentir com a obra; afirmar a mentira é mentir com a palavra. Tudo isto lhe tinha profetizado a Cristo seu pai Davi, quando disse: *In multitudine virtutis tuae mentientur tibi inimici tui*[3]. De muitos modos mostrareis eficazmente a verdade de vosso ser, mas vossos inimigos vos mentirão também por muitos modos; mentir-vos-ão não crendo; mentir-vos-ão impugnando; mentir-vos-ão mentindo, como hoje fizeram.

2. Jo 8, 46: Quem de vocês pode me acusar de pecado? *Se eu digo a verdade*, por que vocês não acreditam em mim?
3. Sl 66 (65), 3: Digam a Deus: "Como são terríveis as tuas obras! *Por teu imenso poder, teus inimigos te adulam*".

Disse-lhes Cristo que era Filho de Deus verdadeiro, a quem eles chamavam Pai sem o conhecerem: disse-lhes que os que recebessem e observassem sua doutrina viveriam eternamente, e aqui mentiram não crendo a verdade: *Si veritatem dico vobis, quare non creditis mihi?* Disse-lhes mais, que Abraão desejara ver o seu dia, isto é, o dia em que havia de descer do céu à terra, e nascer homem entre os homens, e que, finalmente, o vira com grande júbilo e alegria da sua alma, e aqui mentiram impugnando a verdade: *Quinquaginta annos nondum habes, et Abraham vidisti?*[4] Tu não tens ainda cinquenta anos, e viste Abraão? E o bezerro que vós dissestes que vos livrara do Egito, quantos anos tinha? Não era nascido e gerado naquele mesmo dia? O ditame com que o tivestes por Deus era falso, mas a suposição com que entendestes que em Deus podia haver duas gerações, uma antes e outra depois, era verdadeira. Respondeu Cristo: *Antequam Abraham fieret, ego sum*[5]: Antes que Abraão fosse, eu já era. Mas este *era*, declarou-o pela palavra: *Ego sum*: Eu sou; para que entendessem que era aquele mesmo Deus, que quando se definiu a Moisés disse: *Ego sum qui sum*[6]: Eu sou o que sou; porque no eterno não há passado, nem futuro; tudo é presente. Enfim, mentiram afirmando a mentira, porque disseram que Cristo era samaritano e endemoninhado: *Samaritanus es, et daemonium habes*[7]. E para mentirem duas

---

4. Jo 8, 57: Então os judeus disseram: *"Ainda não tens cinquenta anos, e viste Abraão?"*
5. Jo 8, 58: Jesus respondeu: "Eu garanto a vocês: *antes que Abraão existisse, Eu Sou".*
6. Ex 3, 14: Deus disse a Moisés: *"Eu sou aquele que sou".* E continuou: "Você falará assim aos filhos de Israel: 'Eu Sou me enviou até vocês'".
7. Jo 8, 48: As autoridades dos judeus disseram: "Não temos razão de dizer que *és um samaritano* e que *está louco?"*

vezes em uma mentira, repetiram a mesma blasfêmia ratificando o que tinham dito e alegando-se a si mesmos: *Nonne bene dicimus nos?* Mal é dizer mal, mas, depois de o haverdes dito, dizerdes, ainda que dizeis bem, é um mal maior sobre outro mal, porque é estar obstinado nele.

Estas são as mentiras com que os escribas e fariseus hoje contradisseram, caluniaram e quiseram afrontar e desonrar ao Filho de Deus, como o Senhor lhes disse: *Ego honorifico Patrem meum, et vos inhonorastis me*[8]. Mas, posto que a Sabedoria eterna fosse caluniada e injuriada por semelhante gente, nem por isto ficou afrontado nem desonrado Cristo, porque tudo o que disseram dele e lhe fizeram foi por inveja, por ódio, por raiva, por vingança; e, quando as causas são estas, as injúrias não injuriam, as afrontas desafrontam, as desonras honram. Não está muito honrado Cristo? Dizei-o vós. Ora eu, que pregarei neste dia, em que tanto se espera o assunto dos pregadores? Hei também de dizer-vos uma grande injúria, uma grande afronta e uma

---

8. Jo 8, 49: Jesus respondeu: "Eu não estou louco. *Eu honro meu Pai, e vocês me desonram.* [...]

grande desonra da vossa terra. Contudo, ainda que as verdades causam ódio, espero que não haveis de ficar mal comigo, porque hei de afrontar a todos para desafrontar a cada um. O discurso dirá como. *Ave Maria.*

II

O Domingo das verdades. No Maranhão a corte da mentira. O galante apólogo do diabo. O M de Maranhão. No Maranhão até o sol e os céus mentem.

Si dixero quia non scio eum, ero similis vobis mendax.

A este Evangelho do Domingo Quinto da Quaresma chamais comumente o domingo das verdades. Para mim, todos os domingos têm este sobrenome, porque em todos prego verdades, e muito claras, como tendes visto. Por me não sair, contudo, do que hoje todos esperam, estive considerando comigo que verdades vos diria, e, segundo as notícias que vou tendo desta nossa terra, resolvi-me vos dizer uma só verdade. Mas que verdade será esta? Não gastemos tempo. A verdade que vos digo é que no Maranhão não há verdade.

Cuidavam e diziam os sábios antigos que em diferentes ilhas do mundo reinavam diferentes deidades: que em Creta reinava Júpiter, que em Delos reinava Apolo, que em Samos reinava Juno, que em Chipre reinava Vênus, e assim de outras. Se o império da mentira não fora tão universal no mundo, pudera-se suspeitar que nesta nossa ilha tinha sua corte a mentira. Todas as terras, assim como têm particulares estrelas, que naturalmente predominam sobre elas, assim padecem também diferentes vícios, a que geralmente são sujeitas. Fingiram a este propósito os alemães uma galante fábula. Dizem que quando o diabo caiu do céu, que no ar se fez em pedaços, e que estes pedaços se espalharam em diversas províncias da Europa, onde ficaram os vícios que nelas reinam. Dizem que a cabeça do diabo caiu em Espanha, e que por isso somos fumosos, altivos, e com arrogâncias graves. Dizem que o peito caiu em Itália, e que daqui lhes veio serem fabricadores de máquinas, não se darem a entender, e trazerem o coração sempre coberto. Dizem que o ventre caiu em Alemanha, e que esta é a causa de serem inclinados à gula, e gastarem mais que os outros com a mesa e com a taça. Dizem que os pés caíram em França, e que daqui nasce serem pouco sossegados, apressados no andar, e amigos de bailes. Dizem que os braços com as mãos e unhas crescidas, um caiu em Holanda, outro em Argel, e que daqui lhes veio (ou nos veio) o serem corsários. Esta é a substância do apólogo, nem malformado, nem mal repartido, porque, ainda que a aplicação dos vícios totalmente não seja verdadeira, tem contudo a semelhança de verdade, que basta para dar sal à sátira. E, suposto que à Espanha lhe coube a cabeça, cuido eu que a parte dela que nos toca ao nosso Portugal é a língua, ao menos assim o entendem as nações estrangeiras que de mais perto nos tratam. Os vícios da língua são tantos, que fez Drexélio um abecedário inteiro e muito copioso deles. E se as letras deste abecedário se repartissem pelos estados de Portugal, que letra tocaria ao nosso Maranhão? Não há dúvida que o M. Maranhão, M. murmurar, M. motejar, M. maldizer, M. malsinar, M. mexericar, e, sobretudo, M. mentir: mentir com as palavras, mentir com as obras, mentir com os pensamentos, que de todos e por todos os modos aqui se mente. Novelas e novelos são as duas moedas correntes desta terra[9], mas têm uma diferença, que as

---

9. A moeda corrente nesta terra são novelos de fios de algodão.

novelas armam-se sobre nada, e os novelos armam-se sobre muito, para tudo ser moeda falsa.

Na Bahia, que é a cabeça desta nossa província do Brasil, acontece algumas vezes, o que no Maranhão, quase todos os dias. Amanhece o Sol muito claro, prometendo um formoso dia, e dentro em uma hora se tolda o céu de nuvens, e começa a chover como no mais entranhado inverno. Sucedeu-lhe um caso como este a D. Fradique de Toledo, quando veio a restaurar a Bahia no ano de mil seiscentos e vinte e cinco. E, tendo toda gente da armada em campo para lhe passar mostra, admirado da inconstância do clima, disse: *En el Brasil hasta los cielos mientem*. Não sei se é isto descrédito, ou se desculpa. Que mais pode fazer um homem, que ser tão bom como o céu da terra em que vive? Outra terra há em Europa (Roma), na qual eu estive há poucos anos, em que se experimentam cada dia as mesmas mudanças, pelas quais Galeno não quis curar nela; porém, ali há outra razão, porque, como a terra tem jurisdição sobre o céu, segue o céu as influências da terra. Mas o que se disse do Brasil por galanteria, se pode afirmar do Maranhão com toda a verdade. É experiência inaudita a que agora direi, e não sei que fé lhe darão os matemáticos que estão mais longe da linha. Quer pesar o Sol um piloto nesta cidade onde estamos, e não no porto, onde está surto o seu navio, senão com os pés em terra: toma o astrolábio na mão com toda a quietação e segurança. E que lhe acontece? Coisa prodigiosa! Um dia acha que está o Maranhão em um grau, outro dia em meio, outro dia em dois, outro dia em nenhum. E esta é a causa por que os pilotos que não são práticos nesta costa areiam, e se têm perdido tantos nela. De maneira que o Sol, que em toda a parte é a regra certa e infalível por onde se medem os tempos, os lugares, as alturas, em chegando à terra do Maranhão, até ele mente. E terra onde até o Sol mente, vede que verdade falarão

aqueles sobre cujas cabeças e corações ele influi. Acontece-lhes aqui aos moradores o mesmo que aos pilotos, que nenhum sabe em que altura está. Cuida o homem nobre hoje que está em altura de honrado, e amanhã acha-se infamado e envilecido. Cuida a donzela recolhida que está em altura de virtuosa, e amanhã acha-se murmurada pelas praças. Cuida o eclesiástico que está em altura de bom sacerdote, e amanhã acha-se com reputação de mau homem. Enfim, um dia estais aqui em uma altura, e ao outro dia noutra, porque os lábios são como o astrolábio. É isto assim? A vós mesmos o ouço, que eu não o adivinhei. Vede se é certa a minha verdade: que não há verdade no Maranhão.

III

A influência do clima no nascimento de vícios e virtudes. Os dois vícios dos cretenses: mentira e preguiça. As mais desfechadas mentiras que nunca se ouviram nem imaginaram. A mentira, filha primogênita do ócio. A proposição de Davi. O juízo temerário. A língua, a fera mais dificultosa de enfrear.

Ora, eu me pus a especular a causa por que o clima e o céu desta terra influi tanta mentira, e parece-me que achei a causa verdadeira e natural. Assim como o céu com uma virtude influi outra virtude, assim o clima, que também se chama céu, com um vício influi outro vício. Ponhamos o exemplo na verdade, que é a virtude contrária da mentira: *Veritas de terra orta est*[10], diz Davi. A verdade

---

10. Sl 85 (84), 12: *A Fidelidade brotará da terra*, e a Justiça se inclinará do céu.

nasceu da terra. E logo advertiu que a terra de que falava não era toda a terra, senão a sua: *Et terra nostra dabit fructum suum*[11]. Mas donde lhe veio aquela terra (que era a de Promissão), donde lhe veio uma virtude tão singular no mundo, que nascesse dela a verdade? O mesmo profeta o disse: *Veritas de terra orta est, et justitia de coelo prospexit.* Toda esta virtude da terra veio-lhe do céu. Influiu o céu na terra a justiça, e nasceu nela a verdade. A verdade é filha legítima da justiça, porque a justiça dá a cada um o que é seu. E isto é o que faz e o que diz a verdade, ao contrário da mentira. A mentira, ou vos tira o que tendes, ou vos dá o que não tendes; ou vos rouba, ou vos condena. A verdade não: a cada um dá o seu, como a justiça. E porque o céu influiu naquela terra a justiça, por isso influiu e nasceu nela a verdade. Influiu uma virtude, e nasceu outra.

O mesmo passa nos vícios. Se o clima influi soberba, nasce a inveja; se influi gula, nasce a luxúria; se influi cobiça, nasce a avareza; se influi ira, nasce a vingança. E, para nascer a mentira, que é o que influi? Ociosidade. Onde o clima influi ócio, dá-se a mentira a perder. Nasce, cresce, espiga, e de um não-sei-quê, tamanho como um grão de trigo, podeis colher mentiras aos alqueires. Estes são os dois vícios do Maranhão, estas, as duas influências deste clima, ócio e mentira. O ócio é a primeira influência, a mentira, a segunda; o ócio a causa, a mentira o efeito. Não há terra no mundo que mais incline ao ócio ou à preguiça, como vós dizeis, e esta é a semente de que nasce tão má erva. Ouvi a São Paulo. Fala o apóstolo da Ilha de Creta, que é a Cândia, que hoje vai conquistando o turco, e diz assim: *Cretenses semper men-*

---

11. Sl 85 (84), 13: Javé nos dará a chuva, *e nossa terra dará o seu fruto.*

daces, ventres pigri[12]; os cretenses têm dois vícios, que sempre se acham neles: mentirosos e preguiçosos. Pudera dizer mais, se falara da nossa ilha e de toda esta terra? Digam-no os naturais. Nem a sua diligência nem a sua verdade o pode negar. Não há gente mais mentirosa nem mais preguiçosa no mundo. Deitados na sua rede: *Ventres pigri*; ouvidos nas suas palavras: *semper mendaces*. Mas como estas virtudes vêm do céu, como são influências do clima, pegaram-se também aos portugueses. Falta a verdade, porque sobeja a ociosidade. Dai-me vós, homens ociosos, que eu vo-los darei mentirosos. E senão vamos ao Evangelho.

As mais desfechadas mentiras, que nunca se ouviram nem imaginaram, foram as que hoje lhe disseram a Cristo na cara os escribas e fariseus, pelas quais o mesmo Senhor lhes chamou mentirosos: *Ero similis vobis mendax*. Disseram que era samaritano e endemoninhado. E não só o disseram esta vez, como advertiu Orígenes, mas assim o diziam publicamente: *Nonne bene dicimus nos, quia samaritanus es tu, et daemonium habes?*[13] E notai o que disseram mais abaixo: *Nunc cognovimus, quia samaritanus es tu, et daemonium habes*[14]. Agora conhecemos que és samaritano e endemoninhado. Pois, se agora o conhecestes, como o dizíeis antes? Porque os mentirosos dizem as coisas antes de as saberem. Mas tornemos à substância da men-

---

12. Tt 1, 12: Um dos próprios profetas deles disse: "*Os habitantes da ilha de Creta são sempre mentirosos, animais ferozes, comilões preguiçosos*".
13. Jo 8, 48: As autoridades dos judeus disseram: "*Não temos razão de dizer que és um samaritano e que está louco?*"
14. Jo 8, 52: Os judeus disseram: "*Agora sabemos que estás louco*. Abraão morreu e os profetas também. E tu dizes: 'se alguém guarda a minha palavra, nunca vai experimentar a morte'".

tira. Cristo lançava os demônios de todos os corpos, e eles chamavam-lhe endemoninhado; Cristo era galileu natural de Nazaré, e chamam-lhe samaritano. E, se o diziam pela religião e pelos costumes, os samaritanos eram idólatras e apóstatas da lei, e Cristo era o legislador e reformador dela. Estas eram as mentiras que diziam os escribas e fariseus. E o povo, que dizia? Dizia a verdade: que Cristo era um grande profeta, que era o Rei prometido de Israel, que era o Messias. Pois, se o povo simples e sem letras conhecia e dizia a verdade, os escribas e fariseus, que se prezavam de sábios, como cuidavam e diziam tão desatinadas mentiras? Porque os escribas e fariseus era gente abastada e ociosa, e o povo, não. Ide-lhe ver as mãos, achar-lhas-eis cheias de calos. Quem trabalha trata da sua vida; quem está ocioso trata das alheias. Quem trabalha, como cuida no que faz, fala verdade, porque diz as coisas como são. O ocioso, como não tem que fazer, mente, porque diz o que imagina.

Esta é a razão por que a mentira é filha primogênita do ócio. Vede como se forma dentro em vós mesmos este monstruoso parto. Quem está ocioso não tem mais que fazer que pôr-se a imaginar; da ociosidade nasce a imaginação, da imaginação a suspeita, da suspeita a mentira. É a imaginação no ocioso como a serpente de Eva. Estava ociosa Eva no Paraíso, entrou a serpente coleando-se mansamente sem pés, mas com cabeça; começou pela especulação e acabou pela mentira. Começou pela especulação: *Cur praecepit vobis Deus?*[15]; e acabou pela mentira, e duas

---

15. Gn 3, 1: A serpente era o mais astuto de todos os animais do campo que Javé Deus havia feito. Ela disse para a mulher: "*É verdade que Deus disse* que vocês não devem comer de nenhuma árvore do jardim?"

mentiras: *Nequaquam moriemini: eritis sicut Dii*[16]. Consentiu Eva na mentira peçonhenta: de Eva passou a Adão, de Adão ao gênero humano. Não sucede assim às mentiras imaginadas, que vós, como bicho-da-seda, gerastes dentro em vós mesmos, fabricando de vossas entranhas a mortalha para vós e o vestido para os outros? Meterá a língua a tesoura; e sem tomar as medidas à verdade, vós lhe cortareis de vestir. Por que cuidais que se dizem tantas coisas malfeitas? Por que se fizeram? Não, que a mim me consta do contrário. É porque se imaginaram; e, tanto que vieram à imaginação, já estão na prancha da língua.

Que bem o disse Davi: *Tota die iniquitatem cogitavit lingua tua*[17]. Todo o dia a vossa língua estava cuidando e imaginando maldades. *Tota die*: todo o dia. Vede se era ocioso aquele de quem falava Davi: todo o dia não tinha outra coisa que fazer. E que fazia? Estava a sua língua cuidando e imaginando maldade. Não sei se reparais na impropriedade das palavras. O cuidar, o imaginar, é obra do entendimento, não é da língua: a língua fala, o entendimento imagina. Pois, se a imaginação está no entendimento, como diz Davi que estes fabricadores de maldades imaginavam com a língua: *Tota die iniquitatem cogitavit lingua tua*. Falou Davi com esta que parece impropriedade, para declarar com toda a propriedade o que queria dizer. Não diz que imagina com a língua, porque a língua imagine, que isso não pode ser; mas diz que imaginam com a língua, por

---

16. Gn 3, 4-5: Então a serpente disse para a mulher: "*De modo nenhum vocês morrerão*. Mas Deus sabe que, no dia em que vocês comerem o fruto, os olhos de vocês vão se abrir, e *vocês se tornarão como deuses*, conhecedores do bem e do mal".
17. Sl 52 (51), 4: *Você está o dia todo planejando ciladas; sua língua é* navalha afiada, autora de fraudes.

duas razões: primeira, porque a sua língua não diz o que é senão o que imagina; segunda, porque, quanto lhe vem à imaginação, logo o põe na língua. O mesmo Davi: *Cogitaverunt et loquuti sunt iniquitatem*[18]. Em imaginando a maldade, logo a dizem, sem outra causa para a dizerem mais que a sua maldade, sem outro fundamento mais que a sua imaginação. Por isso lhes chama o profeta *Verba praecipitationis*[19], tão precipitados em afirmar quanto imaginam sem consideração, sem advertência, sem reparo, sem escrúpulo, sem temor de Deus, sem meter espaço nem fazer diferença entre o imaginar e o dizer, como se tiveram a imaginação na língua, ou a língua na imaginação, como se a língua fora a que imagina, ou a imaginação a que fala: *Cogitavit injustitiam lingua tua*. Quantas vezes se diz do honrado e da honrada, do inocente e da inocente o que nunca lhe passou pela imaginação? Mas basta que o maldizente o imagine ou o queira imaginar, para o pôr na conversação e na praça e o afirmar com tanta certeza, como se o lera em um Evangelho. Deus vos livre de tais línguas, e muito mais de tais imaginações, porque se a vossa honra lhe entrou na imaginação, nenhum remédio tendes; não há de parar aí, há de passar à língua: *Cogitaverunt, et loquuti sunt*.

Daqui entendereis a razão de um notável preceito de Deus, que por uma parte parece rigoroso e, por outra, menos necessário. Proíbe Deus, sob pena de pecado mortal e de inferno, que ninguém tenha juízo temerário do seu próximo. Juízo temerário é cuidar eu e julgar mal de meu próximo den-

---

18. Sl 73 (72), 8: Zombam e *falam maliciosamente*, falam do alto, oprimindo.
19. Sl 52 (51), 6: Você gosta de *palavras corrosivas*, ó língua fraudulenta.

tro do meu pensamento. Pois, se o meu juízo fica dentro do meu pensamento, e não sai fora, nem pode fazer bem nem mal ao próximo, por que o proíbe Deus com tanta severidade? Primeiramente notai e adverti quão estimada é e quão delicada para com Deus a honra e a reputação de cada um de nós. Nem cá dentro no meu entendimento, nem cá dentro na minha imaginação quer Deus que estejais mal reputado. Zela Deus e cia a vossa honra e a vossa reputação, até de mim para comigo. Vede quanto ciará e sentirá que passe aos ouvidos e ande pelas bocas de uns e outros. Daqui nasce a razão por que Deus proíbe tão rigorosamente os juízos temerários. Não quer que haja juízos temerários, para que não haja falsos testemunhos. Os falsos testemunhos formam-se na língua; os juízos temerários formam-se na imaginação; e, como da imaginação à língua há tão pouca distância, para que não haja falsos testemunhos na língua, proíbe que não haja juízos temerários na imaginação. Não se contentou Deus com meter o inferno entre a imaginação e a língua, com um preceito de pecado mortal, mas meteu outra vez o inferno entre o entendimento e a imaginação, para que com estes dois muros de fogo tivesse defendida a nossa honra das nossas línguas. E, contudo, isto não basta. Por quê? Porque, em se passando a primeira muralha, está vencida a segunda; em chegando à imaginação, já está na língua: *Cogitaverunt, et loquuti sunt.*

Senhores meus, vivemos em uma terra muito ociosa, e por isso muito sujeita a imaginações. Aqui se há de pôr o remédio. Diz o apóstolo São Tiago que não há fera mais dificultosa de enfrear que a língua. Para se pôr o freio na língua, hão-se de meter as cabeçadas na imaginação. Nos vossos engenhos, para que não corra a levada, pondes o resisto no açude. O primeiro a quem mentis é a vós. Não mentiram as línguas a todos se as imaginações não mentiram a cada um. Aqui é que se há de pôr o resisto. Jó, que conhecia muito bem a simpatia das potências com os sentidos, dizia: *Pepigi faedus cum oculis meis, ut ne cogitarem de virgine*[20]. Fiz concerto com os meus olhos, para estar seguro dos meus pensamentos. Concertai-vos com os vossos pensamentos, se quereis estar seguro das vossas línguas. Mas, porque dais entrada a quanto quereis no pensamento, por isso dizeis tantas coisas que nunca passaram pelo pensamento.

IV

Quantas voltas dão as palavras desde a boca até os ouvidos. O exemplo dos apóstolos. Os que ouvem pelos ouvidos e os que ouvem pelos corações. O que ouviram Moisés e Josué ao descer do Sinai. As mentiras e as formas do fundidor. O notável artifício com que a natureza formou os nossos ouvidos. Como saíram torcidas da boca dos fariseus as palavras de Cristo. A quimera e a mentira. A primeira mentira que no mundo se disse foi feita de duas verdades. As falsas testemunhas diante de Pilatos.

Vejo que estão agora alguns no auditório mui contentes, dizendo consigo que isto não fala com eles, porque é verdade que não são mudos, e que, quando se acham em

---

20. Jó 31, 1: *Eu tinha feito um pacto com os meus olhos: jamais fixar o olhar nas jovens.*

conversação, também falam nas vidas alheias; mas que não são homens que digam o que imaginam; dizem o que ouvem, e quem diz o que ouve não mente. Ora, estai comigo. Se vós soubéreis quantas voltas dão as palavras desde a boca até os ouvidos, não houvéreis de dizer isso, ainda que fôreis mui verdadeiros. Quero-vos pôr o exemplo na melhor boca e nos melhores ouvidos do mundo. Perguntou São Pedro a Cristo que havia de ser de São João. Respondeu o Senhor: *Sic eum volo manere*[21]. Quero que fique assim. Isto é o que Cristo disse. E os apóstolos que disseram? *Exiit sermo inter fratres, quod discipulus ille non moritur*: Começaram a dizer uns com os outros que São João não havia de morrer. E acrescenta o evangelista: *Et non dixit Jesus non moritur, sed sic eum volo manere*: E Cristo não disse que ele não havia de morrer, senão que queria que ficasse assim. Pois, se Cristo o não disse, como o disseram os apóstolos? Eles é certo que não quiseram dizer uma coisa por outra, mas desde a boca aos ouvidos são tantas as voltas que dão as palavras, ou no que soam, ou no que significam, que o que na boca de Cristo é ficar nos ouvidos dos apóstolos é não morrer. Não podia haver nem melhor boca que a de Cristo, nem melhores ouvidos que os dos apóstolos; e, se entre o dizer de tal boca e o perceber de tais ouvidos sucedem estas contradições, que será quando a boca não é de Cristo e quando os ouvidos não são de São Pedro nem de São João? Quantas vezes vos disseram uma coisa e percebestes outra? Quantas vezes ouvis o que não ouvis? Quantas vezes entre a boca do outro e os nossos ouvidos ficou a honra alheia pendurada por um fio? E queira Deus que não

---

21. Jo 21, 22: Jesus respondeu: "*Se eu quero que ele viva* até que eu venha, o que é que você tem com isso? Quanto a você, siga-me".

ficasse enforcada. Isto acontece quando os homens ouvem com os ouvidos; mas, quando ouvem com os corações, ainda é muito pior. E os corações também ouvem? Nunca vistes corações? Os corações também têm orelhas, e estai certos que cada um ouve, não conforme tem os ouvidos, senão conforme tem o coração e a inclinação. Enquanto Moisés estava no Monte Sinai recebendo a lei de Deus, pediram os judeus a Aarão que lhes fundisse um bezerro de ouro. E, como era o primeiro dia da dedicação daquela imagem, celebraram-no eles com grandes festas. Desce do monte Moisés com Josué[22], ouviram as vozes ao longe; disse Moisés: Eu ouço cantar a coros; disse Josué: Não é senão tumulto de guerra. Aqui temos *choros castrorum*[23]. Se as vozes eram as mesmas, como a um parecem música e a outro parecem trombetas? A razão é clara. Moisés era religioso, Josué era soldado; ao religioso, parecem-lhe as vozes do coro; ao soldado, de guerra. Cada um ouve conforme o seu coração e a sua inclinação. Deus nos livre de um coração mal inclinado. Se ouvir um *Te Deum laudamus*, há de dizer que ouviu uma carta de excomunhão. Os que ouvem são os ouvidos, mas os que ouvem bem ou mal são os corações. Tudo o que entra pelo ouvido faz eco no coração, e, conforme está disposto o coração, assim se formam os ecos. Ainda vos hei de declarar isto com outra comparação mais própria. Na fundição de Aarão a temos.

22. Ex 32, 17-18: Josué ouviu o barulho do povo, que dava gritos, e disse a Moisés: "Há um grito de guerra no acampamento!" Moisés respondeu: "Não é grito de vitória, nem grito de derrota: estou ouvindo cantos alternados".
23. Ct 7, 1: Vire-se, vire-se, Sulamita. Vire-se, vire-se... queremos contemplar você! "O que vocês olham na Sulamita, quando ela baila *entre dois coros*?"

Quer um fundidor formar uma imagem. Suponhamos que é de São Bartolomeu com o seu diabo aos pés. Que faz para isto? Faz duas formas de barro, uma do santo e outra do diabo, e deixa aberto um ouvido em cada uma. Depois disto, derrete o seu metal em um forno, e, tanto que está derretido e preparado, abre a boca ao forno, corre o metal, entra por seus canais no ouvido de cada forma, e em uma sai uma imagem de São Bartolomeu muito formosa, noutra, uma figura do diabo, tão feia como ele. Pois, valha-me Deus, que diferença é esta? O metal era o mesmo, a boca por onde saiu, a mesma; e entrando por um ouvido faz um santo, entrando por outro ouvido faz um diabo? Sim, que não está a coisa nos ouvidos, senão nas formas que estão lá dentro. Onde estava a forma do diabo saiu um diabo; onde estava a forma do santo saiu um santo. Senhores meus, todos os nossos ouvidos vão a dar lá dentro em uma forma, que é o coração. Se o coração é forma do santo, tudo o que entra pelo ouvido é santo; se é forma do diabo, tudo o que entra pelo ouvido é diabólico.

Querei-lo ver? Olhai para o nosso Evangelho. Disse Cristo aos escribas e fariseus. *Ego honorifico Patrem meum*[24]: Eu honro a meu Pai. *Ego non quaero gloriam meam*: Eu não busco a minha glória. *Si quis sermonem meum servaverit, mortem non videbit in aeternum*: Se alguém guardar os meus preceitos, viverá eternamente. Ouvidas estas palavras, quem não diria, quando menos, que era um santo quem as dizia, principalmente tendo provado a sua doutrina com tantos milagres? E os escribas e fariseus que disseram? *Nunc cognovimus quia daemonium habes*:

---

24. Jo 8, 49: Jesus respondeu: "Eu não estou louco. *Eu honro meu Pai*, e vocês me desonram. [...]

Agora conhecemos que trazes dentro em ti o demônio. Pois também de umas palavras tão santas e tão divinas formam estes homens um conceito tão diabólico? Sim, também; porque tais eram as formas em que receberam o que lhes entrou pelos ouvidos. Aqueles malditos homens eram filhos do diabo, como Cristo lhes disse nesta mesma ocasião: *Vos ex patre diabolo estis*[25]; e de uns corações diabólicos, de umas formas endemoninhadas, ainda que o metal fosse tão divino, que havia de sair senão um demônio: *Daemonium habes?* Isto sucedeu às palavras de Cristo, para que vejamos o que pode suceder às demais. É verdade que as formas não são todas umas. Assim como sai um diabo e outro diabo, pode sair também um São Bartolomeu; mas, ainda assim, o melhor é não entrar por ouvidos de homens, posto que as formas não sejam do diabo, senão do santo, porque, se a forma é do diabo, ficais diabo, e, se é de São Bartolomeu, ficais esfolado. Ninguém passou pelos dois estreitos da boca e ouvidos humanos que não deixasse neles, quando menos, a pele.

Notável é o artifício com que a natureza formou os nossos ouvidos. Cada ouvido é um caracol, e de matéria que tem sua dureza. E, como as palavras entram passadas pelo oco deste parafuso, não é muito que, quando saem pela boca, saiam torcidas. Tornemos às de Cristo hoje. Disse o Senhor aos seus ouvintes: *Abraham exsultavit ut videret diem meum vidit, et gavisus est*: Abraão desejou ver minha vinda ao mundo, viu-a, e alegrou-se. Isto é o que entrou pelos

25. Jo 8, 44: *O pai de vocês é o diabo*, e vocês querem realizar o desejo do pai de vocês. Desde o começo ele é assassino, e nunca esteve com a verdade, porque nele não existe verdade. Quando ele fala mentira, fala do que é dele, porque ele é mentiroso e pai da mentira.

ouvidos dos escribas e fariseus. E que é o que saiu pelas bocas? *Quinquaginta annos nondum habes, et Abraham vidisti?* Ainda não tens cinquenta anos, e viste Abraão? Vede como saíram torcidas as palavras dos ouvidos à boca. Cristo disse que Abraão o vira a ele, e os fariseus dizem que dissera que ele vira a Abraão: *Et Abraham vidisti.* Assim torceram o nome e mais o verbo. Ao nome mudaram-lhe o caso, e ao verbo, a pessoa. Cristo disse o nome em nominativo, e eles puseram-no em acusativo; Cristo disse o verbo na terceira pessoa, e eles puseram-no na segunda. *De Abraham vidit* formaram *Abraham vidisti.* Eis aqui como saem as palavras dos ouvidos à boca, torcidas e retorcidas; torcidos os nomes, torcidos os verbos, torcidas as pessoas, torcidos os casos. Então dizeis que dissestes o que ouvistes.

Mais sucede nesta passagem dos ouvidos à boca. Como os ouvidos são dois, e a boca uma, sucede que, entrando pelos ouvidos duas verdades, sai pela boca uma mentira. Parece coisa de trejeito, mas é tão certa, que a primeira mentira que se disse no mundo foi desta casta: uma mentira feita de duas verdades. Antes que vo-la diga, quero-vos mostrar como isto pode ser. Quando quereis dizer que fulano é grande mentiroso, dizeis que é uma quimera. Mas que coisa é quimera? Mui poucos de vós deveis de o saber. Quimera é um animal fingido, composto de dois animais verdadeiros: um monstro, meio homem, meio cavalo, é quimera; um monstro, meio águia, meio serpente, é quimera; um monstro, meio leão, meio peixe,

é quimera; mas não há tais monstros nem tais quimeras no mundo. De maneira que as ametades são verdadeiras; ou todos os monstros que delas se compõem são fingidos. As ametades são verdadeiras, porque há homem e cavalo, há águia e serpente, há leão e peixe; os monstros que se compõem destas ametades são fingidos, porque não há tal coisa no mundo. Isto mesmo fazem os mentirosos: partem duas verdades pelo meio, e, sem mudar nem acrescentar nada ao que dissestes, de duas verdades partidas fazem uma mentira inteira. Tal foi a mentira que disse o diabo a nossos primeiros pais, e foi a primeira mentira que no mundo se disse: *Cur praecepit vobis Deus, ut non comederetis de omni ligno paradisi?*[26] Por que vos mandou Deus (diz o diabo a Eva) que de todas as árvores, quantas há no Paraíso, não comêsseis? Há tal mentira como esta? E foi feita de duas verdades. Deus deu a nossos primeiros pais uma permissão e um preceito; a permissão foi: comei de todas as árvores; o preceito foi: não comais desta árvore. E que fez o diabo? Do comei de todas as árvores, tomou o de todas as árvores, e do não comais desta árvore, tomou o não comais, e, ajuntando o não comais com o de todas as árvores, disse que mandara Deus que de todas as árvores não comessem. Pode haver maior mentira? Pois foi grudada de duas verdades. Defendei-vos lá agora das vossas mentiras, com dizer que dissestes as mesmas palavras que ouvistes e que não acrescentastes nada. Que importa que não acrescenteis, se diminuístes? Pior é uma

---

26. Gn 3, 1: A serpente era o mais astuto de todos os animais do campo que Javé Deus havia feito. Ela disse para a mulher: "*É verdade que Deus disse que vocês não devem comer de nenhuma árvore do jardim?*"

verdade diminuída que uma mentira mui declarada, porque a verdade diminuída na essência é mentira e tem aparências de verdade; e mentiras que parecem verdades são as piores mentiras de todas.

Mas por que acabemos de uma vez com as mentiras de ouvidos; para que seja mentira o que dizeis, não é necessário que ouçais mal nem que diminuais ou acrescenteis o que ouvistes: pode um homem dizer pontualmente o que ouviu e ouvir pontualmente o que disseram, e com tudo isso mentir. Quando os judeus acusaram a Cristo diante de Pilatos, buscavam diversos falsos testemunhos, e nenhum concluía. Ultimamente, diz o evangelista que vieram duas testemunhas falsas, as quais disseram que ouviram dizer a Cristo que, se o Templo de Jerusalém se desfizesse, ele o reedificaria em três dias. Para inteligência deste testemunho, havemos de saber que, entrando Cristo no Templo de Jerusalém, e achando que nele estavam comprando e vendendo, fez um azorrague das cordas que ali estavam, e a açoites lançou fora os que compravam e vendiam. Espantados eles da resolução de Cristo, disseram que lhe desse algum sinal do poder com que fazia aquilo. Respondeu o Senhor: *Solvite templum hoc, et in tribus diebus excitabo illud*[27]. Pois, se Cristo disse, derribai o Templo e em três dias o levantarei, e eles testemunharam o que lhe ouviram, como eram testemunhas falsas? *Venerunt duo falsi testes.*[28] O evangelista o declarou: *Ille autem dicebat de templo corporis sui*[29]: Fala-

---

27. Jo 2, 19: Jesus respondeu: *"Destruam esse Templo, e em três dias eu o levantarei".*
28. Mt 26, 60: E nada encontraram, embora se apresentassem muitas *falsas testemunhas*. Por fim, se *apresentaram duas testemunhas*, [...]
29. Jo 2, 21: *Mas o Templo de que Jesus falava era o seu corpo.*

va do templo do seu corpo, o qual templo o Senhor excitou três dias depois de derrubado, que foi no dia da Ressurreição. E como Cristo disse aquelas palavras em um sentido e eles as referiram em outro; ainda que as palavras eram as mesmas que tinham ouvido, sem mudar, nem acrescentar, nem diminuir, as testemunhas eram falsas. Cuidais que para mentir e para dizer testemunhos falsos é necessário mudar, diminuir ou acrescentar as palavras que ouvistes? Não é necessário nada disso; basta mudar-lhes o sentido, ou a intenção, ainda que as não entendais, porque haveis supor que as podem ter, e mais quando as pessoas são tais (como era a de Cristo) que podem falar com mistério. Quantas vezes se dizem as palavras sinceramente com uma tenção muito sã, e vós as interpretais e corrompeis de maneira que de um louvor fazeis um agravo, de uma confiança uma injúria, de uma galantaria uma blasfêmia, e de uma graça levantais uma tal labareda, que se originaram dela muitas desgraças? E, se isto sucede quando os homens dizem o que ouviram, e só o que ouviram, que será quando dizem o que imaginaram, e o que sonharam, ou que ninguém imaginou nem sonhou?

V

A mentira dos olhos. Quais toram as coisas de que se formou o engano dos moabitas na campanha contra os reis de Israel. O cego do Evangelho. O que aconteceu aos cegos vigiadores, que vão estudar de noite o que hão de rezar de dia. O negrume das nuvens e da água.

Também contra este segundo discurso há quem cuide que está adargado. Dizem alguns, ou diz algum: não sou eu daqueles, porque a mim nunca me saiu pela boca coisa que me entrasse pelos ouvidos; para afirmar, hei de ver com os olhos primeiro; e se para isso for necessário que os olhos não durmam quarenta noites, estando vigiando a uma esquina, hei-o de fazer sem descansar, até ver averiguada a minha suspeita. Ah, ronda do inferno! Ah! sentinela de Satanás! Este mesmo, se lhe mandar o confessor que faça exame de consciência meio quarto de hora antes de se deitar, não o há de poder fazer com sono. Mas, para destruir honras, para abrasar casas, estará feito um Argos quarenta noites inteiras. Não cuidem, porém, estes malignos vigiadores, que por aí se livrarão de mentirosos. Fostes, vigiastes, observastes, vistes, dissestes, e tendes para vós que falastes verdade? Pois mentistes muito grande mentira. Os olhos mentem de dia, quanto mais de noite. Grande caso! No Segundo Livro dos Reis, capítulo terceiro[30]: Saíram em campanha contra os moabitas el-rei de Israel, el-rei de Judá e el-rei de Edon. Estavam ainda os exércitos para dar batalha na manhã seguinte; eis que, ao romper do sol, olharam os moabitas para os arraiais dos inimigos e viram que pelo meio deles corria um rio de sangue. Começaram a aclamar com grande alegria: Sangue, sangue, sem dúvida que os três reis pelejaram esta noite entre si e mataram-se uns aos outros; vamos a recolher os despojos. Saíram os moabitas correndo tumultuariamente; mas eles foram os despojados e os vencidos, porque o sangue que viram, ou se lhes afigurou que viram, não era sangue. Foi o caso que passava um rio por meio dos arraiais dos três

---

30. 2Rs 3, 22: De manhã, quando se levantaram e o sol brilhou sobre a água, os moabitas viram de longe a água, vermelha como sangue.

reis, e, como ao sair do sol feriram os raios na água que ia correndo, fez tais reflexos a luz, que parecia sangue. E esta aparência de sangue, tão enganosamente visto, e tão falsa, e tão facilmente crido, foi o que precipitou aos moabitas e os levou a meterem-se nas mãos de seus inimigos. Se reparais no caso, as duas coisas mais claras que há no mundo é o Sol e a água. Os nossos provérbios o dizem: Claro como a água, claro como a luz do Sol. E quais foram as coisas de que se formou aquele engano nos olhos dos moabitas, com que cuidaram que o rio era sangue? Uma coisa foi o Sol, e outra coisa foi a água: o Sol, porque feriu com seus raios as águas; e as águas, porque, feridas, deram com os reflexos aparências de sangue. De sorte que se enganaram os olhos nas duas coisas mais claras que há no mundo. Pois, se os olhos se enganam nas coisas mais claras, como se não enganarão nas mais escuras, e às escuras? De dia, engana-vos o Sol, e, de noite, quereis-vos desenganar com as trevas?

Dir-me-eis que havia Lua e estrelas quando vistes. Essa pequena luz é a que cega mais, porque faz que umas coisas pareçam outras. Trouxeram um cego a Cristo, pôs-lhe o Senhor as mãos nos olhos e perguntou-lhe se via? Respondeu o cego: *Video homines velut arbores ambulantes*[31]. Senhor, vejo os homens como árvores que andam. Mais cego estava agora este cego que dantes, porque dantes não via nada, agora via umas coisas por outras. Os homens que são de tão diferente figura e estatura, via-os como árvores, e as árvores que estão presas com raízes na terra, via que andavam como homens. Eis

---

31. Mc 8, 24: O homem levantou os olhos e disse: *"Estou vendo homens; parecem árvores que andam".*

aqui o que tem ver com pouca luz. O mesmo acontece a estes cegos vigiadores, que vão estudar de noite o que hão de rezar de dia: *Video homines velut arbores ambulantes.* O cego de Cristo, figurava-se-lhe que os homens eram árvores, e estes cegos do diabo, figura-se-lhes que as árvores são homens. Põem-se a espreitar, veem uma árvore em um quintal: eis lá vai um homem. A árvore está tão pregada pelas raízes que dois cavadores a não arrancarão em um dia, e ele há de jurar aos Santos Evangelhos que viu entrar e sair aquele vulto: *arbores ambulantes.* Oh!, maldito ofício! Oh!, infernal curiosidade! Já se os olhos levarem alguma nuvenzinha, como sempre levam, ou de desconfiança, ou de ódio, ou de inveja, ou de suspeita, ou de vingança, ou de outra qualquer paixão, aí vos gabo eu: *Tenebrosa aqua in nubibus aeris*[32]. Notou Davi admiravelmente que a água nas nuvens é negra. Vedes lá vir um aguaceiro escuro mais que a mesma noite: que negrume é aquele? Não é mais que água e nuvem: a nuvem é um volante, a água é um cristal; e destes dois ingredientes tão puros e tão diáfanos se faz uma escuridade tão negra e tão espessa. Se quem vai vigiar e espreitar a vossa vida e a vossa honra levar alguma nuvem diante dos olhos, ainda que seja tão delgada como um volante, por mais que a vossa vida e a vossa honra seja tão clara e tão pura como um cristal, há-lhe de parecer escura e tenebrosa: *Tenebrosa aqua in nubibus aeris*. Finalmente, reduzindo todo o discurso, ou discursos: mentem as línguas, porque mentem as imaginações; mentem as línguas, porque mentem os ouvidos;

---

32. Sl 18 (17), 12: Das trevas fez seu manto, *águas escuras e nuvens espessas* o rodeavam como tenda.

mentem as línguas, porque mentem os olhos; e mentem as línguas, porque tudo mente, e todos mentem.

VI

A consolação e a desafronta da mentira. Bem-aventurados vós, quando os homens disserem todo o mal de vós, mentindo. A razão por que Cristo, quando o diabo o nomeou por Filho de Deus, lhe mandou que calasse. O engano e a falsa suposição em que estão os que não têm prática interior da terra. A confissão dos falsos testemunhos.

Tenho acabado de provar a matéria que propus. Mas parece-me que estais dizendo (como disse no princípio) que tenho dito muitas afrontas à vossa terra. Porém eu digo (como também prometi) que antes a tenho desafrontado. E, senão, pergunto: Qual vos está melhor: que seja verdade o que se diz, ou que sejam mentiras? Não há dúvida que vos está melhor que sejam mentiras. Pois isto é o que eu tenho dito. Se fora verdade o que se diz, era grande afronta vossa; mas, como tenho mostrado que tudo são mentiras, ficais todos muito honrados. Hoje vos restituí vossa honra, porque provei que mentem todos os que dizem mal de vós. Vós bem sabeis melhor que eu que tudo são mentiras; mas eu tomei por minha conta este manifesto por amor dos forasteiros que me ouvem, que não são práticos nos costumes da terra. Dos apóstolos de Cristo se diziam e se haviam de dizer muitos males, porque é uso do mundo dizer mal dos bons. E o Senhor, para os desafrontar e animar, disse-lhes esta divina sentença: *Beati eritis cum maledixerint vobis ho-*

mines, et dixerint omne malum adversum vos mentientes[33]. Bem-aventurados vós, quando os homens disserem todo o mal de vós, *mentientes*, mentindo. Nesta palavra está a consolação e a desafronta. Se os homens dizem mal, falando verdade, é grande desgraça; mas se eles dizem mal, *mentientes*, mentindo, não importa nada. Por isso disse, e quero que saibam todos, que o que nesta terra se diz são mentiras. O mentiroso conhecido há de se entender às avessas; e, entendido às avessas, nem afronta, nem mente, porque diz verdade. E assim haveis de entender tudo o que ouvis. Guarde-vos Deus de que o mentiroso diga bem de vós, porque é sinal que sois o contrário do que ele diz. Essa foi a razão por que Cristo, quando o diabo o nomeou por Filho de Deus, lhe mandou que calasse, porque, como o diabo é pai da mentira, em dizer que era Filho de Deus dizia que o não era. E esse foi também o modo geral com que o mesmo Senhor hoje se desafrontou de todas as injúrias que os escribas e fariseus lhe tinham dito, qualificando-os por mentirosos: *Ero similis vobis mendax*.

É verdade que os forasteiros a quem eu prego esta doutrina fazem um terrível argumento contra a nossa terra. Chegam a este porto, põem os pés em terra, e, ouvindo dizer mal de todos e de tudo, fazem este discurso. Ou estes homens mentem, ou falam verdade; se falam verdade, esta é a mais má terra de todo o mundo, pois nela se cometem tantas maldades; e se mentem, também a terra é muito má, pois os homens têm tão pouca

---

33. Mt 5, 11: *Felizes vocês, se forem insultados* e perseguidos, *e se disserem todo tipo de calúnia contra vocês*, por causa de mim. Lc 6, 22: *Felizes de vocês se os homens* os odeiam, se os expulsam, *os insultam* e amaldiçoam o nome de vocês, por causa do Filho do Homem.

consciência, que levantam tantos falsos testemunhos. Este é o argumento que parece não tem fácil solução. Mas eu respondo a uma e outra parte dele. Quanto à primeira, digo que as maldades que se dizem são falsas e que, como falsas, não se devem crer. São falsas? (insta a outra parte) logo, onde os homens levantam tantos falsos testemunhos, não pode ser senão a pior terra do mundo. Eis aí o engano e a falsa suposição em que estão os que não têm prática interior da terra. No Maranhão, é verdade que há muitas mentiras, mas mentirosos, isso não; muito falso testemunho, sim, mas quem levante falso testemunho, por nenhum caso. Pois como pode isto ser? Como pode ser que haja falsos testemunhos, sem haver quem os levante? Eu vo-lo direi. Nas outras terras, os homens levantam os falsos testemunhos; nesta terra, os falsos testemunhos levantam-se a si mesmos. Se vos parece dificultosa a proposição, vamos à prova. Confessa-se um homem, e, chegando ao quinto mandamento, diz: Padre, acuso-me que eu desejei a morte a um homem, e o busquei para o matar, e propus de lhe fazer todo o mal que pudesse. E por quê? Porque me tirou a minha honra com um falso testemunho de que eu estava tão inocente como São Francisco. Irmão, perdoai-lhe, para que Deus vos perdoe. Passamos adiante, chegamos ao oitavo mandamento: Levantastes algum falso testemunho? Não, padre, pecado é de que nunca me acusei, seja Deus louvado. Vem uma mulher, chega ao quinto: Digo a Deus minha culpa, que eu há tantos meses que tenho ódio a uma mulher, e roguei-lhe muitas pragas, que a fala e a confissão lhe faltasse na hora da morte, e que nem nesta vida nem na outra lhe perdoava; que seus filhos visse ela mortos diante de si a estocadas frias.

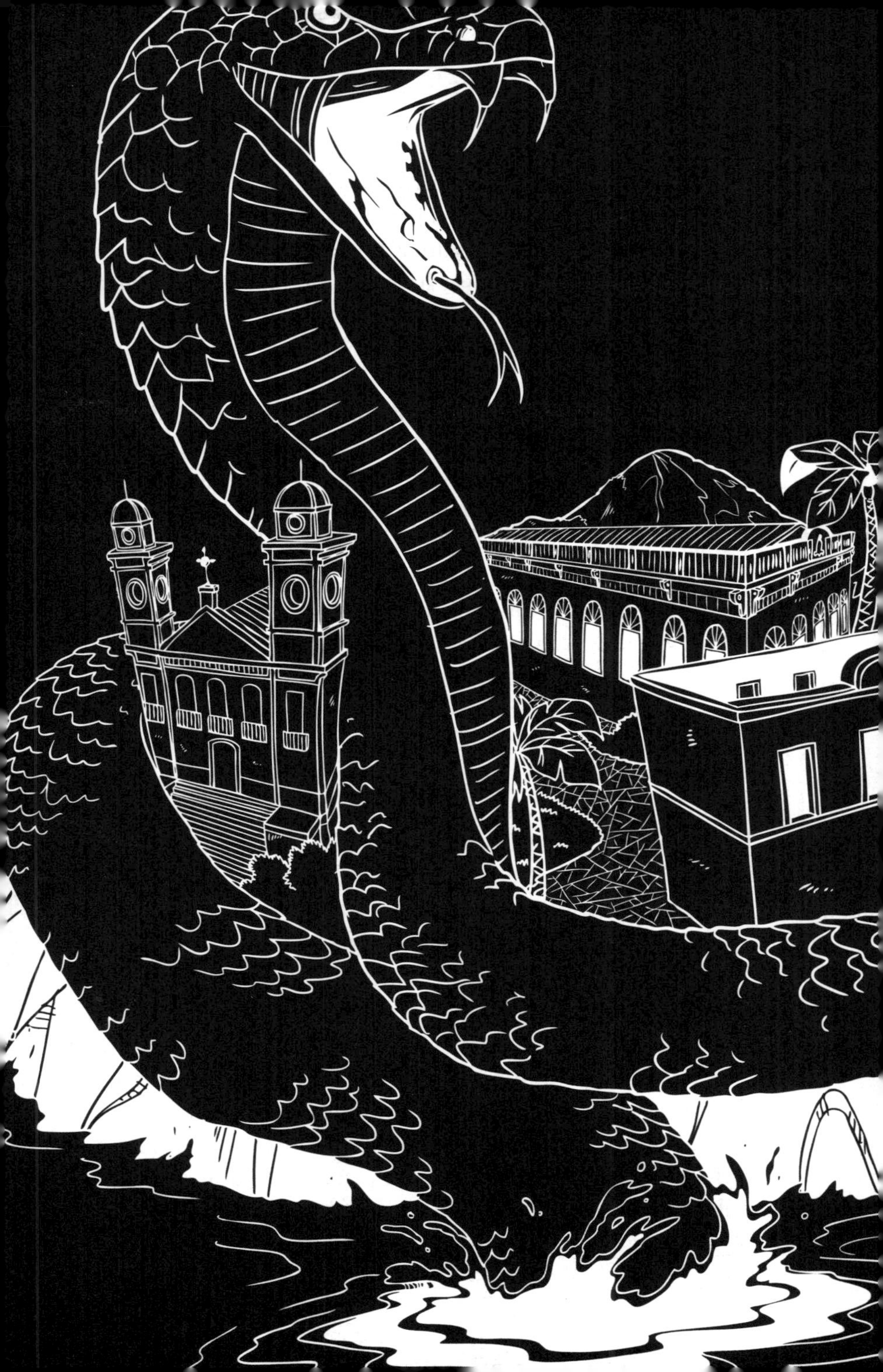

Por quê? Porque me levantou um aleive a mim e a uma filha minha, com que nos infamou em toda esta terra, e não me atrevo a lhe perdoar. Ora, senhora, estamos em Quaresma; alguma coisa havemos de fazer por amor de um Deus que padeceu tantas afrontas e se pôs em uma cruz por amor de nós. Enfim, compungiu-se, prometeu de perdoar. Chega o confessor ao oitavo mandamento. E vossa mercê levantou algum falso testemunho? Senhor padre, melhor estreia me dê Deus: muito grande pecadora sou, mas nunca Deus permita que eu diga das pessoas o que nelas não há; se ouço alguma coisa, ajudo também, mas levantar falso testemunho, nunca em minha vida o fiz. Isto que aqui vos pus em dois acontece infinitas vezes. De maneira que, no quinto, todos se queixam que lhes levantam falsos testemunhos; no oitavo, ninguém se acusa de levantar falso testemunho. Logo, bem dizia eu que nesta terra os falsos testemunhos se levantam a si mesmos. Em suma, que temos aqui os pecados, mas não temos os pecadores; temos os falsos testemunhos, mas não temos as falsas testemunhas. Isto é o que só posso cuidar. Mas, se acaso é o contrário, miseráveis daqueles que assim vivem! Grande miséria é que os falsos testemunhos se levantem; mas maior miséria é que, depois de levantados, se faça deles tão pouco caso e tão pouco escrúpulo. Ou deixais de confessar o falso testemunho, conhecendo que o levantastes ou não o conhecendo: se o deixastes de confessar conhecendo-o, mentis a Deus; se o deixais de confessar pelo não conhecer, mentis-vos a vós. E uma e outra cegueira, é bem merecido castigo: que minta a Deus e que se minta a si mesmo, quem mentiu tão gravemente contra seu próximo, e que de um ou de outro modo se vá ao inferno!

VII

Aborrecer a mentira não só por consciência mas por conveniência. Quantas mentiras se dirão cada dia no Maranhão? Quantas cabem a cada casa? O pecado que mais facilmente se comete e com mais dificuldade se restitui. Exortação.

Senhores meus, se algum sermão não tinha necessidade de exortação era este. Só vos digo, como a homens e como a cristãos, que não só por consciência, mas por conveniência se deve aborrecer a mentira e amar a verdade. Por conveniência, porque viveis em uma terra muito pequena. Em toda a parte fazem muito mal as mentiras, mas nas terras grandes têm saca e têm muito por onde se espalhar; nas terras pequenas, todas ali ficam. Em Lisboa, muita mentira se diz, mas repartem-se as mentiras por todo o reino e por todo o mundo. Chegou navio de Levante, fala-se nas guerras do turco, nas do veneziano, nas do tártaro, nas do polaco; fala-se no Papa, nos cardeais, nos outros príncipes e potentados de Itália; dizem-se muitas mentiras, mas repartem-se; umas caem em Constantinopla, outras em Veneza, outras em Roma, outras na Toscana, Saboia etc. Vem navio do Norte, fala-se em el-rei de França, no imperador, no sueco, no parlamento de Inglaterra, nos Estados de Holanda e Flandres; dizem-se muitas mentiras, mas repartem-se por Paris, por Londres, por Viena de Áustria, por Amsterdam, por Estocolmo etc. Partem também os nossos correios todos os sábados e levam grande cópia das mentiras por todo o reino, e o mesmo é das frotas do Brasil e da Índia; porém as mentiras do Maranhão não têm nem outra parte donde vir nem outra parte para onde ir; aqui nascem e aqui ficam; e quando as mentiras todas ficam na terra, e todas vos caem em casa, ainda por conveniência e razão de estado as haveis de lançar fora. E, senão, fazei-me por curiosidade duas contas, as quais eu agora não posso fazer. Uma é: quantas mentiras se dirão em cada dia no Maranhão? A outra: quantas casas há nesta cidade, e logo reparti as mentiras, e vereis quantas cabem a cada casa! E que será em uma semana, que será em um mês, que será em um ano?

Pois, se tudo isto vos fica em casa, e é força que assim seja, não é muito pouca razão de estado, e muito grande sem razão, que vos andeis levantando falsos testemunhos, que vos andeis infamando e afrontando uns aos outros? Não fora muito melhor serdes todos muito amigos, muito conformes, amardes-vos todos, honrardes-vos todos, autorizardes-vos todos e poupardes todos desgostos? Há outros pecados que parece que os pode desculpar o gosto ou o interesse; mas o mentir e o levantar falso testemunho? Que dão a um homem por mentir? Que gosto se pode ter em levantar um falso testemunho? Se é por me vingar de meu inimigo, muito maior mal me faço a mim que a ele, porque a ele, quando muito, tiro-lhe a honra; a mim, condeno-me a alma. Ora, cristãos, por reverência daquele Senhor (que sendo Deus se preza de se chamar Verdade), que façamos hoje uma muito firme e muito verdadeira resolução de não haver paixão nenhuma, nem respeito, nem interesse que vos faça torcer nem faltar um ponto à verdade; quanto ao passado, que examinemos muito devagar e muito escrupulosamente se temos faltado à verdade em alguma coisa, principalmente em matéria da honra de nossos próximos. Olhai, senhores, que este, este é o pecado que mais facilmente se comete, e com mais dificuldade se restitui. Olhai, cristãos, que as balanças em que se pesam as consciências na outra vida são muito delicadas, e que será grande desgraça ir ao inferno para sempre por um falso testemunho. O remédio está em uma consciência muito bem examinada, em uma confissão muito benfeita e em uma satisfação muito verdadeira, advertindo-vos e protestando-vos da parte de Deus, que, sem estas três condições, nem nesta vida podeis alcançar a graça, nem na outra merecer a glória.

Sermão de Quarta-Feira de Cinza

Em Roma, na Igreja de S. Antônio dos Portugueses, ano de 1672.

Memento homo, quia pulvis es, et in pulverem reverteris.[1]

---

1. Jó 10, 9: Lembra-te! Tu me fizeste do barro. Queres agora fazer-me voltar ao pó?

I

    Duas coisas prega hoje a Igreja a todos os mortais, ambas grandes, ambas tristes, ambas temerosas, ambas certas. Mas uma de tal maneira certa e evidente, que não é necessário entendimento para crer; outra de tal maneira certa e dificultosa, que nenhum entendimento basta para a alcançar. Uma é presente, outra futura, mas a futura veem-na os olhos, a presente não a alcança o entendimento. E que duas coisas enigmáticas são estas? *Pulvis es, et in pulverem reverteris.* Sois pó, e em pó vos haveis de converter. Sois pó, é a presente; em pó vos haveis de converter, é a futura. O pó futuro, o pó em que nos havemos de converter, veem-no os olhos: o pó presente, o pó que somos, nem os olhos o veem, nem o entendimento o alcança. Que me diga a Igreja que hei de ser pó: *In pulverem reverteris*, não é necessário fé nem entendimento para o crer. Naquelas sepulturas, ou abertas ou cerradas, o estão vendo os olhos. Que dizem aquelas letras? Que cobrem aquelas pedras? As letras dizem pó, as pedras cobrem pó, e tudo o que ali há é o nada que havemos de ser: tudo pó. Vamos, para maior exemplo, e maior horror, a esses sepulcros recentes do Vaticano. Se perguntardes de quem são pó aquelas cinzas, responder-vos-ão os epitáfios (que só as distinguem): Aquele pó foi Urbano, aquele pó foi Inocêncio, aquele pó foi Alexandre, este que ainda não está de todo desfeito foi Clemente. De sorte que para eu crer que hei de ser pó, não é necessário fé, nem entendimento, basta a vista. Mas que me diga e me pregue hoje a mesma Igreja, regra da fé e da verdade, que não só hei de ser pó de futuro, senão que já sou pó de presente; *Pulvis es?* Como o pode alcançar o entendimento, se os olhos estão vendo o contrário? É possível que estes olhos que veem, estes ouvidos que ouvem, esta língua que fala, estas mãos e estes braços que se movem, estes pés que andam e pisam, tudo isto, já hoje é pó: *Pulvis es?* Argumento à Igreja com a mesma Igreja: *Memento Homo*. A Igreja diz-me, e supõe que sou homem: logo não sou pó. O homem é uma substância vivente, sensitiva, racional! O pó vive? Não. Pois como é pó o vivente? O pó sente? Não. Pois como é pó o sensitivo? O pó entende e discorre? Não. Pois como é pó o racional? Enfim, se me concedem que sou homem: *Memento Homo*; como me pregam que sou pó: *Quia pulvis es?* Nenhuma coisa nos podia estar melhor, que não ter resposta nem solução esta dúvida. Mas a resposta e a solução dela será a matéria do nosso discurso. Para que eu acerte a declarar esta dificultosa verdade, e todos nós saibamos aproveitar deste tão importante desengano, peçamos àquela Senhora, que só foi exceção deste pó, se digne de nos alcançar graça. *Ave Maria*.

II

Enfim, senhores, não só havemos de ser pó, mas já somos pó: *Pulvis es*. Todos os embargos que se podiam por contra esta sentença universal, são os que ouvistes. Porém como ela foi pronunciada definitiva e declaradamente por Deus ao primeiro homem e a todos seus descendentes, nem admite interpretação nem pode ter dúvida. Mas como pode ser? Como pode ser que eu que o digo, vós que o ouvis, e todos os que vivemos sejamos já pó: *Pulvis es?* A razão é esta. O homem, em qualquer estado que esteja, é certo que foi pó, e há de tornar a ser pó. Foi pó e há de tornar a ser pó? Logo é pó. Porque tudo o que vive nesta vida, não é o que é, é o que foi, é o que há de ser. Ora vede.

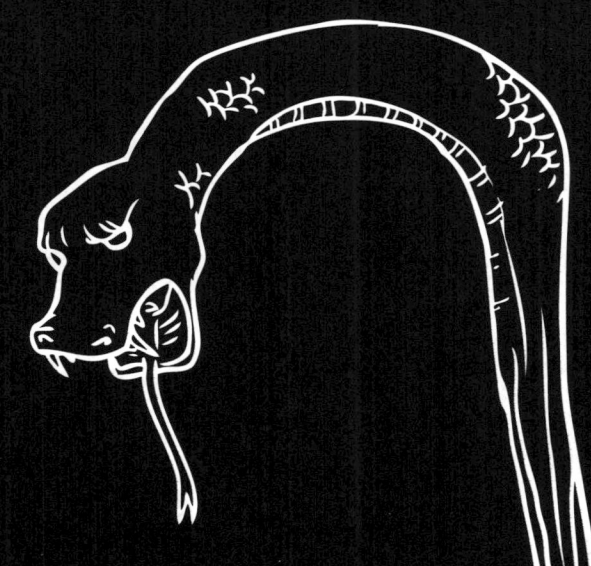

No dia aprazado em que Moisés e os magos do Egito haviam de fazer prova e ostentação de seus poderes diante de el-rei Faraó, Moisés estava só com Arão de uma parte, e todos os Magos da outra. Deu sinal o rei; mandou Moisés a Arão que lançasse a sua vara em terra, e converteu-se subitamente em uma serpente viva e tão temerosa, como aquela de que o mesmo Moisés no deserto se não dava por seguro. Fizeram todos os magos o mesmo, começam a saltar e a ferver serpentes, porém a de Moisés investiu e avançou a todas elas intrépida e senhorilmente, e assim, vivas como estavam, sem matar nem despedaçar, comeu e engoliu a todas. Refere o caso a Escritura, e diz estas palavras: *Devoravit virga Aaron virgas eorum*[2]: a vara de Arão comeu e engoliu as dos egípcios. Aqui reparo. Parece que não havia de dizer a vara, senão: a serpente. A vara não tinha boca para comer, nem dentes para mastigar, nem garganta para engolir, nem estômago para recolher tanta multidão de serpentes: a serpente, em que a vara se converteu, sim, por-

---

2. Ex 7, 12: [...] cada um jogou a sua vara e elas se transformaram em cobras. No entanto, *a vara de Aarão devorou as varas deles.*

que era um dragão vivo, voraz e terrível, capaz de tamanha batalha e de tanta façanha. Pois por que diz o texto que a vara foi a que fez tudo isto, e não a serpente? Porque cada um é o que foi, e o que há de ser. A vara de Moisés, antes de ser serpente, foi vara, e depois de ser serpente, tornou a ser vara; e serpente que foi vara e há de tornar a ser vara não é serpente, é vara: *Virga Aaron*. É verdade que a serpente naquele tempo estava viva e andava, e comia, e batalhava, e vencia, e triunfava; mas como tinha sido vara, e havia de tornar a ser vara, não era o que era: era o que fora e o que havia de ser: *Virga*.

Ah! serpentes astutas do mundo, vivas e tão vivas! Não vos fieis da vossa vida nem da vossa viveza; não sois o que cuidais nem o que sois: sois o que fostes e o que haveis de ser. Por mais que vós vejais agora um dragão coroado e vestido de armas douradas, com a cauda levantada e retorcida açoitando os ventos, o peito inchado, as asas estendidas, o colo encrespado e soberbo, a boca aberta, dentes agudos, língua trissulca, olhos cintilantes, garras e unhas rompentes; por mais que se veja esse dragão já tremular na bandeira dos lacedemônios, já passear nos jardins das Hespérides, já guardar os tesouros de Midas: ou seja dragão volante entre os meteoros, ou dragão de estrelas entre as constelações, ou dragão de divindade afetada entre as hierarquias; se foi vara, e há de ser vara, é vara; se foi terra e há de ser terra, é terra; se foi nada, e há de ser nada, é nada; porque tudo o que vive neste mundo é o que foi e o que há de ser. Só Deus é o que é; mas por isso mesmo. Por isso mesmo: Notai.

Apareceu Deus ao mesmo Moisés nos desertos de Madiã: manda-o que leve a nova da liberdade ao povo cativo; e perguntando Moisés quem havia de dizer que o mandava, para que lhe dessem crédito, respondeu Deus e definiu-se: *Ego sum qui sum*³. Eu sou o que sou. Dirás que o que é te manda: *Qui est misit me ad vos? Qui est?* O que é? E que nome, ou que distinção é esta? Também Moisés é o que é, também Faraó é o que é, também o povo, com que há de falar, é o que é. Pois se este nome e esta definição toca a todos e a tudo, como a toma Deus só por sua? E se todos são o que são, e cada um é o que é, por que diz Deus não só como atributo, senão como essência própria da sua divindade: *Ego sum qui sum*: Eu sou o que sou? Excelentemente S. Jerônimo, respondendo com as palavras do Apocalipse: *Qui est, et qui erat, et qui venturus est*⁴. Sabeis por que diz Deus: *Ego sum qui sum?* Sabeis por que só Deus é o que é? Porque só Deus é o que foi e o que há de ser. Deus é Deus, e foi Deus, e há de ser Deus; e só quem é o que foi e o que há de ser, é o que é. *Qui est, et qui erat, et qui venturus est. Ego sum qui sum.* De maneira que quem é o que foi e o que há de ser, é o que é, e este é só Deus. Quem não é o que foi e o que há de ser, não é o que é: é o que foi e o que há de ser; e esses somos nós. Olhemos para trás: que é o que fomos? Pó. Olhemos para diante: que é o que havemos de ser? Pó. Fomos pó e havemos de ser pó? Pois isso é o que somos: *Pulvis es.*

3. Ex 3, 14: Deus disse a Moisés: "*Eu sou aquele que sou*". E continuou: "Você falará assim aos filhos de Israel: 'Eu Sou me enviou até vocês'".
4. Ap 1, 4: João às sete igrejas que estão na região da Ásia. Desejo a vocês a graça e a paz da parte daquele-que-é, que-era e que-vem; da parte dos sete Espíritos que estão diante do trono de Deus; [...]

Eu bem sei que também há deuses da terra, e que esta terra onde estamos foi a pátria comum de todos os deuses, ou próprios, ou estranhos. Aqueles deuses eram de diversos metais; estes são de barro (ou cru ou malcozido), mas deuses. Deuses na grandeza, deuses na majestade, deuses no poder, deuses na adoração, e também deuses no nome: *Ego dixi, dii estis*[5]. Mas se houver (que pode haver), se houver algum destes deuses que cuide ou diga: *Ego sum qui sum*, olhe primeiro o que foi e o que há de ser. Se foi Deus, e há de ser Deus, é Deus; eu o creio e o adoro; mas se não foi Deus, nem há de ser Deus, se foi pó, e há de ser pó: faça mais caso da sua sepultura que da sua divindade. Assim lho disse e os desenganou o mesmo Deus que lhes chamou deuses: *Ego dixi, dii estis. Vos autem sicut homines moriemini*[6]. Quem foi pó e há de ser pó, seja o que quiser, e quanto quiser, é pó; *Pulvis es*.

III

Parece-me que tenho provado a minha razão e a consequência dela. Se a quereis ver praticada em próprios termos, sou contente. Praticaram este desengano dois homens que sabiam mais de nós que nós: Abraão e Jó. Jó com outro *Memento* como o nosso dizia a Deus: *Memento quaeso, quod sicuit lutum feceris me, et in pulverem deduces me*[7]. Lembrai-

---

5. Sl 82 (81), 6: *Eu declaro: "Embora vocês sejam deuses, e todos filhos do Altíssimo, [...]"*.
6. Sl 82 (81), 7: *[...] vocês morrerão como qualquer homem. Vocês, príncipes, cairão como qualquer outro"*.
7. Jó 10, 9: *Lembra-te! Tu me fizeste do barro. Queres agora fazer-me voltar ao pó?*

-vos, Senhor, que me fizestes de pó, e que em pó me haveis de tornar. Abraão, pedindo licença, ou atrevimento para falar a Deus: *Loquar ad Dominum, cum sim pulvis, et cinis*[8]: Falar-vos-ei, Senhor, ainda que sou pó, e cinza. Já vedes a diferença dos termos, que não pode ser maior, nem também mais natural ao nosso intento. Jó diz que foi pó e há de ser pó; Abraão não diz que foi, nem que há de ser, senão que já é pó: *Cum sim pulvis, et cinis*. Se um destes homens fora morto e outro vivo, falavam muito propriamente, porque todo o vivo pode dizer: Eu fui pó, e hei de ser pó; e um morto, se falar, havia de dizer: Eu já sou pó. Mas Abraão que disse isto, não estava morto, senão vivo como Jó; e Abraão e Jó não eram de diferente metal, nem de diferente natureza. Pois se ambos eram da mesma natureza, e ambos estavam vivos, como diz um que já é pó, e outro não diz que o é, senão que o foi, e que o há de ser? Por isso mesmo. Porque Jó foi pó e há de ser pó, por isso Abraão é pó. Em Jó falou a morte, em Abraão falou a vida, em ambos a natureza. Um descreveu-se pelo passado e pelo futuro, o outro definiu-se pelo presente; um reconheceu o efeito, o outro considerou a causa; um disse o que era, o outro declarou o porquê. Porque Jó, e Abraão, e qualquer outro homem, foi pó e há de ser pó; por isso já é pó. Fostes pó e haveis de ser pó como Jó? Pois já sois pó como Abraão: *Cum sim pulvis, et cinis*.

Tudo temos no nosso texto, se bem se considera, porque as segundas palavras dele não só contêm a declaração, senão também a razão das primeiras: *Pulvis es*: sois pó. E por quê? Porque *in pulverem reverteris*; porque fostes pó e haveis de tornar a ser pó. Esta

---

8. Gn, 18, 27: Abraão continuou: "*Eu me atrevo a falar ao meu Senhor, embora eu seja pó e cinza.* [...]".

é a força da palavra *reverteris*, a qual não só significa o pó, que havemos de ser, senão também o pó que fomos. Por isso não diz: *converteris*, converter-vos-eis em pó, senão: *reverteris*, tornareis a ser o pó que fostes. Quando dizemos que os mortos se convertem em pó, falamos impropriamente, porque aquilo não é conversão, é reversão: *reverteris*; é tornar a ser na morte o pó que somos no nascimento; é tornar a ser na sepultura o pó que somos no campo Damasceno. E porque somos pó e havemos de tornar a ser pó: *In pulverem reverteris*; por isso já somos pó: *Pulvis es*. Não é exposição minha, senão formalidade do mesmo texto, com que Deus pronunciou a sentença de morte contra Adão: *Donec reverteris in terram, de qua sumptus es; quia pulvis es*[9]: Até que tornes a ser a terra de que foste formado, porque és pó. De maneira que a razão e o porquê de sermos pó: *Quia pulvis es*, é porque fomos pó e havemos de tornar a ser pó: *Donec reverteris in terram, de qua sumptus es*.

Só parece que se pode opor ou dizer em contrário que aquele *Donec*, até que, significa tempo em meio entre o pó que somos, e o pó que havemos de ser, e que neste meio-tempo não somos pó. Mas a mesma verdade divina que disse: *Donec*, disse também: *Pulvis es*. E a razão desta consequência está no *reverteris*; porque a reversão com que tornamos a ser o pó que fomos, começa circularmente não do último, senão do primeiro ponto da vida. Notai. Esta nossa chamada vida não é mais que um círculo que fazemos de pó a pó: do pó que fomos ao pó que havemos de ser. Uns fazem o círculo maior, outros menor, outros mais pequeno,

---

9. Gn 3,19: Você comerá seu pão com o suor do seu rosto, *até que volte para a terra, pois dela foi tirado. Você é pó, e ao pó voltará*".

outros mínimo: *De utero translatus ad tumulum*[10]. Mas ou o caminho seja largo, ou breve, ou brevíssimo, como é círculo de pó a pó, sempre e em qualquer parte da vida somos pó. Quem vai circularmente de um ponto para o mesmo ponto, quanto mais se aparta dele tanto mais se chega para ele; e quem, quanto mais se aparta, mais se chega, não se aparta. O pó que foi nosso princípio, esse mesmo e não outro é o nosso fim, e porque caminhamos circularmente deste pó para este pó, quanto mais parece que nos apartamos dele, tanto mais nos chegamos para ele: o passo que nos aparta, esse mesmo nos chega; o dia que faz a vida, esse mesmo a desfaz; e como esta roda que anda e desanda juntamente, sempre nos vai moendo, sempre somos pó. Por isso quando Deus intimou a Adão a reversão ou revolução deste círculo: *Donec reverteris*: das premissas: pó foste e pó serás, tirou por consequência, pó és: *Quia pulvis es*. Assim que desde o primeiro instante da vida até o último nos devemos persuadir e assentar conosco, que não só fomos e havemos de ser pó, senão que já o somos, e por isso mesmo. Foste pó e hás de ser pó? És pó: *Pulvis es*.

IV

Ora suposto que já somos pó, e não pode deixar de ser, pois Deus o disse: perguntar-me-eis, e com muita razão, em que nos distinguimos logo os vivos dos mortos? Os mortos são pó, nós também somos pó; em que nos distinguimos uns dos outros? Distinguimo-nos os vivos dos mortos, assim

---

10. Jó 10, 19: Eu seria como alguém que nunca existiu, *levado do ventre para o túmulo*.

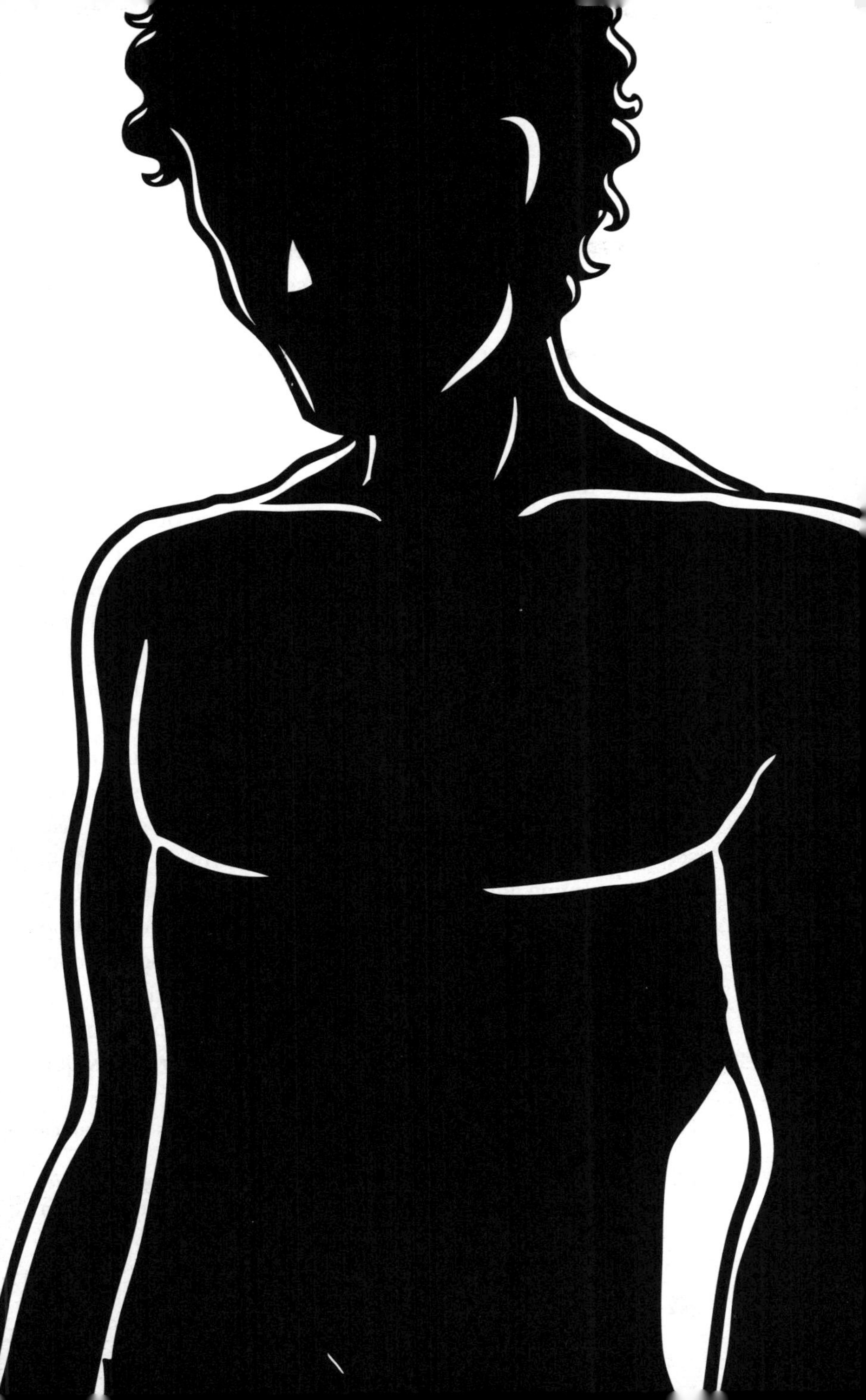

como se distingue o pó do pó. Os vivos são pó levantado, os mortos são pó caído; os vivos são pó que anda, os mortos são pó que jaz: *Hic jacet*. Estão essas praças no verão cobertas de pó: dá um pé de vento, levanta-se o pó no ar, e que faz? O que fazem os vivos, e muitos vivos. Não aquieta o pó, nem pode estar quedo; anda, corre, voa; entra por esta rua, sai por aquela; já vai adiante, já torna atrás; tudo enche, tudo cobre, tudo envolve, tudo perturba, tudo toma, tudo cega, tudo penetra; em tudo e por tudo se mete, sem aquietar nem sossegar um momento, enquanto o vento dura. Acalmou o vento: cai o pó, e onde o vento parou, ali fica; ou dentro de casa, ou na rua, ou em cima de um telhado, ou no mar, ou no rio, ou no monte, ou na campanha. Não é assim? Assim é. E que pó, e que vento é este? O pó somos nós: *Quia pulvis es*. O vento é a nossa vida: *Quia ventus es vita mea*[11]. Deu o vento, levantou-se o pó; parou o vento, caiu. Deu o vento, eis o pó levantado; estes são os vivos. Parou o vento, eis o pó caído; estes são os mortos. Os vivos pó, os mortos pó; os vivos pó levantado, os mortos pó caído; os vivos pó com vento, e por isso vãos; os mortos pó sem vento, e por isso sem vaidade. Esta é a distinção, e não há outra.

Nem cuide alguém que é isto metáfora ou comparação, senão realidade experimentada e certa. Forma Deus de pó aquela primeira estátua, que depois se chamou corpo de Adão. Assim o diz o texto original: *Formavit Deus hominem de pulvere terrae*[12]. A figura era humana, e muito primorosamente delineada, mas a substância, ou a matéria não era mais que

---

11. Jó 7, 7: Lembra-te! *A minha vida é um sopro, e os meus olhos nunca mais verão a felicidade.*
12. Gn 2, 7: *Então Javé Deus modelou o homem com a argila do solo, soprou-lhe nas narinas um sopro de vida, e o homem tornou-se um ser vivente.*

pó. A cabeça pó, o peito pó, os braços pó, os olhos, a boca, a língua, o coração, tudo pó. Chega-se pois Deus à estátua, e que fez? *Inspiravit in faciem ejus.*[13] Assoprou-a. E tanto que o vento do assopro deu no pó: *Et factus est homo in animam viventem.* Eis o pó levantado e vivo; já é homem, já se chama Adão. Ah! pó, se aquietaras e pararas aí? Mas pó assoprado, e com vento, como havia de aquietar? Ei-lo abaixo, ei-lo acima, e tanto acima, e tanto abaixo; dando uma tão grande volta, e tantas voltas. Já senhor do universo, já escravo de si mesmo, já só, já acompanhado, já nu, já vestido, já coberto de folhas, já de peles, já tentado, já vencido, já homiziado, já desterrado, já pecador, já penitente; e para maior penitência Pai; chorando os filhos, lavrando a terra, recolhendo espinhos por frutos, suando, trabalhando, lidando, fatigando, com tantos vaivéns do gosto e da fortuna, sempre em uma roda viva. Assim andou levantado o pó enquanto durou o vento. O vento durou muito, porque naquele tempo eram mais largas as vidas; mas alfim parou. E que lhe sucedeu no mesmo ponto a Adão? O que sucede ao pó. Assim como o vento o levantou e o sustinha, tanto que o vento parou, caiu. Pó levantado, Adão vivo; pó caído, Adão morto: *Et mortuus est.*

Este foi o primeiro pó, e o primeiro vivo, e o primeiro condenado à morte; e esta é a diferença que há de vivos a mortos, e de pó a pó. Por isso na Escritura o morrer se chama cair, e o viver levantar-se. O morrer cair: *Vos autem sicut homines moriemini, et sicut unus de Principibus cadetis*[14]. O viver levantar-se: *Adolescens tibi dico*

---

13. Gn 2, 7: Então Javé Deus modelou o homem com a argila do solo, *soprou-lhe nas narinas um sopro de vida*, e o homem tornou-se um ser vivente.
14. Sl 82 (81), 7: "[...] vocês morrerão como qualquer homem. Vocês, príncipes, cairão como qualquer outro."

surge[15]. Se levantados, vivos; se caídos, mortos; mas ou caídos ou levantados, ou mortos ou vivos, pó; os levantados pó da vida, os mortos pó da morte. Assim o entendeu e notou Davi, e esta é a distinção que fez quando disse: *In pulvere mortis deduxisti me*: Levastes-me, Senhor, ao pó da morte. Não bastava dizer: *In pulverem deduxisti me*, assim como: *In pulverem reverteris*? Sim, bastava; mas disse com maior energia: *In pulverem mortis*: ao pó da morte; porque há pó da morte, e pó da vida; os vivos que andamos em pé, somos o pó da vida: *Pulvis es*; os mortos, que jazem na sepultura, são o pó da morte: *In pulverem reverteris*.

V

À vista desta distinção tão verdadeira, e deste desengano tão certo, que posso eu dizer ao nosso pó, senão o que lhe diz a Igreja: *Memento homo*? Dois *Mementos* hei de fazer hoje ao pó: um *memento* ao pó levantado, outro *memento* ao pó caído; um *memento* ao pó que somos, outro *memento* ao pó que havemos de ser; um *memento* ao pó que me ouve, outro *memento* ao pó que me não pode ouvir. O primeiro será o *memento* dos vivos, o segundo o dos mortos.

Aos vivos que direi eu? Digo que se lembre o pó levantado que há de ser pó caído. Levanta-se o pó com o vento da vida, e muito mais com o vento da fortuna; mas lembre-se o pó que o vento da fortuna não pode durar mais que o vento da vida, e que pode durar muito menos, por-

---

15. Lc 7, 14: Depois se aproximou, tocou no caixão, e os que o carregavam pararam. Então Jesus disse: "Jovem, eu lhe ordeno, levante-se!"

que é mais inconstante. O vento da vida por mais que cresça, nunca pode chegar a ser bonança; o vento da fortuna se cresce, pode chegar a ser tempestade, e tão grande tempestade, que se afogue nela o mesmo vento da vida. Pó levantado, lembra-te outra vez, que hás de ser pó caído, e que tudo há de cair, e ser pó contigo. Estátua de Nabuco: ouro, prata, bronze, ferro, lustre, riqueza, fama, poder; lembra-te que tudo há de cair de um golpe, e que então se verá o que agora não queremos ver, que tudo é pó, e pó de terra. Eu não me admiro, senhores, que aquela estátua em um momento se convertesse toda em pó; era imagem de homem, isso bastava. O que me admira, e admirou sempre, é que se convertesse, como diz o texto, em pó de terra: *In favillam aestivae areae*[16]. A cabeça da estátua não era de ouro? Pois por que se não converte o ouro em pó de ouro? O peito e os braços não eram de prata? Por que se não converte a prata em pó de prata? O ventre não era de bronze, e o demais de ferro? Por que se não converte o bronze em pó de bronze e o ferro em pó de ferro? Mas o ouro, a prata, o bronze, o ferro, tudo em pó de terra? Sim. Tudo em pó de terra. Cuida o ilustre desvanecido que é de ouro, e todo esse resplandor em caindo, há de ser pó, e pó de terra. Cuida o rico inchado que é de prata, e toda essa riqueza em caindo, há de ser pó, e pó de terra. Cuida o robusto que é de bronze; cuida o valente que é de ferro, um confiado, outro arrogante; e toda essa fortaleza, e toda essa valentia em caindo, há de ser pó, e pó de *terra: In favillam aestivae areae.*

16. Dn 2, 35: Ao mesmo tempo quebrou-se tudo o que era de ferro, de barro, de bronze, de prata e de ouro. Ficou tudo *como se fosse palha no terreiro em final de colheita*, palha que o vento carrega sem deixar sinal. Depois, a pedra que tinha atingido a estátua se transformou numa enorme montanha que cobriu o mundo inteiro.

Senhor pó: *Nimium ne crede colori*. A pedra que desfez em pó a estátua, é a pedra daquela sepultura. Aquela pedra, é como a pedra do pintor, que mói todas as cores, e todas as desfaz em pó. O negro da sotaina, o branco da cota, o pavonaço do mantelete, o vermelho da púrpura, tudo ali se desfaz em pó. Adão quer dizer: *Ruber*, o vermelho; porque o pó do campo Damasceno, de que Adão foi formado, era vermelho; e parece que escolheu Deus o pó daquela cor tão prezada para nela e com ela desenganar a todas as cores. Desengane-se a escarlata mais fina, mais alta e mais coroada, e desenganem-se daí abaixo todas as cores, que todas se hão de moer naquela pedra, e desfazer em pó, e o que é mais, todas em pó da mesma cor. Na estátua o ouro era amarelo, a prata branca, o bronze verde, o ferro negro; mas tanto que a tocou a pedra, tudo ficou da mesma cor, tudo da cor da terra: *In favillam aestivae areae*. O pó levantado, como vão, quis fazer distinções de pó a pó: e porque não pode distinguir a substância, pôs a diferença nas cores. Porém a morte como vingadora de todos os agravos da natureza a todas essas cores faz da mesma cor, para que não distinga a vaidade, e a fortuna os que fez iguais a razão. Ouvi a Santo Agostinho: *Respice sepulchra, et vide, quis Dominus, quis servus, quis pauper, quis dives? Discerne, si potes, Regem a vincto, fortem a debili, pulchrum a deformi*: Abri aquelas sepulturas (diz Agostinho) e vede qual é ali o senhor e qual o servo; qual é ali o pobre, e qual o rico? *Discerne, si potes*: distingui-me ali, se podeis, o valente do fraco, o formoso do feio, o rei coroado de ouro, do escravo de Argel carregado de ferro? Distingui-los? Conhecei-los? Não, por certo. O grande e o pequeno, o rico e o pobre, o sábio e o ignorante, o senhor e o escravo, o príncipe e o cavador, o alemão e o etíope, todos ali são da mesma cor.

Passa Santo Agostinho da sua África à nossa Roma, e pergunta assim: *Ubi sunt quos ambiebant civium potentatus? Ubi insuperabiles Imperatores? Ubi exercituum duces? Ubi satrapae et tyranni?* Onde estão os Cônsules Romanos? Onde estão aqueles Imperadores e Capitães famosos, que desde o Capitólio mandavam o mundo? Que se fez dos Césares e dos Pompeus, dos Mários e dos Silas? Dos Cipiões e dos Emílios? Os Augustos, os Cláudios, os Tibérios, os Vespasianos, os Titos, os Trajanos, que é deles? *Nunc omnia pulvis*: tudo pó; *Nunc omnia favillae*: tudo cinza: *Nunc in paucis versibus eorum memoria est*: não resta de todos eles outra memória, mais que os poucos versos das suas sepulturas. Meu Agostinho, também esses versos que se liam então, já os não há; apagaram-se as letras, comeu o tempo as pedras; também as pedras morrem: *Mors etiam saxis, nominibusque venit.* Oh! que *Memento* este para Roma.

Já não digo como até agora: lembra-te, homem, que és pó levantado, e hás de ser pó caído; o que digo é: lembra-te, Roma, que és pó levantado, e que és pó caído juntamente. Olha, Roma, daqui para baixo, e ver-te-ás caída e sepultada debaixo de ti; olha, Roma, de lá para cima, e ver-te-ás levantada, e pendente em cima de ti. Roma sobre Roma, e Roma debaixo de Roma. Nas margens do Tibre a Roma que se vê para cima, vê-se também para baixo; mas aquilo são sombras; aqui a Roma que se vê em cima, vê-se também embaixo, e não é engano da vista, senão verdade: a cidade sobre as ruínas, o corpo sobre o cadáver, a Roma viva sobre a morta. Que coisa é Roma senão um sepulcro de si mesma? Embaixo as cinzas, em cima a estátua; embaixo os ossos, em cima o vulto. Este vulto, esta majestade, esta grandeza é a imagem, e só a imagem, do que está debaixo da terra. Ordenou a Providência Divina que Roma fosse tantas vezes destruída, e depois edificada sobre suas ruínas, para que a cabeça do mundo tivesse uma caveira em que se ver. Um homem pode-se ver na caveira de outro homem; a cabeça do mundo não se podia ver senão na sua própria caveira. Que é Roma levantada? A cabeça do mundo. Que é Roma caída? A caveira do mundo. Que são esses pedaços de Termas e Coliseus, senão os ossos rotos e truncados desta grande caveira? E que são essas Colunas, essas agulhas desenterradas, senão os dentes mais duros, desencaixados dela? Oh! que sisuda seria a cabeça do mundo se se visse bem na sua caveira!

Nabuco depois de ver a estátua convertida em pó edificou outra estátua. Louco, que é o que te disse o profeta? *Tu rex es caput*[17]: Tu, rei, és a cabeça da estátua. Pois se tu és a cabeça e estás vivo; olhe a cabeça viva para a cabeça defunta; olhe a cabeça levantada para a cabeça caída; olhe a cabeça para a caveira. Oh! se Roma fizesse o que não soube fazer Nabuco! Oh! se a cabeça do mundo olhasse para a caveira do mundo! A caveira é maior que a cabeça: para que tenha menos lugar a vaidade e maior matéria o desengano.

---

17. Dn 2, 38: Em todo o mundo habitado ele lhe entregou os seres humanos, as feras e as aves do céu, para que Vossa Majestade domine sobre tudo isso. Assim, *Vossa Majestade é a cabeça* de ouro.

Isto fui e isto sou? Nisto parou a grandeza daquele imenso todo, de que hoje sou tão pequena parte? Nisto parou. E o pior é, Roma minha (se me dás licença para que to diga) que não há de parar só nisto. Este destroço e estas ruínas que vês tuas, não são as últimas; ainda te espera outra antes do fim do mundo profetizado nas Escrituras. Aquela Babilônia de que fala São João, quando diz no Apocalipse: *Cecidit, cecidit Babylon*[18]: é Roma; não pelo que hoje é, senão pelo que há de ser. Assim o entendem São Jerônimo, Santo Agostinho, Santo Ambrósio, Tertuliano, Ecumênio, Cassiodoro, e outros Padres, a quem seguem concordemente intérpretes e teólogos. Roma, a espiritual, é eterna; porque *Portae inferi non praevalebunt adversus eam*[19]. Mas Roma, a temporal, sujeita está como as outras metrópoles das monarquias, e não só sujeita mas condenada à catástrofe das coisas mudáveis, e aos eclipses do tempo. Nas tuas ruínas vês o que foste, nos teus oráculos lês o que hás de ser; e se queres fazer verdadeiro juízo de ti mesma, pelo que foste e pelo que hás de ser estima o que és.

Nesta mesma roda natural das coisas humanas, descobriu a sabedoria de Salomão dois espelhos recíprocos, que podemos chamar do tempo, em que se vê facilmente o que foi e o que há de ser. *Quid est quod fuit? Ipsum quod futurum est. Quid est quod factum est? Ipsum quod faciendum est.*[20] Que é o que foi? Aquilo mesmo que há de ser.

18. Ap 14, 8: Apareceu um segundo Anjo e continuou: "*Caiu, caiu Babilônia, a Grande. Aquela que embebedou todas as nações com o vinho do furor da sua prostituição*".
19. Mt 16, 18: Por isso eu lhe digo: você é Pedro, e sobre essa pedra construirei a minha Igreja, *e o poder da morte nunca poderá vencê-la*.
20. Ecl 1, 9: *O que aconteceu, de novo acontecerá; e o que se fez, de novo será feito: debaixo do sol não há nenhuma novidade*.

Que é o que há de ser? Aquilo mesmo que foi. Ponde estes dois espelhos um defronte do outro, e assim como os raios do Ocaso ferem o Oriente, e os do Oriente o Ocaso; assim, por reverberação natural e recíproca, achareis que no espelho do passado se vê o que há de ser, e no do futuro o que foi. Se quereis ver o futuro, lede as histórias, e olhai para o passado: se quereis ver o passado, lede as profecias, e olhai para o futuro. E quem quiser ver o presente para onde há de olhar? Não o disse Salomão, mas eu o direi. Digo que olhe juntamente para um e para outro espelho. Olhai para o passado e para o futuro, e vereis o presente. A razão ou consequência é manifesta. Se no passado se vê o futuro, e no futuro se vê o passado, segue-se que no passado e no futuro se vê o presente, porque o presente é o futuro do passado e o mesmo presente é o passado do futuro. *Quid est quod fuit? Ipsum quod futurum est. Quid est quod est? Ipsum quod fuit et quod futurum est.* Roma, o que foste isso hás de ser; e o que foste, e o que hás de ser, isso és. Vê-te bem nestes dois espelhos do tempo, e conhecer-te-ás. E se a verdade deste desengano tem lugar nas pedras, quanto mais nos homens! No passado foste pó? No futuro hás de ser pó? Logo, no presente és pó: *Pulvis es.*

VI

Este foi o *Memento* dos vivos; acabo com o *Memento* dos mortos. Aos vivos disse: Lembre-se o pó levantado que há de ser pó caído. Aos mortos digo: Lembre-se o pó caído que há de ser pó levantado. Ninguém morre para estar sempre morto; por isso a morte nas Escrituras se chama sono. Os vivos caem em terra com o sono da morte: os mortos jazem na sepultura dormindo sem movimento, nem sentido, aquele profundo e dilatado letargo; mas quando o pregão da trombeta final os chamar a juízo, todos hão de acordar, e levantar-se outra vez. Então dirá cada um com Davi: *Ego dormivi, et soporatus sum, et exurrexi*[21]. Lembre-se pois o pó caído que há de ser pó levantado.

Este segundo *Memento* é muito mais terrível que o primeiro. Aos vivos disse: *Memento homo quia pulvis es, et in pulverem reverteris*. Aos mortos digo com as palavras trocadas, mas com sentido igualmente verdadeiro: *Memento pulvis quia homo es, et in hominem reverteris*: Lembra-te, pó, que és homem, e que em homem te hás de tornar. Os que me ouviram, já sabem que cada um é o que foi, e o que há de ser. Tu que jazes nesta sepultura, sabe-o agora. Eu vivo, tu estás morto: eu falo, tu estás mudo; mas assim como eu, sendo homem, porque fui pó e hei de tornar a ser pó, sou pó, assim tu, sendo pó, porque foste homem e hás de tornar a ser homem, és homem. Morre a Águia, morre a Fênix, mas a Águia morta não é Águia, a Fênix morta é Fênix. E por quê? A Águia morta não é Águia porque foi Águia, mas não há de tornar a ser Águia. A Fênix morta

---

21. Sl 3, 6: *Posso deitar-me, dormir e despertar*, pois é Javé quem me sustenta.

é Fênix, porque foi Fênix e há de tornar a ser Fênix. Assim és tu que jazes nessa sepultura. Morto sim, desfeito, e cinzas sim; mas em cinzas como as da Fênix. A Fênix desfeita em cinzas é Fênix, porque foi Fênix e há de tornar a ser Fênix. E tu, desfeito também em cinzas, és homem, porque foste homem e hás de tornar a ser homem. Não é a proposição, nem comparação minha, senão da Sabedoria e Verdade Eterna. Ouçam os mortos a um morto, que melhor que todos os vivos conheceu e pregou a fé da imortalidade: *In nidulo meo moriar; et sicut Phoenix multiplicabo dies meos*[22]: Morrerei no meu ninho (diz Jó), e como Fênix multiplicarei os meus dias. Os dias soma-os a vida, diminui-os a morte, e multiplica-os a ressurreição. Por isso Jó como vivo, como morto, e como imortal se compara à Fênix. Bem pudera este grande herói, pois chamou ninho à sua sepultura, comparar-se à rainha das aves, como rei que era. Mas falando de si e conosco naquela medida em que todos somos iguais, não se comparou à Águia, senão à Fênix; porque o nascer Águia, é fortuna de poucos, o renascer Fênix, é natureza de todos. Todos nascemos para morrer, e todos morremos para ressuscitar. Para nascer antes de ser, tivemos necessidade de pai e mãe, que nos gerasse; para renascer depois de morrer, como a Fênix, o mesmo pó em que se corrompeu e desfez o corpo, é o pai e a mãe de que havemos de tornar a ser gerados: *Putredini dixi: pater meus es, mater mea, et soror mea vermibus*[23]. Sendo pois igualmente certa esta segunda metamorfose como a pri-

---

22. Jó 29, 18: Eu imaginava então: "*Morrerei dentro do meu ninho, e como a fênix multiplicarei os meus dias.*[...]".
23. Jó 17, 14: *Eu digo ao túmulo:* "*Você é o meu pai*". E digo *aos vermes:* "*Vocês são minha mãe e minha irmã*".

meira, preguemos também aos mortos, como pregou Ezequiel[24], para que nos ouçam mortos e vivos. Se dissemos aos vivos: Lembra-te, homem, que és pó, porque foste pó, e hás de tornar a ser pó; brademos com a mesma verdade aos mortos, que já são pó: Lembra-te, pó, que és homem, porque foste homem, e hás de tornar a ser homem: *Memento pulvis quia homo es, et in hominem reverteris*.

    Senhores meus, não seja isto cerimônia: falemos muito seriamente, que o dia é disso. Ou cremos que somos imortais, ou não. Se o homem acaba com o pó, não tenho que dizer; mas se o pó há de tornar a ser homem, não sei o que vos diga, nem o que me diga. A mim não me faz medo o pó que hei de ser, faz medo o que há de ser o pó. Eu não temo na morte a morte, temo a imortalidade: eu não temo hoje o dia de Cinza, temo hoje o dia de Páscoa, porque sei que hei de ressuscitar, porque sei que hei de viver para sempre, porque sei que me espera uma eternidade ou no céu ou no inferno. *Scio enim quod Redemptor meus vivit, et in novissimo die de terra surrecturus sum.*[25] *Scio*, diz. Notai. Não

---

24. Ez 37, 4: Então ele me disse: "Profetize, dizendo: Ossos secos, ouçam a palavra de Javé! [...]".
25. Jó 19, 25: *Eu sei que o meu redentor está vivo e que no fim se levantará acima do pó.*

diz: Creio, senão, *Scio*: Sei. Porque a verdade e certeza da imortalidade do homem, não só é Fé, senão também ciência. Por ciência e por razão natural a conheceram Platão, Aristóteles, e tantos outros filósofos gentios. Mas que importava que o não alcançasse a razão onde está a Fé? Que importa a autoridade dos homens onde está o testemunho de Deus? O pó daquela sepultura está clamando: *De terra surrecturus sum, et rursum circumdabor pelle mea, et in carne mea videbo Deum meum, quem visurus sum ego ipse, et oculi mei conspecturi sunt, et non alius*[26]. Este homem, este corpo, estes ossos, esta carne, esta pele, estes olhos, este eu, e não outro, é o que há de morrer? Sim, morrer sim; mas reviver e ressuscitar à imortalidade. Mortal até o pó, mas depois do pó imortal. *Credis hoc? Utique, Domine.*[27] Pois que efeito faz em nós este conhecimento da morte, e esta Fé da imortalidade?

Quando considero na vida que se usa, acho que nem vivemos como mortais, nem vivemos como imortais. Não vivemos como mortais, porque tratamos das coisas desta vida como se esta vida fora eterna. Não vivemos como imortais, porque nos esquecemos tanto da vida eterna, como se não houvera tal vida. Se esta vida fora imortal, e nós imortais, que havíamos de fazer, senão o que fazemos? Estai comigo. Se Deus, assim como fez um Adão, fizera dois, e o segundo fora mais sisudo que o nosso, nós havíamos de ser mortais, como

26. Jó 19, 26 (19, 25-27): "Eu sei que o meu redentor está vivo e que no fim se levantará acima do pó. *Mesmo com a pele aos pedaços e em carne viva, eu verei a Deus. Eu mesmo o verei, e não outro; eu o verei com os meus próprios olhos*". Minhas entranhas queimam dentro de mim.
27. Jo 11, 26 (11, 25-26): Jesus disse: "Eu sou a ressurreição e a vida. Quem acredita em mim, mesmo que morra, viverá. E todo aquele que vive e acredita em mim, não morrerá para sempre. *Você acredita nisso?*"

somos, e os filhos de outro Adão haviam de ser imortais. E estes homens imortais que haviam de fazer neste mundo? Isto mesmo que nós fazemos. Depois que não coubessem no Paraíso, e se fossem multiplicando, haviam-se de estender pela terra; haviam de conduzir de todas as partes do mundo, todo o bom, precioso, e deleitoso, que Deus para eles tinha criado; haviam de ordenar cidades e palácios, quintas, jardins, fontes, delícias, banquetes, representações, músicas, festas, e tudo aquilo que pudesse formar uma vida alegre e deleitosa. Não é isto o que nós fazemos? E muito mais do que eles haviam de fazer; porque o haviam de fazer com justiça, com razão, com modéstia, com temperança; sem luxo, sem soberba, sem ambição, sem inveja; e com concórdia, com caridade, com humanidade. Mas como se ririam então, e como pasmariam de nós aqueles homens imortais! Como se ririam das nossas loucuras, como pasmariam da nossa cegueira, vendo-nos tão ocupados, tão solícitos, tão desvelados pela nossa vidazinha de dois dias, e tão esquecidos e descuidados da morte, como se fôramos tão imortais como eles! Eles sem dor, nem enfermidade; nós enfermos, e gemendo; eles vivendo sempre; nós morrendo; eles não sabendo o nome à sepultura; nós enterrando uns a outros. Eles gozando o mundo em paz; e nós fazendo demandas e guerras pelo que não havemos de gozar. Homenzinhos miseráveis (haviam de dizer), homenzinhos miseráveis, loucos, insensatos, não vedes que sois mortais? Não vedes que haveis de acabar amanhã? Não vedes que vos hão de meter debaixo de uma sepultura, e que de tudo quanto andais afanando e adquirindo, não haveis de lograr mais que sete pés de terra? Que doidice, E que cegueira é logo a vossa? Não sendo como nós, quereis viver como nós? Assim é. *Morimur ut mortales, vivimus ut immortales*: Morreremos como mortais que somos, e vivemos como se fôramos imortais. Assim o dizia Sêneca gentio à Roma gentia. Vós a isto dizeis que Sêneca era um estoico. E não é mais ser cristão que ser estoico? Sêneca não conhecia a imortalidade da alma; o mais a que chegou foi a duvidá-la, e contudo entendia isto.

VII

Ora, senhores, já que somos cristãos, já que sabemos que havemos de morrer, e que somos imortais; saibamos usar da morte, e da imortalidade. Tratemos desta vida como mortais, e da outra como imortais. Pode haver loucura mais rematada, pode haver cegueira mais cega que empregar-me todo na vida que há de acabar, e não tratar da vida que há de durar para sempre? Cansar-me, afligir-me, matar-me pelo que forçosamente hei de deixar, e do que hei de lograr, ou perder para sempre, não fazer nenhum caso! Tantas diligências para esta vida; nenhuma diligência para a outra vida! Tanto medo, tanto receio da morte temporal, e da eterna nenhum temor! Mortos, mortos, desenganai estes vivos! Dizei-nos que pensamentos, e que sentimentos foram os vossos, quando entrastes e saístes pelas portas da morte. A morte tem duas portas: *Qui exaltas me de portis mortis*[28]. Uma porta de vidro, por onde se sai da vida; outra porta de diamante, por onde se entra à eternidade. Entre estas duas portas se acha subitamente um homem no instante da morte, sem poder tornar atrás, nem parar, nem fugir, nem dilatar, senão entrar para onde não sabe, e para sempre. Oh! que transe tão apertado! Oh! que passo tão estreito! Oh! que momento tão terrível! Aristóteles disse que entre todas as coisas terríveis, a mais terrível é a morte. Disse bem; mas não entendeu o que disse. Não é terrível a morte pela vida que acaba, senão pela eternidade que começa. Não é terrível a porta por onde se sai; a terrível é a porta por onde se entra. Se olhais para cima, uma escada que chega até o céu; se olhais para baixo, um precipício que vai parar no inferno. E isto incerto.

Dormindo Jacó sobre uma pedra, viu aquela escada que chegava da terra até o céu; e acordou atônito gritando: *Terribilis est locus iste*[29]. Oh! que terrível lugar é este! E por que é terrível, Jacó? *Non est hic aliud nisi domus Dei, et porta coeli*: Porque isto não é outra coisa senão a porta do céu. Pois

---

28. Sl 9, 15 (9, 14): Piedade, Javé! Olha a minha aflição! *Levanta-me das portas da morte* [...].
29. Gn 18, 17 (28, 17): Ficou com medo, e disse: "*Este lugar é terrível*. Não é nada menos que a Casa de Deus e a Porta do Céu".

a porta do céu, a porta da bem-aventurança é terrível? Sim. Porque é uma porta que se pode abrir, e que se pode fechar. É aquela porta que se abriu para as cinco Virgens Prudentes, e que se fechou para as cinco Néscias: *Et clausa est janua*[30]. E se esta porta é terrível para quem olha só para cima; quão terrível será para quem olhar para cima, e mais para baixo? Se é terrível para quem olha só para o céu, quanto mais terrível será para quem olhar para o céu e para o inferno juntamente? Este é o mistério de toda a escada, em que Jacó não reparou inteiramente, como quem estava dormindo. Bem viu Jacó que pela escada subiam e desciam anjos; mas não reparou que aquela escada tinha mais degraus para descer, que para subir; para subir era escada da Terra até o Céu; para descer era escada do Céu até o Inferno; para subir era escada por onde subiram anjos a ser bem-aventurados, para descer era escada por onde desceram anjos a ser demônios. Terrível escada para quem não sobe, porque perde o céu e a vista de Deus; e mais terrível para quem desce, porque não só perdeu o céu e a vista de Deus, mas vai arder no inferno eternamente. Esta é a visão mais que terrível que todos havemos de ver; este o lugar mais que terrível por onde todos havemos de passar, e por onde já passaram todos os que ali jazem. Jacó jazia sobre a pedra; ali a pedra jaz sobre Jacó, ou Jacó debaixo da pedra. Já dormiram o seu sono: *Dormierunt somnum suum*[31]; já viram aquela visão, já subiram ou desceram pela escada; se estão no céu ou no inferno, Deus o sabe; mas tudo se averiguou naquele momento.

30. Mt 25, 10: Enquanto elas foram comprar óleo, o noivo chegou, e as que estavam preparadas entraram com ele para a festa de casamento. *E a porta se fechou.*
31. Sl 76 (75), 6: Os valentes *dormem o seu sono*, e os braços falham aos guerreiros todos.

Oh! que momento (torno a dizer), oh! que passo, oh! que transe tão terrível! Oh! que temores, oh! que aflição, oh que angústias! Ali, senhores não se teme a morte, teme-se a vida. Tudo o que ali dá pena, é tudo o que nesta vida deu gosto, e tudo o que buscamos por nosso gosto, muitas vezes com tantas penas. Oh! que diferentes parecerão então todas as coisas desta vida! Que verdades, que desenganos, que luzes tão claras de tudo o que neste mundo nos cega! Nenhum homem há naquele ponto, que não desejara muito uma de duas: ou não ter nascido, ou tornar a nascer de novo para fazer uma vida muito diferente. Mas já é tarde, já não há tempo: *Quia tempus non erit amplius*[32]. Cristãos e senhores meus: por misericórdia de Deus ainda estamos em tempo. É certo que todos caminhamos para aquele passo, é infalível que todos havemos de chegar, e todos nos havemos de ver naquele terrível momento, e pode ser que muito cedo. Julgue cada um de nós, se será melhor arrepender-se agora, ou deixar o arrependimento para quando não tenha lugar, nem seja arrependimento! Deus nos avisa, Deus nos dá estas vozes; não deixemos passar esta inspiração, que não sabemos se será a última! Se então havemos de desejar em vão começar outra vida, comecemo-la agora: *Dixi nunc coepi*[33]. Comecemos de hoje em diante a viver como quereremos ter vivido na hora da morte. Vive assim como quiseras ter vivido quando morras. Oh! que consolação tão grande será então a nossa, se o fizermos assim! E pelo contrário, que desconsolação tão irremediável, e tão

---

32. Ap 10, 6: E jurou por Aquele que vive para sempre, que criou o céu e tudo o que nele existe, a terra e tudo o que nela existe, o mar e tudo o que nele existe: *"Não há mais tempo.* [...]"
33. Sl 77 (76), 11: *E eu digo:* "Este é o meu mal: a direita do Altíssimo mudou!"

desesperada, se nos deixarmos levar da corrente, quando nos acharmos onde ela nos leva! É possível que me condenei por minha culpa, e por minha vontade, e conhecendo muito bem o que agora experimento sem nenhum remédio? É possível que por uma cegueira, de que me não quis apartar, por um apetite que passou em um momento, hei de arder no inferno enquanto Deus for Deus? Cuidemos nisto, cristãos, cuidemos nisto. Em que cuidamos, e em que não cuidamos? Homens mortais, homens imortais, se todos os dias podemos morrer, se cada dia nos imos chegando mais à morte, e ela a nós; não se acabe com este dia a memória da morte. Resolução, resolução uma vez, que sem resolução nada se faz. E para que esta resolução dure, e não seja como outras, tomemos cada dia uma hora em que cuidemos bem naquela hora. De vinte e quatro horas que tem o dia, por que se não dará uma hora à triste alma? Esta é a melhor devoção e mais útil penitência, e mais agradável a Deus, que podeis fazer nesta Quaresma. Tomar uma hora cada dia, em que só por só com Deus e conosco, cuidemos na nossa morte e na nossa vida. E porque espero da vossa piedade e do vosso juízo, que aceitareis este bom conselho, quero acabar deixando-vos quatro pontos de consideração para os quatro quartos desta hora: Primeiro, quanto tenho vivido? Segundo, como vivi? Terceiro, quanto posso viver? Quarto, como é bem que viva? Torno a dizer para que vos fique na memória: Quanto tenho vivido? Como vivi? Quanto posso viver? Como é bem que viva? *Memento homo?*

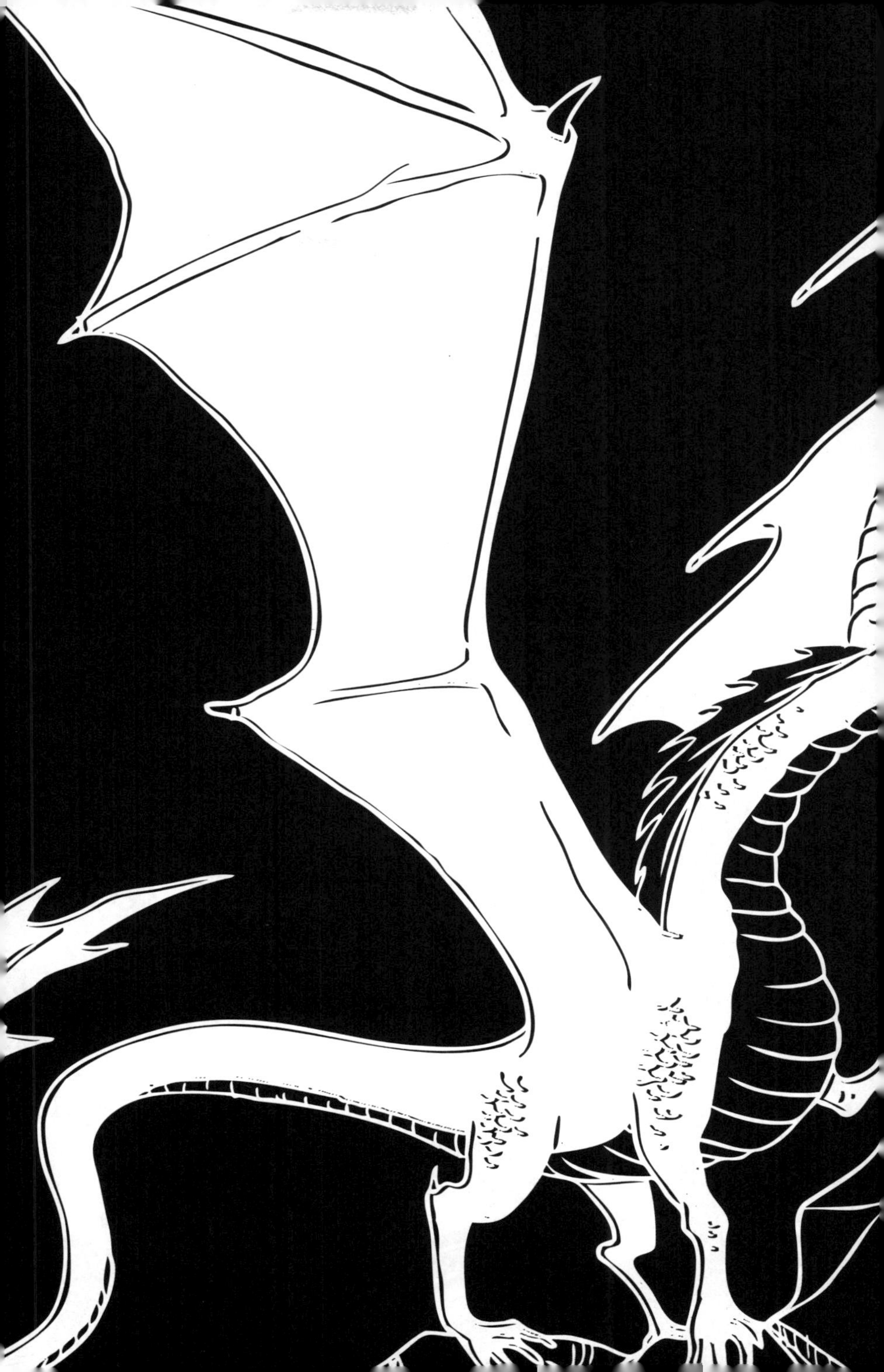

Os livros da Bíblia e suas abreviaturas

Antigo Testamento

Compõe-se de 46 livros. Os cinco primeiros são chamados de Pentateuco (os judeus o chamam de Torá, que significa Lei). Os dezesseis seguintes são os Livros Históricos. Os próximos sete são os Livros Sapienciais acrescidos dos dois Livros Poéticos, os Salmos e o Cântico dos Cânticos. Os dezoito finais são os Livros Proféticos.

Gênesis – Gn
Êxodo – Ex
Levítico – Lv
Números – Nm
Deuteronômio – Dt
Josué – Js
Juízes – Jz
Rute – Rt
Samuel – 1Sm, 2Sm
Reis – 1Rs, 2Rs
Crônicas – 1Cr, 2Cr
Esdras – Esd
Neemias – Ne
Tobias – Tb
Judite – Jt
Ester – Est
Macabeus – 1Mc, 2Mc
Jó – Jó
Salmos – Sl
Provérbios – Pr
Eclesiastes (Coélet) – Ecl

Cântico dos Cânticos – Ct
Sabedoria – Sb
Eclesiástico (Sirácida) – Eclo
Isaías – Is
Jeremias – Jr
Lamentações – Lm
Baruc – Br
Ezequiel – Ez
Daniel – Dn
Oseias – Os
Joel – Jl
Amós – Am
Abdias – Ab
Jonas – Jn
Miqueias – Mq
Naum – Na
Habacuc – Hab
Sofonias – Sf
Ageu – Ag
Zacarias – Zc
Malaquias – Ml

Novo Testamento

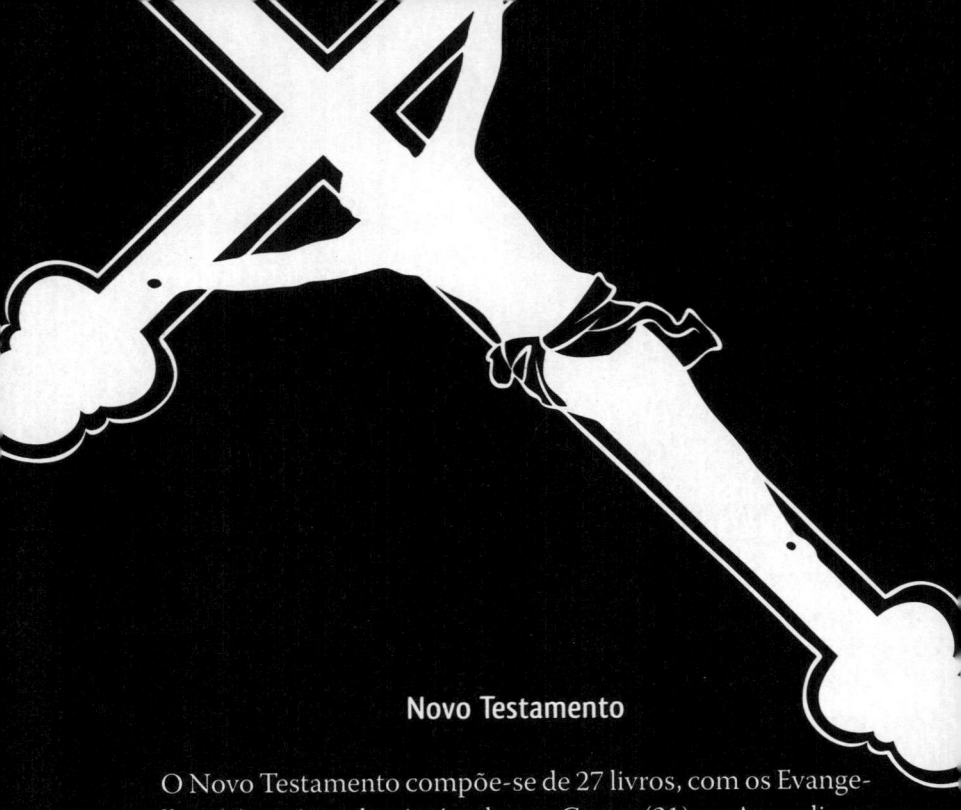

O Novo Testamento compõe-se de 27 livros, com os Evangelhos (4), os Atos dos Apóstolos, as Cartas (21) e o Apocalipse.

Mateus – Mt
Marcos – Mc
Lucas – Lc
João – Jo
Ato dos Apóstolos – At
Romanos – Rm
Coríntios – 1Cor, 2 Cor
Gálatas – Gl
Efésios – Ef
Filipenses – Fl
Colossenses – Cl
Tessalonicenses – 1Ts, 2Ts
Timóteo – 1Tm, 2Tm
Tito – Tt
Filemon – Fm
Hebreus – Hb
Tiago – Tg
Pedro – 1Pd, 2Pd
João – 1Jo, 2Jo, 3Jo
Judas – Jd
Apocalipse – Ap

Entenda as citações bíblicas

O número que precede uma abreviatura refere-se ao volume daquele livro (por exemplo, 2Cor indica que se está falando do segundo livro dos Coríntios).

O primeiro número que aparece após a abreviatura indica o capítulo; o número seguinte, o versículo (que pode ser mais de um, se houver mais de um número). Exemplos: Tg 1, 10 (lê-se Tiago, capítulo 1, versículo 10); Mc 12, 13-15 (lê-se Marcos, capítulo 12, versículos 13 a 15).

Nos Salmos, é utilizada uma dupla numeração, por exemplo Sl 76 (75). Isso acontece porque existem duas versões bíblicas desse livro: a grega e a hebraica.

Fonte das citações bíblicas para esta edição: *Bíblia Sagrada – Edição Pastoral*.
Tradução, introduções e notas:
Ivo Storniolo e Euclides Martins Balancin.
São Paulo: Editora Paulus, 1990.

momento histórico

Quando o padre Antônio Vieira (1608-1697) escreveu seus mais de duzentos sermões, o cenário econômico da colônia brasileira era bastante promissor: a produção açucareira estava no auge e fazia brilhar os olhos dos colonos portugueses, interessados no enriquecimento rápido – mesmo às custas de um sistema que escravizava o negro africano e perseguia o índio.

No âmbito político, o clima era tenso: com a União Ibérica (1580-1640), o Brasil havia herdado muitos inimigos dos espanhóis, com destaque para os holandeses, que, entre 1624 e 1654, ocupariam parte do Nordeste e acabariam contribuindo para o fim do ciclo do açúcar e o início de uma nova etapa da história brasileira – o ciclo do ouro.

Nesse cenário conflituoso, começavam a surgir na colônia, em especial no Nordeste, alguns centros urbanos de grande importância cultural, que reuniam academias e associações literárias dispostas a criticar a mentalidade colonialista e individualista e dar vazão às suas ideias – muitas vezes divididas entre os valores renascentistas e os medievais.

BAGAGEM DE INFORMAÇÕES

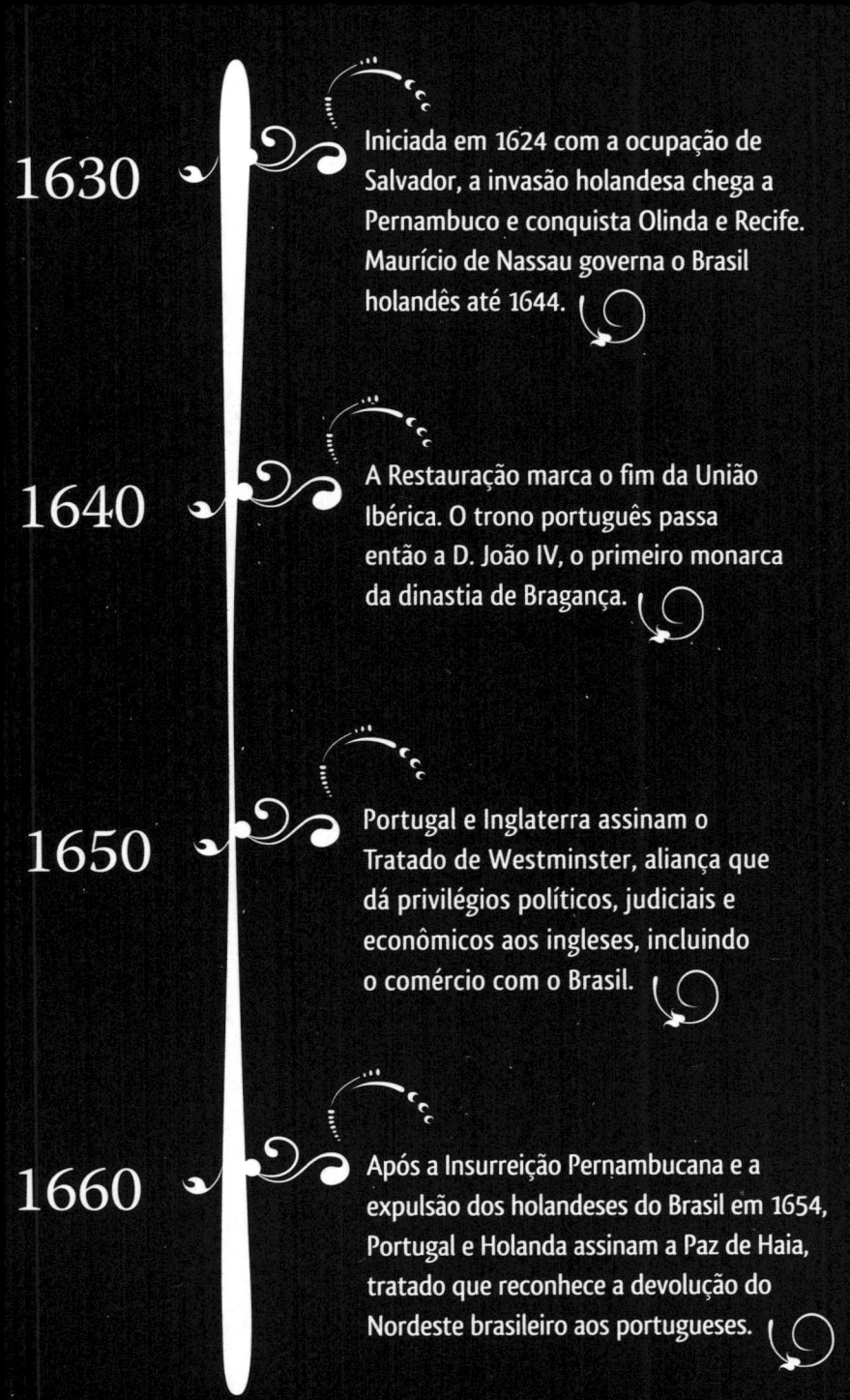

1630 — Iniciada em 1624 com a ocupação de Salvador, a invasão holandesa chega a Pernambuco e conquista Olinda e Recife. Maurício de Nassau governa o Brasil holandês até 1644.

1640 — A Restauração marca o fim da União Ibérica. O trono português passa então a D. João IV, o primeiro monarca da dinastia de Bragança.

1650 — Portugal e Inglaterra assinam o Tratado de Westminster, aliança que dá privilégios políticos, judiciais e econômicos aos ingleses, incluindo o comércio com o Brasil.

1660 — Após a Insurreição Pernambucana e a expulsão dos holandeses do Brasil em 1654, Portugal e Holanda assinam a Paz de Haia, tratado que reconhece a devolução do Nordeste brasileiro aos portugueses.

momento literário

Presente na Itália do século XVI, o Barroco teve seu apogeu no século XVII, durante a época da Contrarreforma – resposta da Igreja católica ao protestantismo – e em um momento de crise do Humanismo. Foi um movimento marcado por tensões, contrastes e pela angústia diante de um conflito: a escolha entre o mundo material e o mundo espiritual. É considerado o primeiro gênero literário brasileiro, iniciado com a publicação de *Prosopopeia*, de Bento Teixeira, em 1601.

A literatura barroca, rebuscada e elaborada, pode ser classificada como conceptista ou cultista. A primeira prefere o jogo de ideias e a argumentação lógica; a segunda valoriza a forma e o uso frequente de figuras de linguagem.

A produção conceptista de padre Antônio Vieira é fruto do saber lidar com as palavras e tirar o máximo proveito delas. Sua retórica impecável e seu poder argumentativo abrasador levaram multidões a ouvir seus sermões tanto no Brasil como em Portugal. Ao abordar assuntos morais, filosóficos, religiosos, sociais e políticos, pregava contra a corrupção, a escravidão indígena e a injustiça. Seus sermões eram estruturados em tema, introito, invocação, argumentação e conclusão, o que representa a parenética, ou seja, a arte de pregar.

- TROVADORISMO
- HUMANISMO
- CLASSICISMO
- **BARROCO**
- ARCADISMO
- ROMANTISMO
- REALISMO
- NATURALISMO
- PARNASIANISMO
- SIMBOLISMO
- PRÉ-MODERNISMO
- MODERNISMO

A literatura barroca é marcada pela assimetria, pela sugestão, pelo impasse e pela desarmonia, o que abre espaço para um estilo de exageros, contrastes e rebuscamentos.

A linguagem é permeada pelo uso excessivo de figuras de linguagem, como a antítese, a hipérbole, o oxímoro, o hipérbato, a metáfora e o paradoxo.

Os textos barrocos apresentam alguns dualismos inconciliáveis para a época, como entre o antropocentrismo e o teocentrismo e entre o corpo e a alma.

A questão da passagem do tempo também está presente na literatura barroca: diante da fugacidade da vida, devemos aproveitá-la ao máximo ou renunciar ao passageiro para alcançar o eterno?